ALPHAPOLIS
WEB CITY SINCE 2000

もふもふと異世界でスローライフを目指します！ 5

ALPHA LIGHT

カナデ
Kanade

アルファライト文庫

目次

アディーロ
アリトの従魔となった美しい鳥。風を操《あやつ》るのが得意。
リアン
アリトと従魔契約を結んだ魔獣。イリンの夫。
イリン
ティンファの耳を気に入り、従魔契約を結《むす》んだ魔獣。
タクー
白竜リューラから託《たく》された子。何に対しても興味津々《きょうみしんしん》。
アリト
日本から異世界アーレンティアに落ちた『落ち人』で、本作の主人公。『落ち人』について調《しら》べるため旅に出る。
ティンファ
精霊族の血を引く少女。しっかり者だが抜けているところもある。

CHARACTERS
登場人物
Mofumofu to Isekai de Slowlife wo Mezashi masu!
Presented by KANADE
レラル
妖精族ケットシーと魔獣《まじゅう》チェンダの血を引く子。
オースト
『死の森』で隠居《いんきょ》しているハイ・エルフ。アリトを助けた恩人。
スノーティア
アリトの従魔《じゅうま》となったフェンリル。もふもふの毛並みは最高。
パーティ『深緑の剣』
リナリティアーナ
ガリード
ミリアナ
ノウロ

第一章　終わりと始まり

第一話　世界

俺、日比野有仁《ひびのありひと》は会社帰りの道で突然地面の中へ落ち、日本から世界を越《こ》えてこの異世界、アーレンティアへとやって来た。『落ち人』として。

二十八歳だった俺は、十二歳くらいの姿になっていて、髪や目の色までもが変化していた。『落ち人』のこと、自分以外にこの世界へと落ちてきた人の足跡《そくせき》を求めて、保護してくれたオースト爺《じい》さんのもとを旅立ち、旅をする中で様々な出会いを経験した。

そしてずっと一緒に暮《く》らしていきたいと思える少女ティンファと俺の従魔《じゅうま》たちと一緒に手掛かりを追って、とうとう俺以外の日本人、倉持匠《くらもちたくみ》さんの家に辿《たど》り着く。

そこで白竜のリューラと出会い、大陸の北の果ての海で、この世界の真理の一端《いったん》を知ったのだった。

「海が世界の端《はし》ってことは、そこがこの世界の終わりってことか？」

アディーこと従魔のアディーロの背の上で、俺はぽつりと呟《つぶや》いた。

空から見た地平線や水平線の形状から、この世界は惑星《わくせい》ではないらしいと予想していたが、こうして目の前に世界の果てがあると思うと、とても感慨深《かんがいぶか》い。

地図を頭の中で思い描《えが》くと、中央南寄りに『死の森』、東に霊山《れいざん》、北と西が辺境地《へんきょうち》、そして南は海を渡った先にもう一つの大陸がある。

俺の予想通り、この世界が平面であるとしたら。

リューラが、『死の森』は特別で本当の意味での魔境《まきょう》だと言った、その意味は。

「魔素《まそ》は世界の端から中央に向かって薄くなっている、のか？」

南の大陸がどれほど離《はな》れているかはわからないけど、この大陸よりも南の大陸は小さく、実際に行き来している人がいて交流もあるという。

ロックバードやワイバーン並みの力がなければ、魔獣を撃退《げきたい》しながら空を長距離《きょり》飛行し続けるのは無理そうだが、それらを従魔にできる人はごく少数だ。

だとすると、南の大陸には他の従魔でも渡れる可能性が高く、距離はそこまで遠くないのだと思う。

大陸の端となる場所の大半が、魔力濃度《のうど》が高すぎる辺境地となっているのは、世界の端である海に近いからだと推測できる。

それを踏《ふ》まえて頭の中の地図で世界の端を結《むす》んでいくと――

「『死の森』は、ほぼ世界の中心、になるのか？」

『死の森』はこの大陸の中央部にあるが、正確には中央のやや南寄りから南部へ向けて広がっている。だから火竜がいる山脈などは、位置的には大陸のかなり南だ。

ああ、でもそう考えると霊山はどのような位置付けになるのかな。大陸の端の辺境地の中でも、東の霊山は恐らく特別な地だ。

そうなると霊山と『死の森』の二箇所《にかしょ》が、この世界で特殊《とくしゅ》な場所ということになる。

「……なあ、ティンファ。ここは、森の中よりも息苦しいと感じていたりするか？」

今思えば、以前、ハイ・エルフのキーリエフさんと一緒に空から霊山を見に行った時に圧迫感《あっぱくかん》を覚えたのは、霊山から漂《ただよ》う峻厳《しゅんげん》さだけでなく、空気中の魔素濃度が高かったからではないか。

「そうですね。確かに、呼吸がしづらいような気はします。アディーさんが崖沿《がけぞ》いに降下してきた時から、そう感じていました」

やはり、今までの仮説はほぼ合っている気がするな。

「アディー、ありがとう。リューラも。これから海を北に向かって飛んでくれるんだよな？」

俺が聞くと、リューラは念話で返す。

『ああ、そうだ。では、そろそろ行こうか。無理はせず、ダメな時はすぐに引き返すことにしよう。我も陸地に戻るまでは一緒に飛ぶからな』

『俺より、お前たちの方が先に限界になる。アリト、きちんとティンファやレラルたちのことを注意しているのだぞ』

アディーに言われ、俺は皆に向き直る。

ティンファと、妖精族ケットシーと魔獣チェンダの血を引くレラル、リスに似た姿の魔獣リアンとイリン、フェンリルのスノーことスノーティア、そしてリューラの子供タクーが一斉にこちらを見た。

「ティンファ。これから北へ向かって海の上を飛ぶから、呼吸がもっとつらくなると思う。我慢《がまん》できないようだったら、無理せずすぐに言ってくれ。レラルも、リアンとイリンもな。スノーは大丈夫だろうから、皆の様子を見てやってくれ。タクーのことも頼《たの》むな」

この先は、魔力濃度が高すぎて倒れる危険性がある場所だ。俺も気をつけないと。

『わかったの！　私はおねえちゃんだから、ちゃんと皆のことを見ているの！』

えへんと胸を張ったスノーの頭を撫《な》で、スノーの足の間にいるリアンとイリン、タクーもそっと撫でる。

「わかりました。今はそれほどつらくありませんが、無理をすると迷惑《めいわく》をかけてしまいそうですから、早めに言いますね」

『では、行くぞ』

アディーはそう言うと同時に方向転換すると、ギュンッと一気に加速して、遮《さえぎ》るものが何もない水平線を目指して飛んだ。

キラキラと陽《ひ》の光を映して輝く海面に、皆からわあっと歓声《かんせい》が上がる。

『速度を上げ過ぎると、アリトたちに負担《ふたん》がかかっていても気づくのが遅《おく》れるから、もう少しゆっくりとな。お、海中にガーブがいるな。高度を上げるぞ』

白銀に光るリューラが斜《なな》め前に躍《おど》り出ると、輝く海面とリューラの鱗《うろこ》の美しさに目を奪《うば》われる。そうしている間に、ぐんっと上昇して視界がさらに高くなった。

高度を上げないといけない魔物か！　と慌《あわ》てて身構えた直後、大きな水音がした。

そちらに目を向けると、海面に飛び込んだ巨大な魚のような影があった。

「うわあっ！　大きなお魚だよ！」

上から見ても、今俺たちを乗せて飛んでいるアディーより明らかに大きい。

……お魚、なんていう可愛《かわい》いサイズじゃなかったぞ。あれが海の魔物か魔獣か……。

「あっ！　あそこにもいるよ！」

レラルが顔を向けている方に視線を移すと、まさに海面から飛び出した姿があった。

鋭《するど》く尖《とが》った角のような吻《ふん》が頭部から突き出し、背にはヒレではなく突起物《とっきぶつ》が何本もそびえ立っている。開いた口からは、ギザギザの歯が覗《のぞ》いていた。どう見ても、魚というより怪獣だ。

『あれはアグラーだな。今落ちたら、お前なんてひと呑《の》みだぞ』

うっ、怖《こわ》いこと言わないでくれ、アディー。その様子がありありと思い浮かんでしまったじゃないか……。

「あれは……魚、ですか？　なら食べられるのでしょうか。凄《すご》い歯ですが」

『肉に毒はないはずだから食べられないことはないだろうが、俺でも食べたことはないぞ。そもそも、陸地に棲《す》む魔物は、わざわざ海に棲む大型の魔物なぞ狙《ねら》わんからな』

「食べられるだろうけど、アディーでも食べたことはないってさ」

アディーからの念話をティンファに伝えると、傍《そば》にいたレラルが魚の影をちらりと見た。

「レラル、あとでまたどこかの湖に寄って魚を獲《と》るから、我慢してな」

大量に作った干《ほ》し魚は、この間の宴《うたげ》で食べ切ってしまった。魚が好物のレラルのためにも、帰りに大きな湖を見つけたら、アディーに頼んで寄ってもらおう。

「う、うん。大きな口だったよ。歯も凄かった……」

あ、食べたいわけではなくて、あの歯を見て怯《おび》えちゃったのか。

「なあ、アディー。空を飛べる魔物は、海には来ないのか？」

『来ないな。考えてもみろ。あの崖《がけ》をわざわざ降りてきて、獲れるかもわからない海の魔物を狙うのは労力に見合わんだろう？』

まあ、そうか。海に潜《もぐ》れるなら別だが、この世界にはそういう進化をした種はいなそうだしな。

アディーだったら空からでもアグラー相手に勝てるだろうけど、その辺の魔獣や魔物では逆に食べられるだけだ。なら、わざわざ海で狩《か》りをする必要はない。陸地には苦戦せずに狩れる獲物《えもの》がたくさんいるのだから。

「じゃあ、海の魔物たちはお互いが獲物なんだな」

まんま弱肉強食《じゃくにくきょうしょく》な海の中を想像して、げんなりしてしまった。

「あっ！　アリトさん、海の中に、とっても大きな影がありますよ！」

ティンファの指さす方を眺《なが》めてみると、海中をたゆたう、とても長い影があった。

……これだけの高さから見てあの大きさってことは、リューラほどではなくても、かなり大きいんじゃないか？

ざっくり見て、体長二十メートル以上はありそうだ。

世界最大のクジラの体長って、どのくらいだったかな。シロナガスクジラだったっけ？　重量は軽く百トン以上だったか。あのサイズがごろごろいるなんて、絶対海の中には入れないな。

この世界での海水浴は、それこそ命がけの行事になりそうだ。

先を行くリューラと海中の影を見比べていると、それに気づいたリューラが言う。

『あれは竜ではなく、ただの魚だな。海に棲む竜の最下級はシーサーペントだ。ワイバーンと同じ階位で……お、あれだ。ほれ、あそこにいる』

「えっ！　シーサーペントだって！　どこに……」

慌ててアディーの背から身を乗り出すと、ティンファやスノーも一緒になって下を見た。

「うわぁ。あれですか？　とても大きいです。でも、リューラさんの方が大きいですね！」

海面に上がってきた長い影を見ていると、シーサーペントはリューラの気配を察知したのか、水音を立てて顔を出した。

大きな顎《あご》に鋭い牙、そして頭上には二本の尖った角。うすい水色に輝く鱗を持った巨大な姿に、俺は息を呑んだ。

「ガアアアアアッ‼」

大きなヒレで海面を叩いて上体を海上へと持ち上げたシーサーペントは、大きく口を開け、俺たちへ威嚇《いかく》の声を放つ。

『グワァアアアアアッ‼　こわっぱが、粋《いき》がるなっ‼』

それに対して、リューラが今まで一度も聞いたこともない声音《こわね》で海面へ向けて吠《ほ》えた。

それに伴《ともな》って周囲の風が渦《うず》巻《ま》き、一気に雲が厚《あつ》くなって雷鳴を響《ひび》かせる。

「ヒッ」

その威容《いよう》に、自分に向けられた敵意でなくても無意識に体が強張《こわば》り、引きつった声が出た。

体の震《ふる》えと同調するかのごとく、灰色の分厚《ぶあつ》い雲からはゴロゴロと雷鳴が響き渡る。

顔が真《ま》っ青《さお》になり、体が小刻《こきざ》みに震えている隣《となり》のティンファを、萎縮《いしゅく》する手を動かしてなんとか引き寄せた。

『リューラ、かっこいいの！　スノーも吠えてもいい？』

『いやいやいや。スノーはダメだ。今のリューラのは、階級を思い知らせるための威嚇だからな。お願いだから、スノーはここで大人《おとな》しくしていてくれ』

無邪気《むじゃき》なスノーの言葉で、一気にガクッと力が抜けてため息が出た。それと同時に体の感覚が戻り、震えが止まる。

「ふう。ティンファ、大丈夫だ。ほら、リューラのはただの威嚇だよ。本気じゃないから、雷も落ちてないだろう？」

黒雲が立ち込め、ゴロゴロと鳴りながら稲光《いなびかり》は走っていても、それ以上は変化しない空を示す。

『おお、すまんな。海の若造は礼儀《れいぎ》を知らなくて困る。外の世界を知らないからな。フン。粋がって吠えたくせに、尻尾を巻いて逃げおったわ。かかってくるなら、風で海を割ってやったものを。……さて、ではさっさと行くとするか。そなたたちには、そろそろつらくなってくる頃合いだろう？』

リューラに言われて下を見ると、いつの間にかシーサーペントの姿は海面から消えていた。それどころか他の魔物も海の奥深くへ潜ったようで、海面は静まり返っている。

まあ、リューラに威嚇されれば、さっさと逃げ帰るのは当然か。

でも、俺たちにはつらくなるって……？

そこで周囲を見回し、今さらながら、肩を抱《だ》いたティンファの顔色が元に戻っていないことに気づく。

「ティンファ？　どうしたんだ、大丈夫か？」

「は、はい。大丈夫、です。もう震えは治《おさ》まったはずなのに、なぜだか今度は息をするのも苦しくなってきてしまって……」

「息をするのも？　……あっ！　そうか、魔素の濃度の影響かっ！」

シーサーペントが出てくるくらい、陸から遠く離れている。

これがリューラの言っていた頃合いってことか！

『やっと気がついたか。お前は鈍《にぶ》いにもほどがあるぞ』

アディーに言われて意識してみると、周囲の空気が濃《こ》くなったような感じで、呼吸しづらい気がする。これが大気中の魔素の濃度が上がった影響なのだろう。

『俺はきちんと見ておけと言っただろうが。スノーは平気だが、レラルたちはそろそろつらいと思うぞ』

「えっ！　レラル、リアン、それにイリン、大丈夫か？」

慌てて振り返ると、スノーの足の間でレラルとリアンとイリンが丸まって震えていた。

「……なんか、息が吸いづらくて、だんだんだるくなってきた、よ。頭がぐるぐるする」

『ひう……魔素が、多くて、動けな……い』

「うわっ⁉　リューラ、アディー！　レラルたちが限界だ、今すぐ、急いで戻ってくれっ‼」

さすがに白竜の子のタクーは、首を傾《かし》げて不思議そうに蹲《うずくま》る三人を見ているだけだったが。

『慌てるな。まだ大丈夫だ。スノー、その三人の周囲に魔素を遮《さえぎ》る障壁《しょうへき》を張れ。障壁に魔素を吸収させるイメージだ。戻るのはまだ早い。もう少しだけ先へ行く』

『わかったの！　私、おねえちゃんだから、できるの！』

スノーが足の間の三人を守るように、周囲に新《あら》たな障壁を張った。今までの風と圧力除《よ》けの障壁の内側に張られたそれは、みるみる周囲の魔素を吸収して分厚くなっていく。

触《ふ》れてみると、大気が通過する時、魔素を通さずに障壁に蓄積《ちくせき》させているようだ。

しばらくしたら、震えてぐったりとしていたレラルたちが、ほっとしたように大きく息をついた。

「良かった。さあ、ティンファ。ティンファもスノーの隣に来て、三人と一緒にいた方がいい。スノー、ティンファも入れてくれないか」

『わかったの！　もうちょっと大きくするの』

荒《あら》く呼吸をするティンファを支えて立ち上がり、俺と位置を交換してスノーと俺の間にティンファを横たわらせ、カバンから毛布を取り出して掛けた。するとスノーの障壁が拡大され、ティンファを包み込む。

様子を窺《うかが》っていると、ティンファの青白くなっていた顔に少し赤みが戻り、安堵《あんど》の息をつく。

これが、魔素の濃度が上がるということか。

世界の真理に近づくということがどういうことか、やっとわかってきた気がした。

『スノーはそのまま、ティンファと皆のことを頼むな』

『わかったの。私の毛皮で包んであげるの！』

そっとスノーがティンファの傍に横たわり、尻尾で包んだのを見届けると、俺は一人立ち上がり、音を立てないようにアディーの頭の方へ移動する。

『なあ、アディー。もういいんじゃないか？　ティンファたちが限界だ』

『フン。リューラが戻ると言ってからだ。……お前の体調はどうなんだ？』

もう一度意識してみると、さっきよりもさらに吸い込む空気が重く感じられた。

ゆっくりと細く息を吸って吐き出す。すると呼吸とともに吸い込まれた魔素が、体の中で暴《あば》れ回っているかのようで落ち着かない。

これほど魔素が濃いと、呼吸からもそれを取り込んでいることを実感するな。

この世界の人は、呼吸と食事で空気中や食物に含まれる魔素を体内に取り込み、自分の魔力に変換している。その変換する効率や体内に留《とど》める量の差が、人が持つ魔力量の差なのだ。

ただあまりにも濃い魔素は、体内に入れるだけで負担になるのだと初めて実感した。

『体内で魔素が暴れているよ。息が苦しくなってきたかな』

呼吸をしているのに、空気を吸い込めている気がしないのだ。二酸化炭素中毒ってこんな状態なのだろうかと、場違いにも考えてしまった。

『なら、きちんと見ろ。お前が見たいと言った、世界の真理の一端を』

そう促《うなが》され、前を見やすいようにさらにアディーの頭部を進んで身を乗り出す。

そして見た。

真っすぐな水平線を描く、青と蒼《あお》が混ざり合う海と果てのない空を。

海に波はなく、ただ静かに海水が流れ、そして空は、先ほどリューラが呼び寄せた暗雲《あんうん》は散《ち》り、雲の間から覗く太陽の光が海面を照《て》らして輝いている。

あらゆる生命はここから生まれた、原初を司《つかさど》る全ての始まりの景色。

地球と同じように、アーレンティアも、この果てから始まったのだとストンと腑《ふ》に落ちた。

ここから生命が生まれ、そして生を育《はぐく》み死ぬと世界に還《かえ》る。それが自然の理《ことわり》で真理なのだ。

今、呼吸がままならないほどの魔素が満ちていても、視界には何も変わらずただ空と海が広がっていた。

『魔素が濃くても、見た目は変わらないんだな』

『……もっと先へ行けば、目に見えるほどに魔素が濃くなる。そうなると、全ては白く塗《ぬ》り潰されていくのだ』

リューラの言葉には、憧憬《しょうけい》の響きがあった。

リューラでも、辿り着くことのない世界の果て、か……。

『では、まだここは序《じょ》の口ってことですね。……世界は広いな』

魔素が密集《みっしゅう》し、見渡す限り白く染《そ》まっている世界の果て。

そこでは全てが魔素に変換され、何者も存在することができない場所なのだろう。

俺はアーレンティアで生まれたわけではなく、魔素が存在するこの世界の未知を解《と》き明かさないと、自分の存在が安定しないという強迫観念《きょうはくかんねん》があったのかもしれない。だから俺と同じ立場の『落ち人』の手掛かりを求め、少しでも自分を納得させようと世界の真理にまで手を伸《の》ばした。

でも、世界の真理なんて、当然俺の手には余ることなのだ。それを求めるのにも、覚悟と決意と探究心《たんきゅうしん》、そして懸命《けんめい》な努力が必要になる。

俺にはそのどれもない。赤子《あかご》が駄々《だだ》をこねて親の力で全てを手に入れようとするように、スノーやアディーの力で手が届くのだと錯覚《さっかく》していただけだった。

そのことを、リューラとアディーは体感として理解させてくれたのだ。

『なあ、アディー。アディーはもっと果ての近くまで行けるのか？』

『いいや。俺は霊山の頂《いただき》を見ることを望んだが、果たせたことはない』

『ふふふ。我でも辿り着けんよ。全てが白く染まる果てで、世界と同化することをいつかは我も望む時が来るだろうが、今ではない。さあ、戻ろうか。いいか、アリトよ。この景色を、覚えておくのだ』

魔素の塊《かたまり》である竜は、果てにある魔素に意思が宿って生まれた存在なのだろうか。

ああ。地球が丸くても、この世界が平面でも、日常の生活には何の関係もない。

地球が惑星だと自分の目で見て確認したわけではなく、ただ知識としてあるだけだった。

その地球でも、宇宙の果てを夢見て宇宙船を作って飛び立っても、終わりの見えない銀河が広がっていたのだ。俺は宇宙に出たいと夢見たことなどなく、ただ毎日、それなりに暮らしていただけだった。

俺の望みは、大切な家族と一緒にのんびり暮らしていくこと。一旗揚《ひとはたあ》げようなんて気もなく、田舎《いなか》で自分の好きなことをして過ごしたい。

そんな俺には、世界の真理を知る必要などない。もう大切に想《おも》う家族ができたのだから。

――それでいいんですよね、倉持匠さん。俺は、この世界がどうであれ、ここで生きていきます。

アーレンティアで生まれたわけでもないし、こちらの世界へ渡ることを望んだわけでもない。

でも、今、そしてこれからはこの世界の一員として生きていくのだ。

じっと地平線を見つめ、ゆっくりと立ち上がって周囲を見回す。

すぐ近くには白銀に輝くリューラが、そしてアディーとその背には大切な家族たちがいる。

それ以外は、全て空と海に囲まれて。

『この景色を覚えておきます。絶対に忘れない。そして、俺は俺として生きていきます』

『ふふふ。それでよい。主とそなたは違う。目指すところが異なって当たり前なのだ。さあ、戻ろう。そなたの仲間たちがつらいだろう』

『はい。ありがとうございます、リューラ。……また、倉持匠さんの書いた本、読みに来ます』

『ああ、待っている。いつでも来てくれ。アディー、来た道を戻るのではなく、東寄りに陸地へ戻ろう』

『わかった。では、戻るぞ』

忘れない。陽を浴《あ》びて白銀に輝くリューラの美しさも。

アディーの背を歩き、スノーの隣へ戻って座ると、ぐっと圧がかかって反転したことがわかった。

そっと寄り添《そ》うスノーの背を撫で、ゆっくりと呼吸をしながら遠くに見える緑を見る。

俺はアーレンティアに落ちてきた時、この世界に適合するように姿が変わった。生まれ変わって魔力を得たのだ。だったら、この世界の理の中で暮らせばいい。

そのことを納得するために、皆の親切に甘えてこんな遠くまで来てしまった。

ああ、でもやっぱり波が寄せてこない海は不思議だよな。太陽だって二つもあるし。惑星でないのなら、太陽の道筋《みちすじ》が変わるのはなぜなのだろう。

そういえば、海に来たけど海水がしょっぱいかどうかもわからなかった。気にはなるが、あんな魔物や魔獣が棲む海へわざわざ近づいて海水の味を確かめるのもな……。

この世界を知るたびに、地球との相違点《そういてん》が次々と浮かぶ。

俺の中の常識は、今でも地球のままだ。でもそれは仕方がない。地球の日本は、俺の故郷なのだから。

この旅に出て、倉持匠さんが遺《のこ》してくれたものに辿り着くことができて、ゆっくりでも俺の身体《からだ》は成長していくことがわかった。いつかは俺もここで年老《としお》いて死ぬ。それがわかっただけでもう充分な成果だ。

この旅で仲間も増えて、皆が家族になった。あとは、自分の思うまま生きていこう。

オースト爺さんにはオースト爺さんの目標があるように、俺はゆっくり楽しんで生きていきたい。

『……なあ、アディー。この後はエリダナの街へ寄ろう。ティンファのおばあさんが心配しているだろうから。俺もキーリエフさんに、集落でマジックバッグを渡したこととか話さないとな』

『ああ、わかった。リューラと別れたら、そのままエリダナの街へ向かう。……俺は元々そのつもりだったがな』

おお！　アディーがデレた！　ふふふ。

『そうか。アディーは優《やさ》しいな。ありがとう。いつも感謝しているよ』

『フン！』

エリダナの街へ行って……そうだ、その後はミランの森に住むリアーナさんにも会いに行こう。

冒険者パーティ『深緑の剣』の一員であるリナさんにはエリダナの街で会えたらいいけど、どうだろうな。手紙が来ているか確認してみないと。

ああ、同じパーティのガリードさんたちにも会いたいな。なんだか凄く懐《なつ》かしいや。

でも、その前に。

『なあ、アディー。エリダナの街に戻ったら、俺と二人で霊山へ行ってくれないか？　遠くからでもいい。もう一度、あの姿を見たいんだ』

キーリエフさんに連《つ》れていってもらった時は、その峻厳な姿を見て、ただ漠然《ばくぜん》と畏敬《いけい》の念を抱《いだ》いただけだった。

でも、今では。

『死の森』は世界の中心の地。霊山も、この世界にとって恐らく特殊な地だ。

『……いいだろう。付き合ってやる。なんなら霊山から海へ飛んでやってもいいぞ』

『いや、もう海はいいよ。……俺には真理を探究するなんて無理だ。ここまで連れてきてもらって、身の程《ほど》を思い知ったさ。でも、こうして実感することができて良かったよ。本当にありがとう、アディー』

霊山を越えた東の海にも、もしかしたら特殊な意味があるのかもしれない。けれど、俺はもう真理を追うことはしない。

世界の真理に触れて、その深さをしみじみと実感できたから、今の心境で霊山の姿を見たいのだ。

『見えるか。右手のずっと彼方《かなた》にあるのが霊山だ』

リューラが示した先を、思わず身を乗り出して目を凝《こ》らすと、ずっと広がる緑の森の奥、遥《はる》か彼方に雲の上へと続く霊山の姿が微《かす》かに見えた。

「ああ……。俺たち、本当に遠くまで来たもんだな」

キーリエフさんの屋敷を出たのが、もうかなり前のことのように感じる。

『いい経験になったのではないか。さあ、ティンファたちの様子を見てやれ。もうここまで来れば魔素は大丈夫だろう』

そう、いい旅だった。一歩一歩、ここまで自分なりに進んできたのだ。

気づけば、先ほど見た海岸となる崖が迫《せま》ってきていた。陸地はもうすぐだ。

『どうだ、スノー。アディーがもう魔素は大丈夫だろうって言っているけど、障壁を消しても皆は平気かな』

『うん、もう平気だと思うの。じゃあ、消すね！』

スノーが障壁を消したのを感じると、立ち上がって反対側のティンファへと歩み寄る。

そっと肩に手をかけて揺《ゆ》すり、呼びかけると。

「ティンファ、大丈夫か？　陸地へ戻ってきたよ」

「ア、アリト、さん。う……すみません、まだ、気持ち悪い、みたいです」

「無理しないでそのまま寝ているといいよ。レラルも……ああ、寝ているな」

少しだけ顔を上げたティンファの顔色が、少し良くなったのを見てほっとする。

レラルはいつの間にか、スノーの足の間で丸まったまま寝息を立てていた。その呼吸音も安定していて、苦しそうではない。

「リアン、大丈夫か？」

『ん……だ、大丈夫。凄く、きつかったけど、もう、平気、だ。嫁《よめ》も意識戻った』

「それは良かった。しばらく休んでいてくれ」

横たわる皆を不思議そうに見ているタクーを抱き上げ、そっと頭を撫でる。

「タクー、皆は魔素が多すぎる場所だと生きていけないんだ。タクーはまだ小さいけれど、大きくなったら皆を守ってくれな」

『う？　まもる？　……うん。みんな、まもる！』

小首を傾げながらゆっくりと言われたことを考えていたタクーが、こっくりと頷《うなず》いた。その頭をよしよしと撫で回す。

白竜は偉大《いだい》な存在だが、こうして他の生き物と同じく成長を重《かさ》ねていくのだ。

「俺は弱いからな。スノーやアディーはとても強いけど、タクーはもっと強くなる。お前は生んでくれたリューラの望み通り、色んなことを経験してくれな」

様々なものを見て、タクーはタクーなりの白竜になるのだろう。

『ん？』

タクーは今度は言葉の意味を理解できなかったのか、きょとんとする。

そんなタクーを、優しく抱きしめた。

大きくなった姿を俺は見ることはないだろうけど、どうか健《すこ》やかに真っすぐに育って欲しい。

『ふふふ。ティンファと小さき者たちにはきつかったようだから、このまま陸地を飛ぶといいだろう。我はここで見送ることにする。ではな、アリト。タクーをよろしく頼むぞ』

アディーより少し斜め上を飛んでいたリューラが、陸地へと戻ったところでアディーの隣に並んだ。

「リューラ、色々とありがとうございました。タクーも、しっかりと見守ると約束します。また会いに来ますね」

今はもう、恐怖をあまり感じなくなった大きな顔を見つめ、頷く。

『ああ、また、来い。待っているぞ』

『……タクーには次に会う時までに、きっちりと風の使い方を仕込んでおくから心配するな』

『ふふふ。よろしくな、我らとは別の風の王よ。次に会う時を楽しみにしていよう。ではな』

そう言うとリューラは、アディーの周囲をぐるっと飛んでから斜め後ろへと下がっていった。

「またな、リューラ！　タクーは預《あず》かります！」

片手でタクーを抱き、もう片方の手を後ろへ遠ざかるリューラへと大きく振った。

アディーはそのまま振り向くことなく、遥か彼方に微かに見える霊山の方へと真っすぐ飛んでいく。

リューラがまだ近くにいるからか、アディーのスピードが速すぎるからか、周囲には空を飛ぶ魔物や魔獣の姿はなく、ただ青い空が広がっていた。

『そうだ、アディー。アルブレド帝国はどっちの方向かな』

『右前方だ。遠くを見れば、森が薄くなっている場所があるだろ』

言われた方向をよく見てみると、遥か彼方に緑が途切《とぎ》れている場所があった。

最北端《さいほくたん》に位置する人族の国。人から聞いた話と人族主義という国家方針のイメージから、足を踏み入れたいとは思わないし、今後も恐らく訪れることはないだろう。

それでもこの辺境に囲まれた地で、人だけで生き抜いているのだ。

力の強い獣人に森との境目《さかいめ》の警備《けいび》を頼めばいいだろうにな。共存した方が、人族だけで暮らしていくよりも、数段楽になりそうなのに。

人族の力は獣人に比べれば弱く、魔力も高くない。突出《とっしゅつ》した身体能力はなくても、人族にだって人族にしかない取り柄《とりえ》はあるのだから、互いに補完《ほかん》して生きればいいと思う。

こういう考え方は、別に俺が違う世界に生まれたからとかは関係ないよな。同じ世界に生きていたって、思想は人それぞれだから。

でもそんな人族主義のアルブレド帝国も、空から見ればエリンフォード国と同じように森の緑と草原の緑が広がっているだけだ。

「ん……ああ、もうリューラさんと、別れたのですね。挨拶《あいさつ》をできませんでした」

「仕方ないさ。ティンファ、顔色は良くなってきたけど、気分の方はどう？　まだつらいなら横になってなよ」

ティンファがまだ少し顔色が悪いながらも起き上がったのは、リューラの姿が完全に見えなくなった頃だった。レラルは今も寝たままだ。リアンとイリンも、いつしか寝息を立ている。

「大丈夫です。少し気分が良くなりました。魔素の濃度でここまで体調が崩《くず》れるとは思いもしませんでした。アリトさんは平気だったのですか？」

「いいや、呼吸するのもかなり苦しかったよ。まあ、俺は落ちてきてから何年も『死の森』で暮らしていたからか、魔素の濃度に鈍《にぶ》いところがあるみたいだな」

旅に出た当初は、なんか体が軽いし動きやすいな、と思っただけだった。

でも、こうして辺境地まで旅をしてきたことで、いかに『死の森』の空気が魔素を含んでいたのかを実感した。

今思えば、爺さんの家で暮らし始めた頃に動くのも怠《だる》いと感じたのは、濃密《のうみつ》な魔素を急《きゅう》激《げき》に体に取り入れたせいだったのだろうな。もちろん、この体に慣れていなかったというのもあっただろうが。

「そんなアリトさんでもつらいと感じたのなら、私が無理だったのは仕方なかったのでしょうね。……ふう。風が気持ち良くて、大分楽になりました」

ティンファの顔色を見てみると、確かに寝ていた時よりも赤みが戻っている。これなら、もう少し休めば大丈夫だろう。

「それは良かった。もうそろそろ昼なんだけど、ご飯はどうしようか……。ちょっとアディーに聞いてみるか」

早朝に出発したが、大陸の端まで行き、崖を降り、さらに海を北へ北へと向かって飛んだ。そして引き返してきたから、それなりに時間が経《た》っている。

『アディー、エリダナの街にはどれくらいかかりそうなんだ？　何回か野営を挟《はさ》むのか？』

『フン。俺は別に休憩《きゅうけい》する必要などないから、飛ばせば夜には着く。キーリエフの屋敷の庭になら、夜でもそのまま入れるのではないか？』

うわ。アディーなら一日、二日で着くのだろう、とは思っていたけど、今からでも今日中には着くのか……。凄い。というか凄すぎないか、アディーは。

『そ、それは……先に連絡入れてないのに大丈夫かな？』

『大丈夫だろう。飛ばせば着くのに、わざわざ野宿するのか？　ティンファたちを屋敷で休ませた方がいいのではないか？』

『あっ！　そ、そうだな。じゃあ頼むよ。昼食はこのまま背中で食べさせてもらうけどいいか？』

『絶対にこぼすなよ。汚《よご》したら……わかっているな？』

うっ……。汚すって言っても、浄化《じょうか》魔法を掛けたらすぐにキレイになるのに！　ま、まあ注意して食べようかな。

ハア……。確かにティンファには、安心できる場所でゆっくり寝て欲しい。

アディーは、さっきまではやっぱり速度を加減してくれていたんだな。

ちらっと下を覗くと、ずっと森が続いている。目印になるものがないからわかりづらいが、凄まじいスピードで飛んでいるのだろう。

「アリトさん？」

「ああ、ごめん。今夜にはエリダナの街へ着くそうだから、食べられそうだったらこのまおにぎりを食べよう」

「ええっ！　今日中に着くんですかっ！　す、凄すぎないですか、アディーさん。さすがですね」

「本当にな……。行きは二月《ふたつき》はかかったのにな……」

「でも、この旅ではイリンと契約できましたし、色々なことが勉強になりましたから。私にとってとても良い経験になりましたよ」

そうなんだよな。俺はリアンと契約して、たくさんの集落の人たちにも出会って。間違いなく、自分にとっていい旅だった。

「ただ、帰りがあっさりしすぎて、こう……余韻《よいん》がないっていうか」

「ふふふ。贅沢《ぜいたく》ですけど、確かにそれはありますね。でも、おばあさんにたくさんのことを報告するのが楽しみです！」

旅に出た時と、今の自分。少しは精悍《せいかん》な顔になって、キーリエフさんと再会できるのだろうか。

第二話　エリダナの街への帰還《きかん》

ほどなくしてティンファの体調も落ち着き、レラルが起きたので皆で昼食を食べた。

のんびりと空の旅を楽しんでいると、遠景にある微かな影に過ぎなかった霊山の姿がだんだんと大きくなってきた。

「あっ！　あの遠くに見えるのが、私の住んでいた村のある山でしょうか？」

「うーん、位置的にそうかもしれないな。こうやって見ると、山が少ないよな」

恐らく数百キロは飛んできただろうに、視界に広がるのはずっと森、森、たまに草原、という感じだ。

陽《ひ》ざしが陰《かげ》るとともに、森は追いやられるように視界から少なくなり、代わりに増えてきた平原には街道《かいどう》が走って、薄い緑や低い山がぽつぽつと点在しだした。

あっという間に通り過ぎてしまうが、よく見ると街道の途中に村や小さな町もある。

そうして夕暮れが近づいてきた今、エリンフォード国の国境になっている山々が見えてきていた。長距離を移動してきて、やっと見えた山脈だ。

山が多い島国で、大学まで山の麓《ふもと》で育った俺には、森や平地ばかりというのはやはりとても不思議な光景だ。

「そうですね。私は山で育ったから、山がないのはなんだか不思議な感じです」

「あっ！　今、俺もそう思っていたんだ。日本は山が多い国だったから。俺の育った田舎も、山ばかりだったんだよ」

「アリトさんも山で育ったのですね！　……空から見ると、人が暮らせる場所と魔物や魔獣の棲む場所がくっきりと分けられているのが一目でわかりますね。『死の森』のような例外もありますが、大陸の内側は人の領域なのですね」

そう言われて頭の中に、濃い緑と薄い緑で色分けされた大陸図が描かれた。

大陸の外縁部《がいえんぶ》、海に接した土地は辺境地――つまり森だ。その内側に様々な国がある。例外は大陸中央部から南部へ広がる『死の森』と、火竜の棲む山脈だ。

今のような地図になったのも、オースト爺さんやキーリエフさんたちが今まで歴史を作ってきた結果なのだろうけどな。

「人族でもエルフでも他の種族でも、アディーのような魔獣や動物の力を借《か》りなければ、移動するにはとても時間がかかる。それを思えば、人の領域はそれほど必要ないのかもしれないな」

かといって内部が平原ばかりというわけではないし、小さめでも森や川や湖だってある。だから人が移動する時には、いつだって魔物や魔獣への警戒《けいかい》は必要だ。

そんな状況では馬車で旅をするのは命がけで、国をまたいで大陸を縦断《じゅうだん》するとなったら、何ヶ月もの旅になる。もしかしたら一年以上かかるかもしれない。

人は森より平原、村より街のさらに安全な場所に居住し、そこから移住することはほぼない。それでも人口が集中しすぎて溢《あふ》れる、ということは、旅の間に見た街ではなかった。

そう考えると、人口と土地のバランスはとれているのだろうな。

「そうかもしれませんね。でも、アディーさんにはこの世界は狭そうです。まさかエリダナの街まで一日もかからないとは思いませんでした」

『……お前たちが進んだのは森の中だからな。直線距離なら、エリダナの街からナブリア国の王都の方が遠いぞ』

「ああ、そうか。ティンファ。アディーが直線距離ならそう遠くないって。道があって真っすぐ行けたなら、一月《ひとつき》もかからなかったかもな」

飛行機で東京から北海道まで、二時間くらいだっけ？　それを考えれば、アディーのスピードならありうるのか。

「なるほど。確かにずっと道もない森を歩いていましたから、一日で進む距離は街道を行くより大分少なかったです。それでもこれだけあっという間に戻ってこられるなんて、アディーさんは速すぎだと思いますけど」

振り返っても、辺境の地はもう見えない。左方斜め前を見ると、夕闇の中に佇《たたず》む霊山の雄大《ゆうだい》な姿がある。

本当に帰りはあっという間だった。

「アディーおじさんは凄いよ！　こんなに早く帰ってこられるなんて思ってなかったけど、お母さんへの手紙は書き終わったから良かったよ」

目を覚ましてからはずっとティンファの膝《ひざ》の上にいるレラルが、ゴロゴロと喉《のど》を鳴らす。

「お手紙を書いたのね。早くお返事が届くように、明日アディーさんに頼みましょう」

「うん！」

エリダナの街に滞在《たいざい》していた時、レラルはリアーナさんを介《かい》して母親と手紙のやり取りをしていた。

俺たちが『死の森』に住むようになったら直接レラルと母親がやり取りできないか、リアーナさんに聞いてみようかな。

そういえば俺もオースト爺さんへは、妖精族の村で手紙を出したっきりで、無事に目的地に到着したことも伝えていなかった。旅が終わったらティンファを連れて戻ると書いたら、張り切って準備していると返事があったから、今頃は新しい小屋でも建《た》てててくれているかもしれないな。

「あ、そうだ、ティンファ。そろそろ念話が届く距離だと思うから、おばあさんに明日帰ると伝えておいたらどうかな。今晩は何時に着くかわからないからキーリエフさんの屋敷に泊まって、明日からは二、三日はおばあさんの家でゆっくりするといいよ」

まだエリダナの街の灯《あか》りは見えないが、霊山の大きさからするとそれほど遠くないだろう。そろそろギリギリ念話が届くと思う。

「あ！　そうですね、連絡してみます！　でも、ゆっくりなんてしていいんですか？」

「うん。俺もその間にキーリエフさんに報告しないといけないし、手紙を確認するとか街でやることもあるからね。少なくなった食料の買い出しもしたいし。ゆっくり休んでから、ナブリア国のミランの森へ寄ろうと思うんだ。リアーナさんも、レラルの無事な顔を見せたら安心するだろうからね。あ、途中のティンファが住んでいた村へも寄っていく？」

アディーもティンファのためなら寄ってくれるだろう。

「はい！　できたら村長さんに声を掛けたいです」

「そうだね。家の面倒を頼まないと、だしね。じゃあ、ティンファはおばあさんへ念話を繋《つな》いでみてくれ。俺もキーリエフさんに繋いでみるよ」

ティンファとおばあさんの念話の魔石を作った後、同じものを何かあった時の連絡用にキーリエフさんに渡しておいたのだ。だから今は、左耳にオースト爺さん、右耳にキーリエフさんと念話するための魔道具をつけている。

まあ、普段は全然使えないんだけどな。オースト爺さんへは、王都へ着く前にはもう距離的に連絡できなくなっていたし。そうだ、オースト爺さんへは手紙を書いておかないと。

右耳につけている魔石に意識を向け、目を閉じて集中しながら魔力を込めて繋がるように念じる。

『……聞こえますか、キーリエフさん。アリトです』

かすかに繋がったような感覚があり、その繋がりを慎重《しんちょう》に維持しながら念話を送る。

『……ああ、アリト君か。聞こえるよ。もしかしてエリダナの街の近くにいるのかい？』

繋がった瞬間、細い繋がりが一気に太くなりしっかりと安定した。キーリエフさんの魔力が補強《ほきょう》してくれたようだ。

『はい。アディーに乗せてもらって向かっています。今、正確にどの辺りを飛んでいるのかはわかりませんが、恐らくそれほどかからずにエリダナの街に着くと思います。それでアディーがキーリエフさんの屋敷へ直接降りると言っているのですが、大丈夫ですか？』

『おお、ついにアディーが乗せてくれたんだね！　ウィラールなら、それは速いだろう。では、私から兵士に通達して手配をしておくから、直接来てくれてかまわないよ』

キーリエフさんの声を聞いて、なんだかとても懐かしくなってしまった。旅に出る前に滞在した日々が思い起こされる。

ドワーフのドルムダさんは、まだキーリエフさんの屋敷に滞在しているのかな？

『ありがとうございます！　もっと近くなったらまた連絡しますので。あと、急で申し訳ないのですが、俺とティンファを今晩屋敷へ泊めていただいていいでしょうか？』

『もちろんだよ。エリダナの街にいる間は、また屋敷に滞在してくれ。アリト君ならいつだって歓迎するよ。土産話《みやげ》を楽しみにしているからね。では、待っているよ』

楽し気《げ》な様子に思わず頰《ほお》が緩《ゆる》んだ俺は、続けてアディーへ念話する。

『キーリエフさんに念話で伝えたよ。屋敷にそのまま降りていいそうだから、街が近くなったら教えてくれるか？』

北へ旅立った時には、帰りはどこを通るのか決めていなかったために、エリダナの街へ戻るとは言っていなかった。でも、歓迎してくれるとのことで一安心だ。

『わかった。あともう少しだ。予定通り、夜遅《おそ》くなる前に着くだろう』

『ありがとう、アディー。エリダナの街に何日か滞在して、ティンファの疲れがとれてから出発しよう』

倉持匠さんの庵《いおり》に滞在している間はのんびりしていたけど、高濃度《こうのうど》の魔素に当てられて心身が疲労しているはずだ。それに、おばあさんの家でなら、ゆっくりとくつろいで旅の疲れを癒《いや》すことができるだろう。本当にティンファには無理をさせてしまったからな。

「アリトさん。なんとかおばあさんと繫がりました！　明日の午後なら家にいるそうです！」

ティンファの方も、無事に連絡が取れたようだ。

「それは良かった。こっちもキーリエフさんと繫がって泊めてくれることになったから、今晩はゆっくり寝て、明日はお昼を食べてからおばあさんの家へ一緒に行こう。送っていくよ」

　とてもうれしそうに無邪気な笑顔を浮かべたティンファの姿を見て、ほっと安心した。海上での、青白い血の気《け》の引いた顔をしたティンファを思い出すと、今はゆっくりして欲しいと思う。

　これから向かうのは『死の森』なのだ。俺にとっては、オースト爺さんが住んでいる思い出の詰《つ》まった懐かしい地だが、ティンファにとっては北の辺境地と同じく過酷《かこく》な環境《かんきょう》だろう。

「ありがとうございます。ふふふ。でも、楽しみですね。アリトさんはおばあさんと会ってくれましたから、私もオーストさんにご挨拶できると思うとうれしいです」

『森にはおかあさんもおとうさんもいるの！　それに、たくさんのおじさんおばさんもいるよ！　私も帰るのが楽しみなの！』

……本当にかなわないな、ティンファには。なんでこんなに、いつも欲しい言葉をくれるのか。

　祖父母《そふぼ》の家で過ごしていた子供時代でも、家に友達を招《まね》くことなんてなかったのに、オースト爺さんに友達どころか恋人……そうだよな、恋人を紹介するだなんて！　そう思うと凄く気恥《きは》ずかしいな……。

「ティンファ、スノーがお母さんもお父さんもいるってさ。スノーの両親には、俺もとてもお世話になったんだ。他にもたくさんのもふもふたちがいるから、楽しみにしていてな！」

「そこにチェンダもいるんだよね？　わたし、おとうさんには会ったことがないから、同じ種族のチェンダに会えるのが、少し怖いけど楽しみだよ！」

「あら、レラルちゃんも私と一緒に皆さんにご挨拶しましょうね。でも、とりあえずは先に、レラルちゃんを育ててくれていたリアーナさんにお会いしないと」

「うん！　リアーナに会えるのも楽しみだよ！」

楽しそうにこれから先を語るティンファとレラルに、俺もうれしくなった。

やっぱり、皆と一緒にのんびり過ごせれば、それが俺にとっての幸せだよな。

『おい。もう少しで着くぞ。連絡を入れるなら入れておけ』

「あ！　アディー、ありがとう！　ティンファ、もう少しで着くみたいだ。俺は今からキーリエフさんに連絡するから」

先ほどと同じように右耳の魔石に手を触れ、そこに宿ったキーリエフさんの魔力を辿って念話を飛ばす。距離も近いし、二度目だからかすぐに繋がった。

『キーリエフさん。聞こえていますか？　もうすぐ着くそうです』

『おお、アリト君。こちらの準備は終わっているよ』

『ありがとうございます！　では、また』

さすがキーリエフさんだ。もう街の兵士への連絡は済んだみたいだな。

……街の門から入ると、また強引に門番に屋敷に連れていかれそうだから、直接屋敷に降りることになったのは良かったのかもしれない。到達地が同じでも、無理やり連行されるのは勘弁《かんべん》して欲しいからな……。

『アディー、いつでも大丈夫だそうだよ』

『では、お前たちも降りる準備をしておけ。もう着くぞ』

え！　もうすぐって、本当にすぐだな！

「ティンファ！　アディーがもう着くから準備してくれって！　すぐ近くまで来ていたみたいだ」

「わかりました！」

慌てて移動して背中の真ん中に皆で座り、タクーを抱《だ》っこして着地に備《そな》える。するとすぐに下降が始まった。

『降りるぞ』

アディーの声とともに斜めになり、張った風の防壁に支えられながらも視界が開けると、眼下《がんか》には夜景が広がっていた。

ネオンのような明るさはないが、木の上に建てられた家々や平地の街から温かな光が放たれ、ほんのりと暗闇を照らしていた。

「うわあ。きれいですね！　夜は暗いだけだと思っていましたが、空から見ると、灯りがあんなにも美しいなんて……」

「本当だな。……なんだかほっとする灯りだな」

夜景といえば、東京のような都会の街を思い浮かべる。その夜景も美しいとは思ったが、俺には寒々しく見えたものだ。

幼い頃に家への帰り道で見た、田んぼや畑道沿いにある民家の灯りは、とても温かく感じたことを思い出す。

『あっ！　屋敷の庭に灯りで目印がしてあるの！』

「えっ！　あ、本当だ。火を焚《た》いてくれたのか」

スノーに言われて目を凝らしてみると、赤々とした火で描かれた円がぽっかりと浮かんでいた。あそこがキーリエフさんの屋敷に違いない。

「あっ、私にも見えました！」

焚火《たきび》で描かれた円に目を奪われているうちに、あっという間に近づいて、反動もなくすっとその中心に降り立っていた。

うわっ。さすがアディーだ。スピードを落とすことなく全く揺れずに着地するなんて！

『アディー、ありがとう。さすがだな』

『フン。ほら、さっさと降りろ』

ここでデレないのも相変《あいか》わらずだけどな。

ティンファに抱かれていたレラルも、イリンと抱き合っているリアンも、スムーズ過ぎる着地に呆気《あっけ》にとられている。

「ティンファ、着いたよ。降りようか」

「はい！　アディーさん、ありがとうございました！　全く揺れないので、とても快適でした！」

「アディーおじさん、ありがとう！　あ、でも、どうやって降りる？」

『スノーに乗るといいの！』

大きくなっているアディーの背から地面まではそれなりの高さがある。まして今は夜で、焚火に照らされていても、地面は真っ暗で全く見えないのだ。

「ティンファ、皆、スノーが乗せてくれるってさ」

ティンファを乗せられるほどに大きくなったスノーが、うきうきとしゃがむ。

「ありがとう、スノーちゃん。乗せてもらうわね」

「おねえちゃん、ありがとう！」

「じゃあ、スノーは皆を頼むな。俺は先に降りているよ」

『まかせるの！』

スノーに皆が乗るのを見届けると、一人先に飛び降りた。

下が見えないので、風でゆっくり、ふわっと着地するように調節する。そうして無事に反動なく着地に成功した。

ふう。暗いと怖いな。距離感が掴《つか》めなくても、魔法があるからとても助かるけど。

そしてすぐにスノーが何事もなくストンと隣に降り立った。

「おかえり、アリト君、ティンファさん。皆、無事なようで良かったよ」

声に振り向くと、炎に照らされて佇むキーリエフさんと執事《しつじ》のゼラスさんの姿があった。

その姿に思わずティンファと顔を合わせ、そして元気いっぱいに答える。

「「ただいま戻りました！」」

第三話　再び霊山《れいざん》へ

キーリエフさんとゼラスさんに出迎《でむか》えを受けた俺たちは、そのまま料理長のゲーリクさんが用意してくれていた夕食を食べた。

その後、以前も泊まっていた部屋へ案内され、布団を出して倒れるようにスノーに抱きついて寝てしまった。

しばらくは倉持匠さんの遺した庵で寝泊まりしていたとはいえ、やはり緊張《きんちょう》もあって疲れていたのだろう。次の日に目覚《めざ》めたのは、いつもの早朝ではなく、陽が昇ってしばらく経った頃だった。

『あ、起きた、アリト』

『おはよう、スノー。これだけゆっくり寝たのは、いつ以来かな』

まだぼうっとする頭を振り、浄化魔法を掛けてさっぱりしてから支度《したく》を整《ととの》えると、スノーを伴って部屋を出て、階下の食堂を目指した。

階段のところまで来ると、ゼラスさんが待っていてくれた。

「おはようございます、アリトさん。ゆっくりお休みいただけましたか」

「おはようございます、ゼラスさん。ありがとうございます。いきなり来たのに、すみません。ゆっくりと寝させてもらいました」

「それは良かったです。朝食はできていますので、食堂でお待ちください。ティンファさんは起きてこられましたら案内いたします」

この気遣《きづか》いは、さすがだな。昨夜は旅の詳《くわ》しい話をする前に眠《ねむ》ってしまったから、色々気になるだろうにな。

キーリエフさんには、出迎えてくれた時に新しく仲間になったリアンとイリンの紹介だけして別れたままだ。タクーのことは、白竜だなんて言ったら大事《おおごと》になるので、詳しく話をする時に紹介するつもりである。

食堂へ入ると、メイド長のナンサさんが俺の分の朝食を並べてくれているところだった。

「おはようございます、ナンサさん。ありがとうございます。あとでゲーリクさんのところへ顔を出しますね。お土産の食材がいっぱいあるんです」

「おはようございます、アリトさん。ええ、ゲーリクも楽しみにしていますよ」

一人で朝食を食べ始めると、ティンファとレラルが一緒に入ってきた。

「おはようございます、アリトさん。ゆっくり寝てしまいました」

「おはよう、ティンファ。俺もさっき起きたばかりだよ。あ、この後おばあさんの家に行く前に、露天風呂《ろてんぶろ》を貸してもらおうか？　まだ疲れているだろう？　昨日はお風呂に入れなかったから、俺も借りたいと思っているんだ」

俺は今日もこの屋敷に泊めてもらうので夜でもお風呂に入れるが、ティンファはおばあさんの家に滞在する。普通の家庭にお風呂はないので、今のうちに入っておいた方が旅の疲れはとれるだろう。

オースト爺さんの家に戻ったら、早急にお風呂を作ろう。何で俺は浄化の魔法だけで満足していたのかな。

俺で毎日お風呂に入れる生活を送っていたら、もうお風呂なしの生活には戻りたくなくなってしまった。というか、お風呂を気にするだけの精神的余裕が出てきたってことだろうな。

「いいですか、ゼラスさん」

「どうぞお入りください。今の時間は誰も入りませんので。あとキーリエフ様は、ティンファさんを送って戻ってくるまで私の方で止めておきますので」

好奇心旺盛《こうきしんおうせい》なキーリエフさんのことだから、早く話を聞きたいと思っているだろうけどな。

「それは助かります。キーリエフさんには色々報告しないといけないことがあるので、戻ったら詳しい話をしますね。あ、ドルムダさんはまだ屋敷に滞在していますか?」

昨夜、俺たちが到着した時にはキーリエフさんたちの食事はもう終わっていて、遅い時間だったので確認する余裕もなかったのだ。

「はい、まだ滞在されていますよ。ただ、今は街の工房の方へ泊まりがけで教えに行っているのです。昨夜知らせを送りましたので、今晩か明日には戻ってくると思います」

ああ、作った物を流通させるには、ドルムダさんが製作するだけでは数が足《た》りないからな。街の工房で作らせるって言っていた気がする。

「じゃあ、ティンファ、俺はもう食べ終わるから先に露天風呂に入るよ。出たら声を掛けるから」

「はい。朝食をいただいて、準備しておきますね」

ゲーリクさんに旅で手に入れたお土産を渡そうかと思っていたけど、とりあえずは風呂だな。

朝食を食べ終えると、着替えを持って露天風呂へと向かった。

「おばあさん、ただいま戻りました‼」

「お邪魔《じゃま》します。無事に戻りました！」

露天風呂に入り、しっかりと温まって疲れを癒すと、ティンファが入っている間にゲーリクさんにお土産の食材を渡して一緒に昼食を作った。

俺たちが朝食を食べ終えたばかりだから、軽めのパンケーキだ。トッピングすれば、ガッツリ昼食にもなるし、ジャムを作って挟めばおやつにもなる。後者はティンファのおばあさん、ファーラさんへのお土産だ。

早めに昼食を食べ終えた後、キーリエフさんに捕《つか》まる前にゼラスさんが馬車でファーラさんの家まで送ってくれた。今も下で待ってくれている。

「まあまあ、おかえりなさい。アリトさんも、元気そうで良かったわ」

「はい、怪我《けが》をすることなく無事に戻ってこられました。ただ、ティンファには体力的にかなり厳《きび》しい旅になってしまいました……。街で何日かゆっくりしてから、俺の暮らしていた場所へ一緒に向かいたいと思っています」

「ふふふ。いいわよ。こうやってティンファが笑顔で訪ねてくれたのだもの。街にいる間は、アリトさんもまた顔を見せに来てくれるのでしょう？　さあさあ、ティンファ、入ってゆっくりしてちょうだい」

「ティンファ、買い出しの時はここに寄るよ。アディーに一日一度は顔を出すように頼むから、何かあったらその時に手紙を預けてくれ。では、ファーラさん、また来ます。お邪魔しました」

笑顔で微笑《ほほえ》み合う二人に声を掛けてから、パンケーキを渡して引き返した。

さて。いい加減キーリエフさんの相手をしてから、手紙の確認かな。

「ゼラスさん、お待たせしました。俺宛《あ》ての手紙は屋敷に届いていますか？」

「はい。商人ギルドへ届いたものは、その日の夕方には屋敷に来ています」

「では、ギルドへ寄る必要はないですね。屋敷に戻りましょうか」

そのまま屋敷に戻って扉を開けると、キーリエフさんが待ちかまえていた。まあ、予測通りだ。

「さあ、アリト君！　色々話を聞かせてくれないか！」

「はい。森の中で運良くいくつかの集落を見つけて立ち寄りましたので、その話もしますね」

そのまま応接室へ案内され、キーリエフさんとゼラスさんに旅の間のことを順を追って話していった。マジックバッグを集落へ三つずつ渡したことを告《つ》げると。

「それは良かった。マジックバッグはドルムダが頑張《がんば》って作ってくれているけど、どうやって流通させるか迷《まよ》っていたのだよ。あればかりは、アリト君に聞いてから他の工房で

作るかどうかを決めたかったんだ」

調理器具などは、ドルムダさんが作り上げたそばから流通させていた。

でもマジックバッグだけは、ここから俺が旅立つ時でもドルムダさんが屋敷に留まって作る、としか聞いていなかった。改良版の方は領主の屋敷や知人へ渡すと言ってはいたけど。

なんだかうれしいな。元々俺は表に出たくなくてキーリエフさんに丸投げしたのに。キーリエフさんの名前で出すのだし、全部任《まか》せたのだから、マジックバッグをどう扱《あつか》われても文句は言えない。

でも、キーリエフさんは俺に気を遣《つか》って製作の拡大や流通はストップしてくれていたようだ。

逆に言えば、それだけマジックバッグの扱いは難しい、ということだろうな。

マジックバッグは便利過ぎるし、流通に乗せるかをキーリエフさんに任せた後も、まだ葛藤《かっとう》はあった。でも、集落での暮らしを目《ま》の当たりにして、流通させるべきだと今は思うようになっている。

とはいえ、マジックバッグは元々、上級魔物の皮を使い、そこに自分の魔力を通すことで容量を増やして完成させたものだ。この作り方なら、今の俺のカバンのように部屋一つ分の荷物は楽に入るようになるが、流通させるものを同じ製法では無理だろう。個人の魔力量や魔力操作《そうさ》の技量の違いで、容量にかなりの差が出るのが最初からわかっている分、使用する人を選ぶからだ。

だから流通させるのは、ドルムダさんと一緒に改良した、使用者の能力に性能が左右されないマジックバッグになる。集落へ提供したのもこれだ。

ただそのマジックバッグだと、だいたい三畳《じょう》程度の容量しかないんだよな。

「マジックバッグの材料は上級魔物の皮ですが、エリダナの街での取り扱いは多いのですか？」

俺やキーリエフさんなら問題なく手に入れることができるけど、この街の周辺に出る魔物や魔獣は、強くても中級だ。旅していた時も、上級魔物が出てきたのはかなり森の奥の集落からだった。

ここから東の森へ行けば、霊山の影響で上級魔物もいるかもしれないけど……。王都も東の森の中だったっけ？

「王都からの荷物でなら、たまに入荷することはあるよ。まあ、街の工房に恒常的《こうじょうてき》に流通させるのは、僕が手を出さなければ無理だろうね」

「ですよね。なら、キーリエフさんが売ってもいい人を選別して、最初はその人たちから流通させるのはどうでしょう。あと俺としては、旅の途中で森の集落の状況を見ましたから、集落へは優先的に流通させてもいいように思いますけど」

大々的に売りに出すとなると、その分の材料調達をキーリエフさん個人で担《にな》うのは無理だ。かといって、俺がオースト爺さんの家に戻ってから商人ギルドへ上級魔物や魔獣の皮を卸《おろ》すというのも避《さ》けたい。かなり目立つことになってしまうからな。

　俺の都合もあるので、申し訳ない気持ちもあるが、キーリエフさんには希望も込めて伝えてみた。

「では、そうしようか。僕もマジックバッグに関してはそうするしかないとは思っていたんだ。ただ、信用できる昔馴染《むかしなじ》みの知人には、正規《せいき》の作り方を教えてもいいかな？　僕も自分で作ったバッグは、今では小さな倉庫程度まで入るようになったし、とても便利だからね」

……あははは。もう小さな倉庫、か。ま、まあ、俺とキーリエフさんじゃ魔力量が違うからな！　うん！　くやしくなんて、ない、からな！

……オースト爺さんのマジックバッグは、戻ったらもう家一軒《いっけん》分は楽に入るようになってそうだよな。少し悲しくなってきたような……。い、いや。俺はのんびり暮らせればいいだけだから！

　気を取りなおして、俺はキーリエフさんに答える。

「ええ、いいですよ。自力で上級魔物を倒せる人になら、ぜひ勧《すす》めてください」

「実は私もアリトさんが旅に出てから作りました。王都へ行く用事があった時に、少し森の奥へ入りまして。お蔭《かげ》で食材の買い出しがとても便利になりました」

ゼラスさん、とてもいい笑顔ですね！　買い出しのために大陸中を飛び回っているんですね！

……ゼラスさんもすでに俺よりも容量が大きくなっていそうで、どれくらい入るのかは聞きたくないな。

「役に立っているようで良かったです。あ、それでシオガが余っていたら、売っていただいてもいいですか？　結構使ってしまって」

シオガは醤油《しょうゆ》に似た調味料だ。ここで手に入りそうだから、旅の間も遠慮《えんりょ》なく使っていたんだよな。集落で食事を用意していた時も、バンバン使っていたし。

「はい、もちろんです。ラースラもご入用でしたら、まだ在庫に余裕がございますよ」

「あ、じゃあ、ラースラもお願いします！」

ラースラは、お米のことだ。ラースラも、皆喜んで食べてくれるから、もうすっかり食事には欠かせない。

それにしても……本当に、どれだけ飛び回って食材を集めているのだろうな。俺とゲーリクさんとで色々メニューを増やしたけど、実は一番喜んでいるのはゼラスさんだったりして。

「この街では北の森の集落の情報は入りづらいから助かったよ。では、アリト君の目的がどうなったかも、聞いてもいいかな？」

「はい。集落を辿って北の辺境地まで行き、手がかりからなんとか倉持匠さんの住居を見つけました。そこで、白竜のリューラに会いました」

「「っ⁉」」

どうだとばかりに、リューラのことを伝えた。

別にカバンの容量を抜かれて拗《す》ねているんじゃないからな。俺だってリューラを見た時にはかなり驚《おどろ》いたのだから、キーリエフさんたちにだって驚いて欲しい。あ、オースト爺さんの手紙にも、リューラのことは書かないでおこう。

目を見開いて愕然《がくぜん》として固まっている二人を見て、ハイ・エルフのキーリエフさんでも白竜は希少《きしょう》な存在なのだな、と思う。二人のこんな姿を見る機会なんて、滅多《めった》にないだろうからな。

キーリエフさんたちが落ち着いてからタクーを紹介し、リューラのことや倉持匠さんの遺してくれた本のことなどをじっくりと話した。

昨夜、タクーの気配には気づいたけど、白竜だとは思っていなかったそうだ。まあ、本当に小さいからな、タクーは。

「そう、か。ではアリト君は、もう『落ち人』についてはいいのだね？」

「はい。オースト爺さんのもとへ戻って、自分が望むように生きていきます。スノーや皆、それにティンファも一緒ですしね」

「街に住むつもりなら、ぜひともエリダナの街で僕と一緒に発明をして欲しかったのだけどね」

「いつでも呼んでくれたら遊びに来ますよ。『死の森』に住んでも、俺はオースト爺さんみたいに閉じこもるつもりはありませんし、落ち着いたら美味《おい》しいものを探《さが》しにあちこち旅もしたいと思っているんです」

キーリエフさんの言葉は、とてもうれしい。でも、どうしても街へ定住する、というのは性《しょう》に合わないのだ。毎日の仕事の通勤に縛《しば》られることのない今、我慢をする必要もないしな。

ティンファも森暮らしが楽しみだと言ってくれているし、スノーたちに窮屈《きゅうくつ》な思いもさせたくない。

住むのは『死の森』といっても、あちこち出歩くつもりではある。まあ、移動はスノーやアディー頼りなんだけどな‼

「ふふふ。それはいいね。では、何か思いついたら知らせてくれ。僕はいつでも歓迎するよ。いつだってこの屋敷に滞在してくれてかまわないからね」

「はい、ありがとうございます。とりあえず明日は、アディーに乗せてもらって霊山へ行きたいと思っています」

「霊山、か。ああ、アリト君が旅立ってから届いた手紙を持ってきてあるんだ。渡しておこう。今後、手紙はどうするかね？」

キーリエフさんの合図でゼラスさんが差し出してくれた手紙を受け取り、これからのことを考える。

『死の森』で暮らし始めたら、イーリンの街へはたまに買い出しに行くだろうから、その時に薬や薬草を卸《おろ》せば商人ギルドに手紙の受け取りを頼めるかもしれない。

でも、信用できるのはこのままキーリエフさんに預けて、オースト爺さんへ送ってもらうことだ。

「……これからもお願いできますか？　イーリンの街の商人ギルドにも頼みますが、こちらで預かってもらいたいものもあると思うんです。定期的に連絡しますから、オースト爺さんのところへ送っていただけると助かります」

「ああ、わかった。では、そうしよう」

話が終わる頃にはもう夕方になっていたので、そのまま俺が夕食を作ることにした。

厨房《ちゅうぼう》へ行くと、ゼラスさんが一昨日買ってきたムームンがあったので、贅沢にチーズグラタンを作ってみた。

皆は夢中で食べていたよ。キーリエフさんもとても興奮《こうふん》していたから、これでムームンの研究がもっと進むだろう。他にも色々な料理に使えますよって、そそのかしておいたし。

俺もチーズは気軽《きがる》に手に入れたいからな。

夜にものんびりと露天風呂に入って温まり、ゆっくりと快眠《かいみん》。

そして翌日の早朝、ゲーリクさんと一緒に朝食の用意と昼食用のお弁当を作り、アディーと一緒に屋敷の庭へ出た。

「それじゃあ、アディー、霊山までよろしくな」

『今回は仕方ないからな。ホラ、さっさと乗れ』

アディーはみるみる体を大きくして、俺と小さなスノーが乗れるサイズになった。

その背へレラルとリアン、それにタクーと一緒に乗る。イリンはティンファと一緒にファーラさんの家だ。リアンが寂《さび》しそうにしていたので、奥さんのイリンと一緒に行っていいと言ったけど、自分は俺と契約しているのだからと残ってくれたのだ。

座るとすぐにアディーが出発したので、慌てて風の障壁を張った。

スノーは俺の横、レラルとリアンとタクーは俺の膝の上だ。

『なんかこの間より小さいの。これだと動けないの』

『動かなくていい。お前は大人しく座っていろ。飛ばすからな』

スノーの言うように、今のアディーはロックバードのロクスよりも小さく、俺とスノーが座ればそれでいっぱいだ。

アディーは一気に高度を上げると急加速し、みるみるうちにエリダナの街が遠ざかっていった。

そして、あっという間に霊山の姿が大きくなってくる。

揺れることはないが、あまりの速度にレラルが一層身を寄せてきた。その体をぎゅっと抱きしめてやる。

アディーはティンファにはとても気を遣うから、昨日の飛行はかなり安全運転だったけど。

前回霊山へ向かった時は途中までスノーに乗って森の中を走ったので、こうやって最初から空から行くのは初めてだ。

上から森を見ると、北の辺境とは違う、緑色の絨毯《じゅうたん》が広がっていた。所々にうっすらと見える道は、王都へと続いているのかもしれない。

前回は霊山にただ圧倒され、その威容の峻厳さに畏敬の念を抱いたが、今日は霊山が近づき空気が澄《す》んでいくにつれ、心が静まり、研《と》ぎ澄まされていくようだった。

ついに視界の全てが霊山になるほどまで近づくと、今度はぐんぐん上昇する。

上っていくにつれ、どんどん緑が消えて岩肌が見えてきた。そして岩肌ばかりになった頃には、もうすぐ目の前に雲があった。

雲の中へと続く霊山の全容は、まだ全く見えない。雲を突き抜けて空の彼方、太陽へも届いてしまうかのように遥か高くまでそびえ立つ霊山の姿に、この世界の意思を垣間《かいま》見た。

この遥か先の頂は、もしかしたら他の世界、俺の生まれ育った世界へと繋がっているのかもしれない——そんな気すらした。

あそこから俺は、この世界に落ちてきたのだろうか。

全身が悲鳴を上げながら落下した時のことを思い出し、身震いした。

落ちた時に聞こえたあの声は、世界の声——いや、霊山の声だったのかもしれないな。

そうだとすれば、どうあがいても、手を伸ばしても、指先すら掠《かす》らないのは当然のことだ。

雲を突き抜け、まともに太陽の光を受け、眩《まぶ》しさに手をかざすと、開いた手のひらと指の間からキラキラと光がこぼれ落ちてきた。

この光のように、俺はあの頂からこぼれ落ちてきたのだ。それがたまたま、俺だっただけ。

俺は、もう遥か高みを目指しはしない。ここで生きていくと決めたから。

「ああ、眩しいな。霊山の頂なんて、俺には眩しすぎるよ。アディーはあの頂を目指したんだよな？」

『そうだな。まあ、若かっただけだ。今はもう、目指そうとは思わん』

「そうなのか？　アディーなら、頑張れば行けるんじゃないかって思うけど」

今も、ぐんぐん上っていて雲は遥か下だ。どんどん空の青さが濃くなって、そして光に近づいている。

『いいや。もうその気はない。それにそろそろ限界だ。戻るぞ』

「もう、いいのか？　ずっと望んでいたのに」

『ああ。まあ、今の暮らしも、悪くはない』

ふふふ。アディーはツンデレだな。本当に。

まだまだ空は天高くまで広がっていて、太陽へはとても手が届きそうにない。それでも遥か彼方へ霊山は続いている。

「本当にこんな場所で暮らしている人がいるのか？　なんか俺には信じられないな」

もう空気だってほとんどないだろう。俺の障壁の上に重ねてスノーとアディーも障壁を張ってくれているから俺は呼吸をしていられるが、それがなかったら一瞬で終わりだ。

『さすがにハイ・エルフの里はもっと下だ。だが、俺が精霊族を見かけたのはもう少し上だな』

そりゃこんな場所で生きられるのなら、確かに竜と同じような生態の種族だな。

アディーが反転し、今度は逆に遠ざかる太陽を背に、近づいてくる森の緑を見てほっとする。

俺は空よりも、大地に自分の足で立つ方がいい。

「俺は地上の緑の方がいいよ。とても安心する。さあ、戻ろうか。ありがとう、アディー。ここまで連れてきてくれて。すっきりしたよ」

たまに日本のことを懐かしく思い出し、郷愁《きょうしゅう》を覚えることはあるだろうけれど、もう迷いはない。

「あ、でも、海の彼方へ行きたいとは思わないけど、海水がしょっぱいのかは気になるな！　なあ、アディー。そのうち海水を取ってきてくれないか？」

『お前は行かないで俺に行けと？』

「海にはあんな魔物がうようよしているのに、俺が海面に近づけるわけないだろ」

『フン。気が向いたらな』

「お願いな、アディー」

気になったら、行ける場所まで行けばいい。でも、それは自分一人で、じゃない。皆でお互いに助け合っていけばいいのだ。

『今度は私がアリトを乗せて走って連れてくるの！』

「ふふふ。そうだね。今度はスノーにお願いしようかな」

俺たちが地上を見つめる中、一人空を見上げているタクーの頭をそっと撫でる。

タクーは向こう側の種族だ。俺とは本来、違う立ち位置にいる。

でも、タクーの生は長い。だから、俺が生きているうちは、こちら側で一緒に色々なことを見て知って欲しい。

俺はちっぽけなただの一人の人族だ。求めるのは身近な幸せ。それでいい。

第四話　リナさんとの再会と出立《しゅったつ》

エリンフォードの王都は気になったが、結局そのままどこにも寄らずに戻り、昼前にはキーリエフさんの屋敷へ帰り着いた。さすがアディーだ。

用意したお弁当を部屋で食べながら、届いていた手紙を読む。昨日はまだ疲れが残っていて、読まずに寝てしまったのだ。

「お、ガリードさんたちから二通も届いているな。あ！　リナさんからも来ている」

机に並んだ手紙を見て、こうやって気に掛けてくれる人がいると思うと、うれしいが少し気恥ずかしくもなる。

リナさんからの手紙をまず手に取り、封《ふう》を切って中身を取り出して読むと。

「あっ！　リナさん、まだこの国にいるのか。で……ん？　もしかして今、エリダナの街にいるのか？」

手紙が届いたのは、ちょうど一週間前のようだ。そして十日したらナブリア国に戻る、と書いてある。さらに、もし俺がエリダナの街にいるのなら会えないか、とあった。

つまり、今ならリナさんはこの街にいるってことだよな。おお、ギリギリ間に合った！

今から急いで返事を書いて、リナさんが所属する討伐《とうばつ》ギルドへ持っていこう。

お弁当を急いで食べ終え、手紙を書く準備をした。

今はちょうどキーリエフさんの屋敷に滞在していること。いつでも都合がいい時に会いたいこと。そして目的の旅は果たして、今からミランの森を回ってナブリア国へと戻ることを書いていく。

書き終えると封をして、すぐにスノーたちと一緒に街へ出た。

屋敷を出て真っすぐに討伐ギルドへ向かい、受付で手紙をリナさん宛てに預けた後、ついでに商人ギルドに行く。

久しぶりにエリダナの街中の店を覗きながら歩いていると、泡立《あわだ》て器や蒸《む》し器が置いてあったり、それを使った料理を出している露店《ろてん》などがあったりするのを見つけて、面映《おもは》ゆくなる。

どれもこれも、俺がドルムダさんやゲーリクさんと一緒に作ったものだ。

その中でも、蒸した肉に木の実のソースを掛けたものを売っている屋台が気になって、近寄っていくと。

「お、アリトじゃねぇか！　無事に帰ってきたんだな。怪我もしてないようで安心したぜ。今街にいるって聞いて、今日から屋敷に戻ろうと思っていたんだ！」

後ろから掛けられた声に振り返ると、懐かしい顔を見つけた。

「ドルムダさん！　お久しぶりです。目的を果たして無事に戻ってきました！」

「おうおう、話したいことは山とあるぞ。でも、一度工房へ戻らねぇとな。夕方には屋敷に行くから、俺の分の夕飯と美味《うま》い酒のつまみを作っておいてくれ」

「はい！　戻ったら、ゲーリクさんとたくさん作っておきますね！」

思わぬ場所で懐かしい顔と再会し、うれしくて笑顔になる。

ゼラスさんから今晩屋敷に戻ってくると聞いていたが、少し早い再会となった。

そのままドルムダさんとは少しだけ話して別れ、屋台で料理を買って食べてから商人ギルドへ向けて再び歩き出す。

料理はさっぱりとした味わいで、ペロッと食べられてしまった。蒸し料理のレパートリーも、もっと考えてみよう。小籠包《しょうろんぽう》は無理だけど、確か焼売《しゅうまい》なら作ったことあったな。

商人ギルドに着くと、とりあえずカバンに薬の在庫が大量にあるので、売れるものを売った。

金貨二枚になったけど、これから森暮らしをするなら現金の使い道は少なくなりそうだ。ただでさえ、お金は余り気味《ぎみ》なのに。

とりあえず小麦など、オースト爺さんの家に戻っても食べる物を大量に買い込むつもりで、目的の商人ギルド直営店へ入る。そして旅の間にすっかり少なくなっていた小麦や塩、砂糖《さとう》や他の調味料、根菜類《こんさいるい》などの野菜を大量に買って、キーリエフさんの屋敷に配達を依頼した。その場でカバンにしまえなくても、届けてもらえばいいのは楽だ。

リナさんから返事がなかったら、明日はティンファを誘って服や布を買おうか。オウル村では行商人が持ってくるものしか手に入らないからな。

イーリンの街へ買い出しに出れば何でも揃《そろ》うが、この街で売っている自然の染料《せんりょう》を使った優しい色合いの生地《きじ》が気に入《い》っていたので、あまり服にこだわりのないオースト爺さんへの土産も見てみるつもりだ。

その後はぶらぶらと街を歩きながら、買い物をしつつ屋敷へと戻った。

屋敷に戻ってからは、ドルムダさんと約束した料理をゲーリクさんと一緒に大量に作った。

「そうか、マトンはそういう風にも使えるのか。ムームンとは合わせて食べていたんだが」

マトンは、トマトに似た実だ。フレッシュチーズのムームンとの相性《あいしょう》はいいだろう。

「そうですね。マトンは調味料にもなりますし、煮込《にこ》めばスープや肉の煮込みの味付けにも使えますよ。あと、ガーガ豆は仕入れてありますか？　大量にあったら譲《ゆず》って欲しいです」

ムームンを気に入ったゼラスさんはかなりの頻度《ひんど》でロンドの町へ買い出しに行くようで、屋敷の食糧庫にはロンドの町特有の野菜が大量にあった。

大喜びでマトンを使ってケチャップを作り、ミートソースやミネストローネも仕込んだ。

「ガーガ豆か。何に使うんだ？」

「普通にスープや煮込みに入れたりもしますが、ガーガ豆で調味料を作ってみたいと思っているんです。今までは旅の途中で仕込むのは無理でしたが、落ち着いたらオースト爺さんの家で作ろうかと」

醤油に似たシオガはあったが、味噌《みそ》のような調味料はやはり今のところ出会っていない。ガーガ豆は大豆に比べるとかなり大きいが味は似ているので、ぜひともラースラの麹《こうじ》作りからチャレンジしてみたい。

「ほう。それはここでも作れるか？」

「そうですね……。とりあえず俺が作ってみて、できるようだったら教えます。麹というものを、ラースラから作れるかどうかなんですが」

発酵《はっこう》食品自体、あまり見かけないんだよな……。とりあえず、菌《きん》の概念《がいねん》は前に説明してあるけど、麹はもろに菌を使ったものだから、菌を食べ物にってなるとどう説明したらいいかな……。

シオガも製造過程で熟成《じゅくせい》しているだろうから、一度は作っているところを見てみたい。

「……では、でき上がったらすぐに持ってこい。それを約束してくれるなら、在庫のガーガ豆を持っていってもいい」

「ありがとうございます！　もちろんです！　シオガに似た味の調味料も作れるかもしれ

ないので、そっちも製造できたらすぐに持ってきますね！」

うわぁ。夢が広がるな！　豆腐《とうふ》も作りたいけど、にがりがな……。海水、アディーにさっさと持ってきてもらうか？　大豆食品だと、あと何があるかな？

「とりあえずガーガ豆とマトンの煮込みも作りますね。ああ、砂糖と和《あ》えたら、ずんだもできるかな？　あとは、酒のつまみ、か……」

ケチャップを作ったから、ムームンを使ってピザが作れるな。あとはジャーマンポテトとから揚《あ》げとポテトチップスでいいか。海鮮《かいせん》があれば、もっと簡単につまみもレパートリーを増やせるんだけどな。

「ずんだとは？」と引っかかったゲーリクさんに甘い物だと告げ、明日試《ため》すことにしてとりあえずつまみを作っていく。

「あ、あと生ハムはありますか？　あるなら生ハムとムームンで一品になりますね」

生ハムも、この屋敷で燻製《くんせい》するならと作り方は教えてある。

「あるぞ。どうしたらいい？」

「硬《かた》めのパンはありますか？　それをできるだけ薄くスライスして、バターを塗ってオーブンで焼いて……」

ラスクの上に載《の》せればいいよな。

ゼラスさんの仕入れとゲーリクさんの熱意のおかげで、この屋敷にはたくさんの美味しい物があるから、楽しくなってどんどん料理を作ってしまった。

もうこれ以上は作っても食べられない、というくらいの品数を作り終えた時、ゼラスさんがリナさんからの手紙を持ってきてくれた。

「ありがとうございます。ああ、良かった。ちょうど街を出る前で、明日会えるみたいです。ちょっとアディーにティンファへの連絡を頼んできますね」

「では仕上げと配膳《はいぜん》はこちらでするか。そろそろドルムダ様も帰られる頃だろう」

「はい、お願いします。すぐに手紙を書いてきます」

急いで部屋に戻ってティンファへの手紙を書くと、アディーを呼ぶ。

『アディー。この手紙をティンファに届けてくれ。あと、リナさんがちょうどナブリア国へ戻るみたいなんだけど、一緒に乗せてくれるか？』

『フン。あのエルフにはお前が旅の間世話になったからな。いいだろう』

『ありがとう、アディー！』

その後はすぐにドルムダさんが帰ってきて、にぎやかな夕食となった。

次のアイデアはないかとキーリエフさんとドルムダさんに言われたけど、そんな簡単には思いつかないよな。もう今の生活であまり不便だとは思っていないし。

それでも細かい様々な道具などを話し、キーリエフさんとドルムダさんの酒の量が増えた頃、俺は引き上げて寝た。

次の日、ティンファも都合がつくということだったので、ゼラスさんの出してくれた馬車で迎《むか》えに行った。

リナさんとは昼前に以前食事をした店で会う約束だから、午前中はティンファと一緒に買い出しをするつもりだ。

ファーラさんへの手土産《てみやげ》は、小さいパンケーキにずんだ餡《あん》をたっぷりと挟んだどら焼きもどきを用意した。

朝食後、昨日水に浸《ひた》しておいたガーガ豆を砂糖で煮て漉《こ》したら、ずんだっぽい餡になったのだ。ゲーリクさんも眉間《みけん》に皺《しわ》を寄せながら、無言でどんどん食べていたから気に入ったのだろう。

本当に大豆って万能食だよな。ガーガ豆は大きいし風味は違うけど、まあ、大豆っぽいからほぼ同じ調理ができる。これは買い占《し》め案件が発生したかもしれない。

そのずんだ餡どら焼もどきをファーラさんに渡し、ティンファと一緒に木の上に建つ店で服と布を見て回った。

俺の服はティンファに選んでもらい、成長すると希望を込めて少し大きめのサイズも一通り買っておいた。その後はオースト爺さん用に高めの布と服、それと自分でも作れるように布も多めに購入する。

買い物が終わると歩いて平地の街へ行き、待ち合わせの店に向かった。

「リナさん！　お久しぶりです！」

「久しぶりね、アリト君、それにティンファちゃん。ここで会えてうれしいわ」

久しぶりに会ったリナさんは全く変わっていなかったけど、もう長いこと顔を見ていない気がしてとても懐かしい気持ちになった。

そのまま皆で店に入り、注文を終える。

「リナさん、久しぶりの故郷はどうでしたか？」

「そうね。しばらく帰ってなかったから懐かしかったわ。両親にも会えたし、森の集落へも行ってみたの」

リナさんの親戚《しんせき》は森の奥の集落にいるって言っていたから、霊山までの途中にある集落に行ったのかな。

「私もアリトさんと一緒に、北の辺境地まで森の中を旅している時、いくつもの集落でお世話になりました」

「あら、ティンファちゃんも一緒に北へ行ったの？　北の森にも集落はまだあるのね」

俺たちが寄った集落は、エルフだけでなく、様々な種族が集まっている場所だった。

「リナさん。東の森にある集落には、エルフしかいないのですか？　北の集落は、色々な種族の人たちが住んでいましたが」

「そうね。王都近くには、ほとんどエルフしかいない集落も多いわね。でも、王都にもたくさんの種族がいるし、複数の種族が一緒に暮らしている集落もたくさんあるわ。私が行ったのは、ほぼエルフだけの集落だったけれど」

この国の王は、キーリエフさんたちと一緒に霊山から下りてきたハイ・エルフだと聞いたけど、王都には他の種族も最初から暮らしていたのかな。

「それでリナさん、これからどうするか決めたのですか？」

リナさんは、先のことを一度きちんと考えてみる、と言って里帰りしたのだ。今後はどうするつもりなのだろう。

「……とりあえず、ガリードたちが完全に引退するまでは、ナブリア国で『深緑の剣』として活動することにしたわ。そろそろ結婚もいいかも、と思ったんだけど、幼馴染《おさななじみ》たちはもうとっくに結婚していたし、街にも集落にもピンと来る相手がいなかったのよね……」

寿命《じゅみょう》の長いエルフでも、リナさんは成人してから旅に出たと言っていたから、ほとんどの同年代の結婚願望のある人はもう結婚していたのだろうな。

「リナさん！　結婚は、したいと思える人ができたらでいいじゃないですか。無理にして結局気が合わなかったら後悔《こうかい》するかもしれませんよ」

「え、ええ。だから、とりあえずやりたいことをやることにしたのよ。でも、なんで若いアリト君がそんなに力説するの？　ティンファちゃんがいるのに」

「あははは。つ、つい……。ほ、ほら、一般論ですよ、一般論」

婚活《こんかつ》と、その結果や結婚してからの愚痴《ぐち》を職場でさんざん聞かされていたからな……。つい、力が入っちゃったよ。

俺は当然、職場以外で女性の知り合いなんていなかったし、合コンに参加するほどの気《き》概《がい》もなかったから、あのまま日本にいても結婚できそうになかったけどな！

ティンファとリナさんが不思議そうに見てくるのを、飲み物を飲んで誤魔化《ごまか》した。

一息ついたところで話題を変えて、リナさんにアディーに一緒に乗っていくかを聞いてみることにした。

「ミランの森でリアーナさんと会ってから『死の森』まで戻ろうと思っているのですが、ナブリア国まで一緒に行きますか？　アディーが乗せてくれますので、王都近くまで送りますよ。イーリンの街の商人ギルドへ寄る予定もありますし」

手紙を預かってもらう依頼をしないといけないからな。

「え？　アディーに乗せてもらえるの？　ウィラールに？　……そ、それはいいのかしら？」

「アディーにきちんと聞きましたよ。リナさんには世話になったから、乗せるのはかまわない、だそうです。俺も本当はまだ修業《しゅぎょう》不足なんですが、今回の旅が終わるまでは乗せてくれるみたいです」

うん。仕方ないから乗せてやる、って言っていたからな。もっと修業しないと、いつでもというわけにはいかないだろう。

『アディー、たまになら乗せてやるって言っていたの。でも、スノーにも乗って欲しいの！　私もとても速いの！』

『おお、そうか。スノーには、オースト爺さんの家へ戻ったらいっぱい乗せてもらうな』

イーリンの街への買い出しとか、スノーならすぐに着けるはずだ。

『わーい！　うれしいの！』

「……じゃあ、もうこれを逃したら一生ないかもしれない貴重《きちょう》な機会だし、お言葉に甘えて乗せてもらおうかしら。王都近くへ降りたら騒《さわ》ぎになりそうだから、周辺まででいいわ」

「はい！　アディーがデレている貴重な機会なのでぜひ！　リナさんには本当にお世話になりましたから。日程とかはどうしますか？」

「そろそろ戻らないと、ってだけで、別に急いではいないの。依頼が入っているわけでもないし。だからアリト君たちに合わせるわ。歩いて戻るより、格段に早く着くもの」

今朝《けさ》読んだガリードさんたちからの手紙に書かれていた近況には、リナさんの不在を理由に、余計な依頼を受けずに済むから楽だ、とあった。

まあ、もう引退しているのだから、国の危機とか魔物が溢れそうとかじゃなければ、積《せっ》極的《きょくてき》に依頼を受けることはないのだろう。

「あ、でも、それならガリードたちにも知らせていいかしら？　王都じゃなくて、手前の村でもいいから会いたいって言うと思うわ」

「そうですね。俺も皆には会いたいですし、ティンファのことも紹介したいので手紙を書いてみます。でも、手紙よりもアディーの方が早そうですけど」

「そこは大丈夫よ。ギルドに依頼して空から運んでもらうから。こういう時のために特級パーティの特権があるのよ」

いやいや、違うと思うけど！　討伐ギルドの特権で速達してもらえるってことかな。

「じゃあ、俺の手紙はまた後でにします。今度からイーリンの街の商人ギルドへも手紙を頼もうと思うので、エリダナとイーリンのどちらに送っても俺宛ての手紙を確認できるはずです。イーリンの街へは買い出しのついでに、という感じなので頻繁《ひんぱん》には行かないかもしれないですけど」

「では、もしイーリンの街へ立ち寄る用事がある時は、そちらへ手紙を出すわね。機会があれば、会えるでしょう」

それからは出発を三日後にすることを決めて、リナさんと別れた。屋敷へ誘ったけど、ギルドで用事があるからと断《ことわ》られてしまった。絶対、キーリエフさんとどう付き合っていいかわからない、とかそういう理由だろうな。

「ティンファもあと二日はファーラさんとゆっくりしていてくれな。出発の日の朝、迎えに行こうか？」

「いえ、大丈夫です。屋敷までは歩いてもそれほど遠くないですから、朝に屋敷へ行きますね」

「うん。じゃあ、何かあったらアディーへ言ってくれればいいから」

出発までに買い出しなどをまだするつもりだけど、せっかくだからティンファにはファーラさんとのんびりして欲しい。

リナさんと別れた後も、街の店を二人で回ってからティンファをファーラさんの家へ送り届け、その日は屋敷に戻った。


結局、その後の二日間は食糧の買い出しと、ゲーリクさんとの料理三昧《ざんまい》だった。

キーリエフさんとドルムダさんには、あまり雨が降らないからと後回しにしていたけど、出発の前日、雨具《あまぐ》の提案だけしてみた。

この世界は驚くほど雨が降らない。寒い地域なら雪は降るみたいだが、大陸の全域で雨が降るのは、たった二週間の雨期《うき》だけだ。

その時期に集中して降るので、旅をする時は雨期を避けるのが常識となっている。当然、俺も雨期は街に滞在する予定で動いていた。

でも、かといって雨期以外に全く降らないわけではない。たまにしとしと降る日もあるし、スコールのように降る時もある。まあ、一月《ひとつき》に一度あるかどうかだが。

そういう気象事情なので、アーレンティアでは雨具があまり充実していない。あるのは、濡《ぬ》れにくい革のコートだけだ。

雨具が少ないのは、川や湖といった水辺には魔物が棲んでいるから近づかない、という事情もあるのだろう。つまり、ほぼ濡れることがないから、それを防ぐ想定などしていないのだ。

「雨具を工夫してまで欲しがるのは、旅商人くらいだからな。作るなんて考えたことなかったが」

「うーん。なら、別に開発しなくてもいいですよ。俺たちの分だけお願いできますか？」

提案したのは、湖で倒したなまずのような魔物の皮を表面に張り、蝋《ろう》でコーティングしたテントとカッパだ。カッパは柔《やわ》らかい生地を張り合わせて動きを阻害《そがい》しないようにする。

「あ、あと水を通さない靴《くつ》だけは考えてください。靴くらいなら、欲しい人もいるでしょう？　農家の人とか。膝下までの長さのブーツにしてくれると助かります。あと洗えたらいいですね」

雨に打たれなくても地面が濡れていたら、革靴に水がしみ込んでくる。『死の森』で暮らしていた時、あまりの不快感に、オースト爺さんの家で雨靴《あまぐつ》を作ってみたのだが、本職の人の方がもっといい靴を作ってくれるだろう。

なんと言っても、水田《すいでん》で農作業をするなら必需品《ひつじゅひん》だしな‼　本当はつなぎが欲しいくらいだ！

というわけで、皆が便利になる道具ではなかったけど、結構キーリエフさんとドルムダさんは食いついてきて、二人であーだこーだとやっていた。

そして出発当日。早めに朝食を済ませ、ティンファとリナさんが来るのを待つ間に、食材を確認する。

「では、ガーガ豆とマトンは分けてもらいますね。ロンドの町に寄ってムームンを買う予定ですが、在庫があるかどうかはわからないので助かります」

今回は空の移動で時間もあまりかからないため、せっかくならとアディーに寄り道を頼んでみた。いい加減にしろ、と睨《にら》まれたけど、『死の森』へ戻ったら空旅の機会は滅多にないだろうから、この機会を活用しないとな！

今回も屋敷の食糧庫から、ゼラスさんが買い集めている数々の野菜や果物、シオガなどの食材を分けてもらった。方々へ行って買い集めてくるので、珍《めずら》しい食材が多いのだ。

「ああ。調味料ができたらすぐに送ってくれ。あと珍しい食材もな」

「はい、わかっていますよ、ゲーリクさん。でき上がったらすぐに送りますね」

あとは今朝大量に焼いてくれたゲーリクさん特製のパンを入れて終わりだ。

「アリトさん、ティンファさんとリナさんがお見えになりました」

ちょうどパンを詰め終わる頃、ゼラスさんが俺を呼びに来た。

「わかりました。では、そろそろ行きますね」

「ああ。また来い」

「はい、もちろんです！　また遊びに来ますね」

ゲーリクさんと別れ、荷物を全て持って屋敷の玄関へと向かった。

キーリエフさんとドルムダさんとの別れは昨日の夜に済ませてある。別れの宴と称してかなり深酒《ふかざけ》をしていたから、まだ起きてこないだろう。雨具はでき次第、送ってもらうことになっている。

「ではゼラスさんもお元気で。食材、ありがとうございました」

「いえいえ。アリトさんにはたくさんの美味しい料理を教えていただきましたから。では、お気をつけて」

「はい。また来ます。キーリエフさんとドルムダさんによろしくとお伝えください」

入り口で見送るゼラスさんに手を振り、庭へと出ると、すでに大きくなっているアディーとティンファァとリナさんがいた。

ティンファァの姿を見て、レラルとリアンが駆《か》け寄っていく。

「おはようございます、リナさん。おはよう、ティンファァ」

「おはようございます、アリトさん」

ティンファはすぐに返してくれたが、リナさんは呆《ほう》けた顔で大きいアディーを見つめていて、俺に気づいていないようだ。まあ、ウィラールはエルフにとって特別らしいから、仕方ないかもしれない。

「じゃあスノー、ティンファをお願いな。さあリナさん。乗りますよ！」

「えっ！　あ、アリト君。おはよう。ア、アディー、よね。乗っていいの、本当に？　だってウィラールでしょ。ウィラールに乗るなんて……」

「はいはい、いいから乗ってください。アディー、とりあえずロンドの町へお願いな」

『さっさと乗れ。すぐに着くがな』

なんとかリナさんをアディーに乗せ、見送るゼラスさんに手を振って空へと飛び立った。

今後も屋敷へ直接離着陸《りちゃくりく》する許可は、正式に領主さんからいただいた。門の近くでウィラールが発着したら騒ぎになるから、と。

まあ、こうしてアディーに乗れるのは、ずっと先だろうけどな！　でもウィラールって、やっぱり凄いんだな。

アディーの背に、スノー、俺、ティンファ、リナさんと並んで座ったけど、リナさんは身を乗り出して下を見ていた。

アディーの飛行は全く揺れないが、なんだかリナさんが落ちそうで怖い。

リナさんと再会したのは街中だったので、タクーはローブの中へ入れていてまだ紹介していない。

ミランの森へ着いてから、リアーナさんと一緒に紹介すればよさそうだ。

さすがにタクーを見て一目で竜だと気づく人はいないだろうけれど、騒ぎにならないように用心はしている。キーリエフさんたちからも、くれぐれも注意するように言われたし。

小さくてもリューラの子供だから、こう見えてタクーは風魔法を使える。身を守れるので危険な目に遭《あ》うことはないだろうけど、嫌な想いをするのも面倒なのも嫌だから、基本的に街ではローブの中にいてもらうつもりだ。

タクーは大勢の人や街に驚いていたが、興味で目をキラキラさせていたので、人見知りはしないみたいだ。そこは安心したな。

「やっぱりアディーさんは速いですね。あっという間に着いちゃいそうです」

「そうだね。ロンドの町は近いし、すぐに着くと思うよ。そうだ。ファーラさん、イリンのことは大丈夫だった？」

「はい！　おばあさんもイリンをとても可愛がってくれました。従魔ができて良かったわね、って！」

「それは良かった。ファーラさんも少しは安心してくれたかな」

この間ティンファを送っていった時に、ファーラさんにこれからティンファと一緒に『死の森』で暮らそうと考えていることや、オースト爺さんのこともきちんと説明した。

ファーラさんは心配で仕方ないはずなのに、それでも俺の「大丈夫です」という言葉を信じて、快くティンファを送り出してくれたのだ。

絶対にティンファを守らないといけないな。

「ふふふ。おばあさん、アリトさんがいるから大丈夫よね、って言っていました。また会いに来ましょうね」

「もちろんだよ。落ち着いたら、また遊びに来よう」

前回エリダナの街から旅立つ時は、こんな風に戻ってきて、また出発するとは思っていなかった。けど、ティンファと微笑み合いながら、こうやってのんびりと旅をするのも悪くないよな。

「……なあに、私、なんか邪魔しているみたいね。まあ、いいわ。こうやって私がウィラールに乗って空を飛んでいるなんて、本当に信じられないもの」

「落ち着きましたか、リナさん。ロンドの町でムームンを買った後はティンファの村へ寄って、その次はミランの森へ行きますけど、リナさんもどこか寄りたい場所はありますか？」

「私はないわ。本当に、あっという間に到着しそうで大助かりだし」

『到着しそう、ではなく、もう着くぞ。林の方へ降りるからな』

リナさんの言葉にかぶせるように、アディーから到着の知らせが入る。

「お、もう着くのか！　本当にすぐだったな」

エリダナの街と近いとはいえ、飛び立ってまだほんの少ししか経っていない。驚くリナさんをなだめて、街道から外《はず》れた場所へ降りて町まで歩いた。

町ではムームンと、ヨーグルトに似たムーダン、乳や新鮮な卵を買った。それに露店に並んでいた野菜もたっぷりと仕入れた後、すぐに町を出て街道から離れた場所まで歩く。

アディーが飛び立つと、それほどかからずに山が近づいてきた。

「アディーさんは凄いですね。もう山が目の前です」

ロンドの町からまだ一時間も経ってない。ティンファの村での用事にもよるが、この調子なら昼頃にはミランの森へ着くだろう。鳥で知らせを入れておいたから、リアーナさんがドリアードの力を使って木をどかし、森の中で着地できる場所を作ってくれているはずだ。

見知った山を見て、心なしかティンファがうれしそうだ。故郷だものな。

それからすぐに着き、人目につかない場所で降りて、村へと歩いていく。

村の中へ入ると、すぐにティンファに気づいた村人たちから声を掛けられた。話しているうちに村長さんがやって来て、ティンファを抱きしめる。

無事で良かった、という村長さんにティンファは笑顔で大丈夫です、と答える。それを聞いて、照れくさいような、なんとも言えない心地《ここち》になった。

その後は村長さんに家の管理を引き続き頼むと、ティンファは引っ越しの荷物をまとめに家へと戻った。

いつでも取りに戻れるし、当面必要になる服と食器を取ってくるだけだから一人で大丈夫だと言うので、俺は追加のマジックバッグを渡し、ティンファが準備をしている間、村の特産品の木工製品を見て回った。

欲しい家具もあったが、マジックバッグを知られるのも面倒だったから諦《あきら》めた。アディーに村の近くで大きくなってもらって積《つ》み込むわけにもいかないからな。

代わりに、食器などの実用品や気に入った細工物《さいくもの》を買った。

ティンファと合流し、そこまでしてもまだ昼前だということに驚きながら、再びアディーに乗ってミランの森へ向かう。

村から山を越えてラースラの群生地《ぐんせいち》を過ぎたらミランの森なので、すぐに到着した。

『アディー、森の中に空《あ》き地は見えるか？』

『ああ、あそこだ。家の前に作ったようだな』

俺の目ではまだ確認できないが、もう見つけたみたいだ。

「もうすぐ到着ですよ。リアーナさんの家の前に降りられるそうです」

「さすがはウィラールね。本当に速くて、朝にエリダナの街を出たのが信じられないわ」

「ふふふ。アディーさんは凄いですから。でも、私はリアーナさんに初めてお会いするので、もうすぐだと思うと、ちょっとドキドキします。レラルちゃんは楽しみよね」

「うん！　リアーナ、元気かな？」

アディーの背中を、尻尾をふりふりしながら歩き回るレラルの姿がとても微笑ましい。

俺もリアーナさんとの再会は楽しみだけどな。

そう言っている間に下降し、スッと静かに着地した。その気配で気づいたのか、リアーナさんが家からすぐに出てきてくれた。

もう慣れたもので、皆すんなりアディーから飛び降りると、アディーはすぐに小さくなった。

「リアーナさん！　お久しぶりです！」

「久しぶりね、皆。あら、はじめましての人もいるわね。とりあえず入ってちょうだい。挨拶はそれからよ」

ティンファと、俺とティンファの肩にいるリアンとイリン、それにローブの中のタクーに目を向けながらも、リアーナさんはにっこりと微笑みながら家に招き入れてくれた。

居間に座り、お茶を飲みながらティンファたちをリアーナさんに紹介する。

このミランの森を出て、山を越える時にティンファと会ったんだよな。なんだかもうずっと一緒にいるような気がしているから、不思議な感じがする。

ティンファ、リアン、イリンと紹介して、次はタクーだ。

「タクーは契約していませんが、北の地で出会った白竜の子供です。親のリューラに託《たく》されました」

「……やはり、竜、だったのね。その子の気配は、魔力の塊そのものだもの。本当にアリトくんは面白《おもしろ》いわね」

「えっ？　俺のせいですか？」

リアーナさんは驚きながらも、アディーから降りた時に察していたみたいで、呆れた目で見られてしまった。

その隣でリナさんは目を丸くして呆けている。竜と知ってもとっさに手を口に当てて、声を出さないようにしていたのが凄い。俺は大声で叫んだからな。

テーブルの上で皆に見られて小首を傾げているタクーは、両手に乗るサイズで、ただ可愛いだけだけどな！

第五話　真実の言葉

それぞれの自己紹介が終わると、食事を作らせてもらって昼食にした。

正気《しょうき》に戻ったリナさんにタクーについて黙《だま》っていたことを睨まれたが、とりあえず知らん顔をしている。

今朝紹介できなかったのは、アディーの姿にリナさんがずっと呆けていたせいだしさ。あとで詰め寄られそうで怖いけどな！

食事をする間は、レラルが一生懸命《いっしょうけんめい》に旅の話をしていた。いかに街に興奮したかの表現が可愛らしく、皆で微笑みながら聞いていた。

「そう。楽しそうで良かったわ。危《あぶ》ない目にも遭ってなかったのね」

「うん！　全然危ないことなんてなかったよ。街でも森でも、スノーおねえちゃんとアディーおじさんが守ってくれたの！」

そうだな。街中で、俺の足元であっちをきょろきょろ、こっちをきょろきょろしているレラルの姿は大変可愛らしくて少し注目を集めていたけど、悪意のある視線を感じればすぐにスノーが威嚇してくれたからな。レラルだけで街中を歩いていたら、悪い人に攫《さら》われていたかもしれない。

「それは良かったわ。そうそう、あなたのお母さんからちょうど手紙が来ていたのよ。食事が終わったら渡すわね」

「おかあさんから‼　あのね、わたしもお手紙を書いてきたんだよ！」

「なら、その手紙を読んで返事を書いたらいいわ。一緒に送りましょう」

「うん！　ご飯終わったら、お手紙読んで返事書くよ！」

椅子《いす》に座っているのに、レラルは尻尾をふりふりしてご機嫌だ。もう頭の中は手紙のことでいっぱいなのだろう。

そのとてもうれしそうな様子と、いつもよりも子供っぽい仕草が大変微笑ましい。ティンファも笑顔でレラルのことを見ている。

ただ俺は、そっと送られたリアーナさんからの目線に、本題はレラルを外してからだと察した。

レラルはまだ子供だしな。リアーナさんは本当にレラルを可愛がっているから、うれしそうにしているレラルの気持ちに、『落ち人』の話で水を差したくないのだろう。

リアーナさんの視線に頷き、俺もエリダナの街で書いてきた手紙のことを思い出す。

食事が終わったら、レラルをティンファとリナさんに任せて、リアーナさんとあの場所へ向かおう。

倉持匠さんの遺してくれた手がかりを追う旅は、この森から始まったのだ。

ナブリア国の図書館で、本に書かれた手がかりを見つけたが、それは「北へ行った」ということだけだった。倉持匠さんの足取りを追おうと決心したのは、ミランの森のあの場所に遺された手記を見たからだ。

なので、今後もしかしたら俺と同じように落ち人の足跡を辿ってこの森へ来るかもしれない同郷の人のために、倉持匠さんの庵の場所を手紙に記した。

リアーナさんは何百年もの間で俺が初めてだと言っていたけど、倉持匠さんの想いに応えたくて書いたのだ。

もし、俺と同じように過去の『落ち人』の情報を求める人がいたならば、倉持匠さんが遺してくれたあの場所まで行き、遺された書物を読んで欲しい。

食後の片付けをし、自分の部屋で母親に返事を書くというレラルをティンファとリナさんに託し、スノーとアディー、それにタクーを連れてリアーナさんとあの場所へ向かった。

リアーナさんには、リューラのことや辺境地のこと、それに海や霊山のことなど、話したいことも聞きたいこともたくさんある。でも、やはり最初はあの石碑《せきひ》に報告がしたかった。

無言で前回と同じように木をかき分けて進み、不思議な色の木の場所まで着いた。そして密集していた木が円を描くように離れ、あの石碑が現れる。

タクーを抱いてゆっくり石碑に近づき、そっと手を触れた。

「倉持匠さん。無事に庵に辿り着き、あなたが遺してくれたものを読ませていただきました。お蔭で全て吹っ切れました。だから俺も、あの場所を書いた手紙を入れさせていただきますね。あなたも、あの場所を同じ境遇《きょうぐう》の人たちに託したいと願ってくれるでしょう？」

ここに倉持匠さんが来た時には、北の辺境地へ行った後はどうするか決めていなかったはずだ。不安と少しの期待を胸に、この石碑に文字を刻《きざ》んだことだろう。

ゆっくりと前回と同じように、石碑に刻まれた日本語の文字を辿る。

文字と思ってしまえば、綴《つづ》られるのはこの世界の文字になってしまうから、日本語を書くには線を一本一本意識しながら書く、強い心が必要だ。

だから、俺は日本語を書けないし、書こうとすることも二度とないだろう。この世界で生きる俺には、もう日本語は必要ないのだから。

俺が日本で生まれたことも、祖父母に育てられ二十八歳まで暮らしていたことも、事実として心の中にあればいい。そのことを認めてくれるオースト爺さん、ティンファ、そして家族になってくれた従魔たちがいる。リナさんたちだって、話せばそのまま受け入れてくれるだろう。それだけで充分なのだ。

だから後は、この世界でのこれからの生活だけを見つめていける。

「倉持匠さん、ほら、この子はあなたの従魔のリューラの子、タクーです。リューラはとても大きくなっていますよ。今でも、あの場所を守っています。この子は、リューラから世界を見せてやって欲しいと頼まれました。もっと大きくなれば、あなたのことも話したいと思います。どうか見守っていてくださいね」

腕の中のタクーをそっと撫でる。タクーは小首を傾げて不思議そうに石碑を見ていた。

今はそれでいい。色々な経験をした後で、ゆっくりと語ればいいのだから。

よし。手紙を石碑に入れさせてもらおう。

北の辺境地へ行くまでに滞在させてもらった集落の長老たちに許可をもらい、集落の場所とそこまでの道も手紙に記しておいた。倉持匠さんが遺してくれていた手がかりのように、今後は長老たちが『落ち人』について語り継《つ》いでくれるだろう。

——これが俺以外の『落ち人』への、精一杯《せいいっぱい》の誠意《せいい》です。それでいいですよね。

そっと石碑の下へ手紙を入れ、劣化《れっか》するのを防ぐために魔力を注いで再び封じる。

よし。これでもう思い残すことはないな。

あとはガリードさんたちと会って、オースト爺さんのもとへ戻ろう。

好きな場所があったら、そこに住めばいい。そう言って送り出してもらったが、俺の帰る故郷はもう『死の森』のオースト爺さんの住むあの場所なのだ。

思い出すととても懐かしく、心が帰りたいと望んでいるのだから。

俺は本当に幸せ者だな。そんな俺と一緒に住んでもいいと言ってくれた、ティンファがいてくれて。そしてスノーたち家族もいる。キーリエフさんやリナさんたちのように、気遣ってくれる人もいる。

そんな幸せを噛《か》みしめながら、石碑に背を向けてリアーナさんのもとへと戻った。

「もういいの？」

「はい。リアーナさんには、聞いていただきたいです。倉持匠さんが、この場所をリアーナさんに託してからのことを。そして彼が調《しら》べた俺たち『落ち人』のことを」

「ええ、もちろんよ。聞かせてちょうだい。今日は泊まっていったらいいわ」

「ありがとうございます」

リアーナさんは石碑がある森を閉じた後、木を椅子に変化させてくれたので、俺は座って倉持匠さんの庵を発見してからの話をした。

ほぼ当時のまま、庵と岩山に資料が遺されていたこと。倉持匠さんが白竜のリューラと契約を結んでいたこと。リューラがずっとその地を守っていたこと。そして、倉持匠さんが遺した書に記されていた『落ち人』のこと。

「……そう。北の辺境地に、あれからずっと住んでいたのね。しかも『落ち人』を保護したの。……私は霊山で生まれて、キーリエフたちと一緒にハイ・エルフの里で育ったわ。だけど私たちも『落ち人』を保護したことは一度もなかった」

そう、オースト爺さんもキーリエフさんも言っていた。『落ち人』とは会ったことはない、と。

でも恐らく、亡くなった人は見たことがあるのだろう。それほど、生きて保護するのは珍しいということだ。

「俺は本当に運が良かったのだと、読んで実感しました。五体満足だったのも、スノーにすぐに見つけられて、オースト爺さんに保護されたのも。……だからやっと自分が『落ち人』であることの拘《こだわ》りを捨てることができました。この世界で生まれたわけではないことも、生まれた世界のことも忘れませんが、俺はこの世界の人として生きていきます」

思えば、オースト爺さんに旅へと追い出されて、悶々《もんもん》としながらリナさんたちに会って、図書館で調べものをして。それからこのミランの森でリアーナさんと出会って、初めて『落ち人』が自分以外にもいることを実感した。

それまで『落ち人』と言われても、自分以外に本当にそんな人がいたのかと、今一つ信じられなかった。どこか俺一人だけの不幸のように思っていたのだろう。

そんな時に、『落ち人』の実態をここで知ることになって、やっと本心からこの世界と向き合えたのだと思う。

だからオースト爺さんのもとへ帰る前に、リアーナさんと会って倉持匠さんのことを話したかったのだ。

「……俺も恐らく、他の『落ち人』と会うことはないでしょう。自分が育った世界を無理に忘れようとはしませんが、それは過去のことです。ティンファやスノーたち皆、オースト爺さんと一緒に家族としてのんびり暮らしていけば、いつかはいい思い出になると思います」

ここで石碑を見て、自分がホームシックになっていたのだと気づいた。日本を知っている人と話して、あの世界は夢ではなく現実にあるのだと実感したいと思っていたことに。

姿まで変わったことで、育った世界の存在があやふやになっていくようで、必死にしがみつこうとしたのかもしれない。

「……このまま成長が遅くて、ティンファちゃんだけが大人になっていったとしても？」

「はい。ティンファは、どんな俺でも受け入れてくれます。それに、逆に俺だけが年を取っていくとしても、もう揺らぎません」

ここは寿命が人それぞれで大きく違う世界なのだ。だからそれも含めて、覚悟は決めた。

「そう。これから、オーストのところへ戻るのね？」

「はい、ナブリア国へ寄ってから戻ります。俺にとってオースト爺さんは、本当のお爺さんだと思っていますから、家族とあの『死の森』で暮らしますよ。俺もティンファも街で暮らしたいとは思いませんし、スノーたちにも窮屈ですから。あの場所でもラースラを育てたり、野菜を育てたり、やりたいことはたくさんありますし、気が向いたら美味しいものを求めて世界を巡《めぐ》るのもいいかな、と思っています」

そう、俺が一番大事だと気づいたのは、大切に思える家族と一緒に暮らすことだ。日本でのあの孤独《こどく》な生活を、もう二度としたいとは思わない。

「まあ、何も縛るものなんてないのだから、自由に生きたらいいと思うわ。ここがどういう世界でも、今、生きる世界ですものね」

「はい！　やりたいことをやりながら、スノーたちをもふもふしてのんびり暮らしていきます！」

犬や猫を飼《か》いたいと思っても飼えないアパート暮らしより、もふもふし放題なあの家が天国なのは間違いない。

のんびりスノーたちをもふもふしながら、自給自足で暮らす。ずっとそんな生活が続くのなら、この世界へ来て良かったと思う気持ちもある。

魔物や魔獣がいて、命の危機が日常的にあるのだけはさすがに未だに慣れないし、日本の安全な生活が恋しくなる時もあるけどな。

「ふふふ。そう、なぜ違う世界から『落ち人』がこの世界へやって来るのか、その理由は誰にもわからない。それが世界の真理だわ」

誰が悪いわけでもない。どんな理があるのかもわからない。理不尽《りふじん》だと思うけど、世界にはどうにもならないことがたくさんある。空が青いのと同じで、それが世界の真理だ。

「そうですね。北の果てへ海上を飛んだり、霊山を雲の上まで行ったりしてみましたが、辿り着くことのない答えなのだと実感しただけでした」

「……この世界の全ては、魔素を含む物質で構成されているわ。海の果て、全てが魔素だけの場所では何人《なんぴと》たりとも存在しえない。在《あ》ることを許されるのは魔素だけ、よ」

リアーナさんは、どこまで行ったのか。視界が白く染まっても、自分という存在が魔素に溶《と》けそうになっても、真理を求めてギリギリまで果てを目指したのだろうか。

その場には、オースト爺さんとキーリエフさんもいただろうと、言われずともわかった。

「霊山もね、頂上へ行くにつれて全てが魔素しか存在しえなくなるの。だから山としての頂はないのかもしれないわ。そんな霊山はこの世界の特異点《とくいてん》、なのでしょうね。竜も精霊族も、その根源《こんげん》に迫る種族よ。でも、同じ霊山で発生したハイ・エルフでは、あの場所で生存できないわ」

そう、世界の中心と思われる『死の森』では、恐らく森の中心へ行っても視界が白くなるほどの魔素濃度にはならない。

この世界の第一の特異点は、やはり霊山なのだ。

なんとなく皆の言葉から推測しえたこの事実を、答え合わせのように教えてくれたのは、リアーナさんの誠意だろう。そこまで真理に迫っても、『落ち人』がなぜ世界を越えるのか、何一つわかることはないのだと。

「ありがとうございます。とてもすっきりしました。北の地を旅立ち、霊山へ行った時に気持ちに整理をつけましたが、言葉ではっきり言われると得心しました。これでオースト爺さんとは、ただの家族として暮らしていけます」

オースト爺さんへ「ただいま」を言う時、何の未練もなく、笑ってここに住むと言えるだろう。

オースト爺さんは研究を続け、俺は好きなことをする——それでいいのだ。そう、心底納得した。

「ふふふ。では、戻りましょうか。今夜は、ごちそうを作ってちょうだい」

「はい！　新鮮な卵も乳もありますし、材料もたくさんあります。腕によりをかけて作りますね！」

「ええ、楽しみにしているわ」

第六話　懐《なつ》かしい顔

リアーナさんと一緒に戻ると、母親への手紙を書き終わったレラルが少し拗ねていた。置いていかれたことが不満だったらしい。

ティンファとリナさんは何も言わず、豪華《ごうか》な夕食を作るのを手伝ってくれた。当然デザートも作ったぞ。今回は卵と乳があるから、プリンだ。キャラメルも作り、満足がいく出来に仕上がった。

テーブルいっぱいに並んだごちそうに、レラルの機嫌も直ってうれしそうに食べていた。顔についたソースをぬぐいながら喉元《のどもと》を撫でたら、ゴロゴロと気分が良さそうに鳴らしていたぞ。

そのまま一泊し、翌朝、リアーナさんに別れを告げた。

今回もリアーナさんが気をきかせてくれて、ミランの森の薬草を用意してくれていた。

これにはリナさんがとても喜んでいた。

　お返しに食材やドルムダさんが作ってくれた調理器具を渡し、リアーナさんとの別れを寂しがるレラルに、また遊びに来ようと約束して、アディーに乗って空へと旅立った。

「もう、アリト君ったら。どれだけ人を驚かせるのよ。タクーのこと、言っておいてくれたら、あの場であんなに驚かないですんだのに」

「だって、言う機会がなかったじゃないですか。リアーナさんにもどうせ説明するのですし、ならまとめて、と」

「それはそう、なんだけど。……もう、いいわ。そうだ、ガリードたちから返事があって、王都近くの村で待ち合わせになったわ。ミアが住んでいるところなのよ。王都から北東の位置だから、もうすぐ着くわね」

『ってことなんだけど、アディー。まだ通り過ぎてないよな？』

『……どこの村か、それではわからん。近くの街道の上を飛ぶから、指示させろ』

　まあ、アディーだって村と言われてもわからないよな。

「リナさん。街道の上を飛ぶので、村まで案内してください」

　アディーが王都へ向けていた進路を修正し、見えてきた街道の上を飛ぶ。

「ここは……あ、わかったわ。次に見える村で間違いないわ」

　ミランの森は王都から北へ行ったところにあるので、アディーの速さならすぐだとは思っていたが、もう着くらしい。

間もなくガリードさんたちと再会できるかと思うと、ドキドキしてくる。

思えばガリードさんたちは、オースト爺さん以外にこの世界で初めて親しくなった人たちだ。オウル村で村人と交流することはあったが、親しい関係と言える人は誰もいない。

旅に出ても、しばらくは自分が『落ち人』だということばかりに意識が行っていて、人と深く関わろうとすら思わなかった。

オースト爺さんからこの世界のことを聞いて知っていても、実際に見るのは初めてだったから、その緊張もあったのかもしれない。

今振り返ってみると、かなり神経を尖らせていたよな。そんなトゲトゲしていた俺を、ガリードさんたちは朗《ほが》らかに包んでくれた。

『見えたぞ。……近くの森へ降りる。準備しておけ』

ガリードさんたちとのことを思い返しているうちに、もう着いたようだ。

「リナさん、見えたそうです。近くの森へ今から降りるので、準備してください」

一応、誰かに見られていた時のために、全員でローブを着て顔を隠《かく》した。ティンファには羽の耳を隠す帽子もかぶってもらう。

すうっと森の空《あ》き地へ着地したアディーから飛び降りると、すぐにアディーは小さくなる。

それから周囲の気配を探ると、アディーの気配に逃げまどう弱い魔物や動物の気配を感じた。騒がしくなった森の中で、気配を殺して移動を開始する。

『こっちを見ている視線はないの。皆逃げていっちゃったの』

『そうだな。人の気配はないようだ。このまま街道に向かうぞ』

王都近くだけあって、降りる前に街道を行く馬車や人の姿は遠くに見えていた。だから警戒しつつ森から街道へ出たのだが、周囲に人の気配はなかった。

「良かったですね。見た人はいなかったみたいです」

「そうね。でも、村からでも遠くを飛ぶアディーの姿が見えたかもしれないから、注意しながら進みましょう」

街道に出てからは、リアンとイリンにはローブの中に隠れてもらい、アディーには一番小さい姿で偵察《ていさつ》へ飛んでもらった。

タクーもローブの内側に作ったポケットの中だ。これで一緒に歩くのは、レラルと小さくなったスノーだけ。それでも注目は集めるだろうけど、これ以上気にしても仕方ない。

しばらく歩いていくと、畑と村が見えてきた。村を囲む柵《さく》の外に畑が広がり、それなりの軒数《けんすう》の家々が見える。村でも規模としては大きい方だろう。

畑で働く人を見ながら村へと進むと、入り口に立つガリードさんたちの姿が見えてきた。

「あっ！　ガリードさんたちがいますよ！　今日着くって連絡してあったんですか？」

「いいえ。この二、三日中には、とは書いたけど、今日とは知らないはずよ」

驚いていると、ガリードさんが大声を上げながら手を振って呼びかけてきた。

「アリト！　久しぶりだな！」

「ちょっとガリード！　私も久しぶりなんだけど‼」

がしっとガリードさんに上から肩を抱かれた俺が言葉を返す前に、リナさんが文句を言う。

そうだったよな。王都からリナさんと一緒に旅に出たから、会っていない期間は同じはずだ。

そう考えると、リナさんもガリードさんたちと顔を会わせるのは約一年ぶり、ということになる。

すると、魔法使いのミアさんが進み出てきた。その後ろには、豹《ひょう》の獣人のノウロさんもいる。懐かしいな。

「リナはいいの。今はアリト君よ。久しぶりね、アリト君。ねえ、そちらの可愛い子を紹介してくれるかしら？」

「お、お久ぶりです皆さん。ええと、彼女はティンファです」

その笑顔が相変わらず怖いです、ミアさん⁉　なんで再会したばかりなのに、そんなに黒い笑顔なんですか‼

俺が彼女の名前を紹介すると、一歩後ろにいたティンファが前に出た。

「ティンファです。アリトさんに助けられて、一緒に旅に出ました」

ニコリと笑ったティンファに、ミアさんもにっこりと笑う。

だからその笑顔は怖いって、ミアさん⁉　ちょっと、ガリードさん、ノウロさん、少しは助けてっ⁉

ちらりとガリードさんとノウロさんを見たけど、そっと目を逸《そ》らされた。

「そう。それで、どこまで一緒なのかしら？　ねえ、アリト君」

「え、えええと。ずっと、一緒に暮らすと約束しましたっ‼」

くそっ！　こんなところでなんてことを言わせるんだ、ミアさんっ‼　……いや、勝てませんて、ミアさんの笑顔には。

「へえー。アリト君も、隅《すみ》に置けないわね。旅に出て、彼女……いや、お嫁さんかしら？　お嫁さんを見つけてくるなんて、思ってもみなかったわぁ。ねえ、リナ？」

「な、何よっ！　こうやって一人で戻ってきた私に、何か言いたいことでもっ‼」

あははは……。な、なんか飛び火した？　いや、なんでそこで笑っていられるの、ティンファ。いやぁ、やっぱり俺はティンファにはかなわないな……。

思わず後ずさると、同じようにガリードさんも下がった。ノウロさんはさり気《げ》なく俺たちの陰に入っている。

「あの、なんでミアさん、最初からああなんですか？」

ガリードさんにこっそり聞くと、声を潜《ひそ》めて答えてくれる。

「いや、俺に聞くなよ。なんか、お前たちが見えた途端《とたん》にあの笑顔になった。お前が彼女を連れてきたからじゃねぇか？」

「いやいや、なんでですか！　ねえ、ノウロさん」

「彼女、凄いな。あの場で笑っているぞ。凄い人捕まえたんだな、アリト」

そこに突っ込《こ》まないでくださいよ！　何て返せばいいんですかっ！

男三人がこそこそ話している間に、笑顔で女性三人の会話は進んでいく。やっとそれが終わったのは、ミアさんの息子のエラルド君が様子を見に来た時だった。

「母さん、何やっているの。アリトさんたちが着いたなら、連れてきてよ。父さんもメリルも、皆も待っているよ」

「ああ、ごめんなさいね。つい、話しこんじゃったわ。では、私の家に行きましょう」

「そういえば、俺たちが到着したの、なんでわかったんですか？」

ミアさんの怖い笑顔が消えてほっとしたところで、皆がなぜちょうどいいタイミングで待っていられたのかを聞いてみた。

「空から来るってリナの手紙にあったからね、ノウロに今朝から空を見ていてもらったのよ。手紙が来た日から計算すると、今日到着かな、と思って」

うわぁ。ピッタリだ。じゃあ、やっぱりこの村から飛ぶアディーの姿が見えたってことか。

「他に気づいた人はいそうですか？」

「いないよ。俺が屋根に登って見張っていて、ちらっと見えただけだからね」

その言葉に安心する。でも、やっぱり街の近くでアディーに乗って飛ぶのはやめておいた方が良さそうだ。アディーの姿が見えたら、絶対騒ぎになるよな。ウィラールは、俺が思っていたよりも有名みたいだから。

「さあ、行きましょう。父さんと僕で、アリトさんに教わった料理を昨日から作ってあるんです」

おお。確かにミアさんの旦那《だんな》さんのウェインさんとエラルド君は、前に会った時にかなり熱心に聞いていた。

皆で村の中を歩いていくと、大通りには店が並び、外から見た通りになかなか大きな村だった。

エラルド君が案内してくれたのは、その大通り沿いの大きな三階建ての家だ。中へ入ると、ウェインさんやガリードさんたちの家族が出迎えてくれた。

「『スノーちゃん‼　あっ！　猫さんもいるっ‼』」

その中から可愛らしい耳と尻尾の双子《ふたご》の姉妹が、とてとてとスノー目掛けて駆けてきた。

でもスノーの隣のレラルにすぐに気づいて、どちらを触《さわ》ろうかキョロキョロしている。

ノウロさんの娘の、アリアちゃんとダリアちゃんだ。子供なだけに、この前会った時よりも背が伸びていた。それでもお耳をピクピク、尻尾をフリフリする様子はまだまだ暴力的なほどに可愛すぎる‼

「アリアちゃん、ダリアちゃん。この子はレラルって言うんだ。よろしくね」

大人数がいきなり出てきたことで驚いていたレラルを、しゃがんでそっと撫でながら念話した。

『この子たちに触らせてもいいかな？　何も乱暴なことはしないから、大丈夫だよ。スノーも仲良しなんだ』

『おねえちゃんも？　うん、いいよ！　わたし、この子たちと遊ぶ！』

スノーもアリアちゃんとダリアちゃんを覚えていたのか、きちんとしゃがんで尻尾を振っていた。

そっと手を伸ばす二人に、レラルもすりすりとすり寄っている。もう、あまりに可愛らしい光景で、皆の顔が笑みで崩れた。

うちの子も、本当にいい子だな‼

「あら、ありがとうアリト君。うちの子、連絡が来てから『スノーちゃんに会える』って張り切っていたのよ」

「アマンダさん。気にしないでください。アリアちゃんもダリアちゃんもいい子で、嫌がることはしないので大丈夫ですよ。実はもっと小さい子もいるのですが、中で紹介しますね」

扉の前でこれ以上騒ぐと目立つので、皆で中へ入った。広いホールに案内されると、そこにはテーブルと椅子があり、テーブルの上には料理が並んでいる。

……ここって民家だよな？　ミアさんは家って言っていたし。何者なんだ、ミアさん。

「ふふふ。とりあえず、皆座って食事をしながら話しましょう」

「飲み物も色々あるからね」

ミアさんとウェインさん夫婦が皆を席に案内し、飲み物を配《くば》ってくれた。

「それでは、この再会に！　乾杯《かんぱい》！」

「「「乾杯‼」」」

飲み物を飲み干し、大皿に盛《も》られた料理を取り分けて食べてみる。

とりあえずオムレツからだ。うん、美味しいな。かなり研究しているみたいだ。このソースは、デミグラスソースに何を混ぜているんだろう？

他にもハンバーグなど、教えた料理やそれをアレンジした料理を次々と食べる。どれも美味しくて夢中で食べていると、エラルド君が声を掛けてきた。

「どうですか？　味の方は」

「美味しいですよ！　かなり工夫してあって、驚きました。シオガも手に入ったんですね！」

少しだけ分けたシオガも、きちんと味つけに使われていた。

「はい。エリンフォードの方で、大量に取引が始まったらしくて。ナブリア国にも以前より流通する量が増えたみたいです」

……間違いなく、ゼラスさんだな。結局流通するように手配したのか。

「そ、そうなんですね。でも、教えた調味料だけなのに、随分《ずいぶん》味が広がっていますね」

胡椒《こしょう》はかなり森の奥地にあるため、ほぼ流通していない。だから一般に手に入るのは、相変わらず塩と少しの砂糖、それに香草や地域の調味料くらいだ。

それを野菜と煮込んでソースにすることで、かなり味が広がっていた。

「父と僕で、あれから色々と頑張ってみたのです。それで、ですね。アリトさんに許可していただけたら、ここでこれらの料理を出す店をやろうかと思っているのですが」

なんとなくそうかな、という気はしていた。料理を教えた時も、エラルド君がミアさんそっくりの笑みを浮かべていたからな！

「美味しいものが食べられるようになるのは、大歓迎です！　教えた時にも言ったけど、俺を気にする必要はないから、好きにしていいですよ。あ、エリダナの街で、知り合いに他の料理も色々教えたので、あちらでも料理が広がるかもしれないけど」

キーリエフさんたちが店を出すことはないと思うが、領主館でも料理は提供しているからな。調理器具も作ったし、そのうち広まるだろう。

「もちろん、かまわないです。それよりも、もっと違う料理があるのなら、ぜひそちらも教えてください」

「う、うん。エリダナの街で調理器具も色々作ってもらったから、あとでよければ譲りますよ」

「それはうれしいですね！」

うおおお。近い、近い。エラルド君は、もっとこう、後ろで人を操《あやつ》るタイプかと思っていたよ。

「あ、すみません。僕も、美味しいものが大好きでして。せっかく素晴らしい料理を教えていただけたので、毎日美味しい料理を食べられる職につきたかったんです」

この世界では、成人前から職人へ師事《しじ》し、見習いとして働く子供も多い。裕福《ゆうふく》な家では、成人前後から働き出す。

エラルド君と会ったのはちょうど成人する時だったから、働きに出ずにレストランを開くために色々準備していたのだろう。

このままどんどん美味しい料理が増えて、どこでも食べられるようになったら、それは幸せだよな。まあ、日本には美味しい料理がたくさんあったけど、それだけで幸せかっていうと、そうでもなかった気もするが……。

　仲間内で笑い合う、その距離がこの世界の方が近い気がする。死が身近な分、楽しいも幸せも美味しいも分け合って喜び合える、そんな距離感だ。

「それは素敵ですね。頑張ってください！」

　その後は皆で楽しく飲んで、食べて、賑《にぎ》やかに騒いだ。

　タクーは紹介しなかったが、リアンとイリンを紹介したら、小さくて可愛いとメリルちゃんまで喜んで触れ合っていた。

　夕方には子供たちは騒ぎ疲れて休み、ガリードさんたち四人とゆっくり話をした。

　自分が『落ち人』であること。『死の森』でオースト爺さんに保護され、様々なことを教えてもらいながら一緒に暮らしていたこと。そして『落ち人』の手がかりを求めて旅をしていたことなど、全てを告げた。あとは『死の森』へ戻って好きに暮らす予定だということも。

　自分の気持ちの整理がついたことで、けじめとして聞いて欲しかったのだ。

　リューラと出会ったこと、そしてタクーを託されたことには、皆とても驚いていたけどな。

　ガリードさんたちは俺の気持ちを察して、ただ話を聞いてくれた。

　最後に。

「俺は、アリトと出会えて良かったと思っているぞ。これからもよろしくな！」

『落ち人』だろうと関係なく、俺だから仲良くなろうと思ったのだと――そう、ガリードさんが言ってくれたのがとてもうれしかった。

ノウロさんも、リナさんも頷いてくれた。でも、ミアさんだけは。

「アリト君は養子に欲しかったのに。旅から戻ったらお嫁さんを連れてくるなんて、残念だわ」

と、相変わらずだった。そんな態度もうれしかったけどな。

さあ、これで気がかりは全て終わった。あとはオースト爺さんのもとへ帰ろう！

第七話　ただいま

「では、また遊びに来ますね！」

「おお、今度は俺の家にも来てくれ！　イーリンの街へ行く時は知らせるからな！」

ミアさんの家で歓迎された日は泊まり、翌日は再び料理講習会を開催《かいさい》した。

これはウェインさんやエラルド君の要望に加え、アマンダさんや、ガリードさんの奥さんのナリサさんにも希望されたので、皆へ調理器具を渡し、その使い方の講習を兼《か》ねてやることになったのだ。

調理器具は、北へ旅立つ時に全て二十くらいずつ貰《もら》っていたのだが、先日立ち寄った時に、ドルムダさん指導のもとで作った工房製のものも受け取っていた。お蔭であちこちに配って回っても、手元には充分余裕がある。元々ガリードさんたちには渡すつもりで用意してあったが、店をやるというエラルド君へは複数譲ることにした。

泡立て器や蒸し器を使った料理、さらに口を滑《すべ》らせたことで燻製の作り方も教えることになり、結局丸一日では終わらず、もう一日泊まることになってしまった。

燻製はドルムダさんに作ってもらった簡易《かんい》のドラム缶のような器具でやったが、燻製を気に入ったウェインさんは燻製小屋を作ると張り切っていた。

店ではウェインさんも料理を担当するそうだ。メリルちゃんはミアさんと同じく料理は苦手《にがて》で、それなら給仕をやるのかと思ったら、ミアさんに魔法を習っているという。

大人しい子だと思っていたから驚いたが、実は討伐ギルドへ登録する予定らしい。ガリードさんの息子のガリル君はもう登録していて、下積《したづ》み中だそうだ。

こうした家族ぐるみの付き合いはあまり経験がないので、とても楽しい時間だった。

田舎育ちの俺だが、祖父母の家は一軒だけ村の中でも離れていたのと、俺の両親の消息も不明という事情から、親族の親密《しんみつ》な付き合いというものはなかったのだ。

とはいえ、長居するのも悪いし、オースト爺さんのもとへ帰って旅を終わりにしたいので、午前中に燻製の出来を確認して別れを告げた。

「これからイーリンの街へ寄って、商人ギルドへ手紙の受け取りをお願いしてから帰ります。俺からも手紙を出しますね！」

「私もまた、アリトさんと一緒に遊びに来させてもらいます」

ティンファが笑顔で挨拶すると、アリアちゃんとダリアちゃんが悲しそうな顔でスノーたちを見る。

「スノーちゃんもレラルちゃんも、もういっちゃうの？　また会えるよね？」

「もっと遊びたいの」

「アリアちゃんも、ダリアちゃんも、またスノーやレラルを連れて遊びに来るからね。二人と遊んでくれて、ありがとう」

涙目になりながらスノーとレラルに抱きつく二人の頭を撫でる。前と同じく、耳がぺしょんとしていた。

スノーとレラルも、二人にすり寄って尻尾でぱふぱふとなぐさめている。

『ホラ、さっさと行くぞ。この村にならスノーに乗ればすぐに来られるだろうが』

『わかっているよ、アディー。でも、可愛いから仕方ないじゃないか』

だって、尻尾もしょんぼりとなっていたのに、スノーとレラルがすり寄ってペロペロ舐《な》めれば、ご機嫌にふりふりと揺れ出したのだ。

「うん、また、すぐに遊びに来てね。約束だよ、スノーちゃん」

「レラルちゃんも、約束。また一緒に遊ぼうね」

ぎゅっと最後に抱きついて、涙目なのに笑顔で約束、と笑ってくれた。

ううう。可愛すぎる‼　うちの子も可愛いし最高だな‼

『……行くぞ。小さいのが好きなら、お前とティンファですぐにでも作ればいいだろうが』

『へ？　……っ⁉　な、何、言っているんだよ、アディーっ‼』

それって俺とティンファの子供、ってことだよな‼　こ、子供なんて、子供なんてっっ⁉

「アリトさん？　どうかしたのですか、なんか顔が真っ赤《まっか》ですよ？」

「い、いや、何でもないよ、ティンファ‼　何でもないから！　さ、さあ、行こう！じゃあ皆さん、また！」

アディーの言葉で、スノーとじゃれる小さな男の子と女の子、それを見守るオースト爺さんと俺とティンファの図を思い描いてしまっていた。

熱くなった顔をぶんぶんと振り、スノーとレラルに声を掛けて、皆に背を向けて駆けだす。

「え、アリトさん？　では、皆さん、またお会いしましょう」

その背を、ティンファが挨拶をしてから追ってくることがわかる。でも。

なんでガリードさんたちはにやにやとしているんだっ‼　アディーとの念話、聞こえているわけないのにっ⁉

「アリト君、子供ができる前に、遊びに来るのよ？」

そこにミアさんからの追い打ちが来て、なおさら走るのを止められなくなってしまった。

まったく、なんでこんなに察しがいいんだ、あの人たちはっ‼

ミアさんたちの笑い声が聞こえなくなっても、しばらく走り続けた。


『まったくお前は。どっしりと構える、ということも少しは覚えろ』

一昨日アディーが降り立った森へは、行きの半分の時間で辿り着いた。そのままアディーに大きくなってもらい、イーリンの街へ向けて飛び立つ。

恥《は》ずかしさで走り続ける俺の足が止まったのは、後ろを追ってくるティンファの荒い呼吸に気づいた時だ。その頃にはもう村は見えなくなっていた。

『ううう……。だって、アディーが「子供」だなんて言うから』

『フン。ティンファは嫁で間違いないだろう。なら子だってそのうちできるだろうが』
ア、アディーッ！　だからまだ心の準備ってものがっ！
『アリトとティンファの子供？　子供ができるの？　いつできるの？』

『い、いやスノー！　まだ子供なんてできないから。ずっと先のことだからっ！』

そう、まだ先のことだ。うん。まだ……。って、「まだ」って何だよ。ティンファと子供を作るのが確定しているみたいにっ！

……うう、ティンファはお嫁さん、でいいんだよな？　ティンファはそう思ってくれているんだよな？

「どうしましたか、アリトさん。さっきからずっと変ですよ？」

「い、いや。ごめん。ちょっと動揺《どうよう》していただけで。落ち着いたからもう大丈夫だよ。イーリンの街もそれほどかからないで着くと思うよ」

くう。ティンファはさっきのやり取りをどこまでわかっているのだろう。全く気づいていないのか、気づいていても何も気にしていないのか。……なんとなく後者な気がする。ううう。いつまでたっても俺は情けないな。

ため息を一つつき、周囲を見回してみる。今は王都近くを避けるように真っすぐイーリンの街へ向かっているはずだ。

お、あれはガリードさんたちと越えた山かな。だとすると、もうすぐか。

『イーリンの街の周囲は草原だ。離れた場所の森に降りるからな。もうすぐだぞ』

『わかったよ。ありがとう、アディー』

イーリンは『死の森』からの防衛拠点《きょてん》にあたる街なだけに、魔物や魔獣がどこから襲撃《しゅうげき》してきてもすぐにわかるよう、見晴らしのいい場所にあるのだ。

「ティンファ。イーリンの街の周囲は草原だから、その手前の少し離れた場所に降りるみたいだ」

「わかりました。では、降りたらお昼でしょうか」

「そうだね。街道近くまで出たら、昼食にしよう」

昼前に村を出たから、ちょうどいい時間だ。お昼には、さっき燻製食品を使ってサンドイッチを作ってある。

『あそこだな。降りるぞ』

遠くにイーリンの街が見えてきた頃、街道から少し離れた場所にある森へ降りた。

「じゃあ、街道まで誘導してくれるか？　上から見た時は、近くに人はいなかったよな」

『イーリンの街の近くにはいたが、他は見当たらなかったな』

降りてすぐに小さくなったアディーに先導してもらい、街道が見えてきたところで昼食にした。

「今日中にはアリトさんの家に着きそうですね。なんだかドキドキしてきました」

「ここから歩くけど商人ギルドへ寄って買い出ししたらすぐ出るから、夕方には着くかな。まあ、オースト爺さんは少し気難《きむずか》しいかもしれないけど、根は優しくていい人だから大丈夫だよ」

オースト爺さんにはエリダナの街で手紙を出して、旅の目的を果たしたから戻ると知らせてある。アディーに乗せてもらって帰ることも書いたので、いつ到着するかと待ってくれているはずだ。

ティンファのことは詳しく知らせていないから、どんな反応をするだろうか。そう思うと、俺もドキドキしてきた。

「はい。アリトさんのお爺さんですものね。スノーちゃんのお父さんとお母さんにも会うのも楽しみですし。レラルちゃんも、チェンダさんと会うのは楽しみよね？」

「うん！　いっぱいおじさんやおばさんがいるって、おねえちゃんから聞いているから楽しみだよ！　色々教えてくれるかな？」

にっこりと笑い合うティンファとレラルに、自分がティンファのおばあさんのファーラさんに会った時の緊張を思い返してがっくりとくる。

『皆、小さい子には優しいから大丈夫なの。それに私が皆にしっかり紹介するの！』

「ありがとう、おねえちゃん！　ティンファ、おねえちゃんが皆に紹介してくれるって」

「それは良かったわね。スノーちゃん、私も皆に紹介してね」

『うん、わかったの！』

……ほのぼの空間にあっという間に突入だ。うちの女性陣は強いな。今だって、ビクビクしているリアンを尻目《しりめ》に、イリンはティンファの肩へ登って「楽しみ」と笑い合っていた。

　そっとリアンを抱き上げて膝の上へ乗せ、背中を撫でる。

　上級魔獣がわんさかいる家へ行くとなったら、普通はリアンのようになるよな。あれが普通じゃないんだ、リアン。大丈夫だぞ。

『フン。何をやっているんだか。お前たち、しっかりしろ！　タクーでさえ、うれしそうにしているぞ！』

　タクーはずっと俺の腕の中で、過ぎ去る景色を興味深そうにキョロキョロと見回していた。タクーはまだ生まれたばかりだからかあまり声を上げないが、いつも楽しそうだ。

　一息ついたところで休憩を切り上げ、イーリンの街へ歩き出した。

　この道は、行きはスノーと二人で歩いていた。帰り道はこうしてたくさんの仲間と一緒にわいわい話しながら歩いているなんて、あの時は思いもしなかった。

　そういえば、ガリードさんたちが待ち伏《ぶ》せしていたのは、さっき昼食を食べた辺りだったか。

　どんどん大きく見えてくるイーリンの街の外壁に、初めて馬車から見た時のことを思い出す。

　ナブリア国とエリンフォード国、そして北の辺境地を巡ってこうして戻ってきたが、今までの旅を思うと感慨深い。

このイーリンの街へ来た時は、旅に出たばかりで不安だらけだった。この世界の全てが未知で、自分という異物がいつはじき飛ばされるのかと、ビクビクしていた。

今では自分が『落ち人』だとバレたとしても、どうということもないことを知っている。たとえ国に目をつけられたとしても、オースト爺さんやキーリエフさんがいくらでも手を回してくれるだろうから、何も心配はないことも。

まあ、他力本願《たりきほんがん》なとこは変わってないけどな！　でも、俺はただの人だからしょうがない。ラノベの主人公のようにチートの力で世界を救うなんて、そんなことは起こるはずがないのだ。

オースト爺さんのもとへ帰ったら、何をしようか。家は建ててくれているかな？　ああ、ラースラを一応植えたって聞いたから、それも見に行かないとな。あと、何とかして畑も作りたいから、種と苗《なえ》も買おう。

今はどんどん未来への希望が湧《わ》き上がってくる。行きとは違う自分が、少しだけ誇《ほこ》らしくも思えた。

イーリンの街の門では従魔が多いことで引き止められたが、買い物だけですぐに街を出るということで、なんとか無事に入ることができた。ちなみに、タクーはローブの中だが、リアンとイリンはエリダナの街で従魔登録してあるので、きちんと門を通った。

商人ギルドへ直行し、俺が薬と薬草、ティンファはお茶と薬草を売ってから、手紙の受け取りを頼んだ。ティンファも村長さんからの連絡はイーリンの街の商人ギルドを指定していたので、二人分だ。やはり薬や薬草は喜ばれ、最低一月《ひとつき》に一度は訪問し薬を売る、という条件で手紙の受け取りは約束してもらうことができた。

『スノー、一月《ひとつき》に一度は買い出しにこの街まで来るから、その時はお願いな』

『うん！　いつでも、いくらでもスノーはアリトを乗せて走るの！』

足元で尻尾を振るスノーの頭を撫で、直営店で買い物をする。

「ティンファ、畑を作ろうと思っているから、育てたい野菜があったら種を買ってくれ」

全ての植物は土地の魔力に影響を受けて変化する。だから同じ植物でも差が出るが、それでも似たような作物にはなるだろう。

「はい。ハーブの苗も持ってきましたし、薬物の種を買ってみますね」

俺は根菜類を中心に種と苗を買い、野菜も買う。その後、この街で初めて寄った本屋へ行った。

「おや、お久しぶりですね。またご来店いただき、ありがとうございます。今回も、お探しの本はありますか？」

「また寄らせてもらいました。今回は植物や魔物に関する本を見せてください」

オースト爺さんの家にも本はあるが、農作に関する本があったら買う予定だ。ティンファも楽しそうに選んでいる。

「今回もたくさんのお買い上げ、ありがとうございます。また来てください」

「はい。この街へは買い出しに来ますので、また寄らせてもらいますね」

今回は最近出たという植物や魔物、魔獣の図鑑、農作についての本などをまとめて買った。魔物と魔獣の図鑑は、ティンファが見ていた本だ。お金は余っているから、遠慮なく買える。

「アリトさん、ありがとうございます！」

「本と食料くらいしか、お金の使い道がないからね。オースト爺さんの家にも植物関係の本はたくさんあるから、ティンファも楽しいと思うよ」

ティンファの家にも、お母さんが研究していた植物に関する本は結構揃っていた。だが、オースト爺さんの家にはそれ以上にある。

「とっても楽しみです！　緊張よりも、なんだかわくわくしてきました！」

街の商店を覗くのは次の買い出しの時にしてそのまま街を出て、街道を皆で歩き出した。

街が見えなくなったところで道を逸れて森まで行き、アディーに乗る。

ここから先は小さな村があるだけで、その奥は『死の森』だ。どんどん近づいてくる森に、気づくと緊張で手が震えていた。

もうすぐ爺さんに会える。旅に出た時は俺が不甲斐《ふがい》ないばっかりに、無理やり背中を押してもらった。その爺さんのところに、正面《しょうめん》から戻るのだ。

黙ったままの俺を、ティンファはレラルと二人でこれからのことを話しながら、そっと見守ってくれている。

『何をそんなに辛気臭《しんきくさ》い顔をしているんだ。ホラ、森へ入るぞ。まあ連絡を入れなくてもあの連中なら場所は空《あ》けるだろうが』

遠くに見えていた火山がどんどん大きくなり、草原を過ぎれば、視界は森だけになる。

ここから先はどこに爺さんの家があるのか俺にはわからないが、それほどかからずに着くのだろう。

『……爺さんは家にいるはずだし、少しくらいは驚かせたいから到着の連絡はいいよ』

『そうか。では、すぐ着くからな』

うをっ！　も、もう着くのか。さすがアディーだ。心の準備をしている暇《ひま》もないな。

身を乗り出すと、前方に木々の開けた場所があるのが見てとれた。

あそこか。ロクスに乗ってオウル村へ行った時は、東側へ向かっていたな。そういえばあの時、爺さんは、西側に抜ければ大きな街もあると言っていたっけ。

森の中の広場がはっきり見えると、懐かしい、という想いがこみ上げてきた。

森の緑も、やはりエリンフォードや北の辺境地の色と違う。この世界に来てからずっと見ていた、木々の緑の色だ。

あ、爺さんの家が見えた！　お、すでに皆がアディーの降りる場所を空《あ》けてくれているな。

高度を落として近づいていくと、爺さんの家や広場を移動する従魔たちの姿が視界に入った。そして見慣れない建物も。

ん？　新しい建物、か。やっぱり爺さん、家を建ててくれたんだな。

どんどん鼓動《こどう》が高まり、緊張してくる。

『ほら降りるぞ』

そうしている間に、アディーはあっさりと広場に着地した。

ううう。こう、なんというか、もっと情緒《じょうちょ》を持ってくれても……。

「ここが、アリトさんが暮らしていた場所なんですね」

「うん、そうだよ。この世界に落ちてきてからオースト爺さんに拾ってもらって、しばらくここで皆と暮らしていたんだ」

ドキドキしながらスノーに皆を頼み、アディーから飛び降りると、小屋から出てきたオースト爺さんの姿が見えた。

その姿を見て、思わず駆け出す。

「爺さん、ただいま！　今戻ったよ‼」

「ふふふ。おかえり、アリト」

その言葉とともに広げられた腕に、まっすぐ飛び込んでいた。

身長差に変化がないことは気にせず、ぎゅっと抱きつく。すると、後ろからスノーがドーンと大きいままの姿で突っ込んできた。

『スノーも！　おじいちゃん、ただいまなの‼』

ぐえっとスノーに潰《つぶ》されそうになり、オースト爺さんの胸に頭突《ずつ》きをしてしまった。それでも揺らがずに受け止める爺さんには、少しだけもやっとするな。

俺の筋力がついてないわけじゃないよな。爺さんが凄すぎるだけだから！

「おお、スノーもおかえり。いつでもスノーは元気じゃの」

オースト爺さんとスノーに挟まれた状態からなんとか抜け出すと、爺さんがスノーを撫で回す。

『スノーね、もう成獣だからね、大きくなったの！　見て見て！』

頭を撫でられてきゃっきゃっと喜んだスノーが、少し離れて本来の大きさに戻った。近づいてきた母のエリルと、大きさはほとんど変わらない。

「ふむ、スノーもすっかり大人じゃな。ほら、エリルとラルフもお前さんの帰りを待っておったぞ。顔をしっかり見せておやり」

大きなスノーをポンと撫で、エリルと父のラルフの方へ押し出す。

「アリト。さっさとお前さんの大切な人を紹介せんか」

「あっ！　ごめん。爺さん、この子が手紙で知らせたティンファだ。ここで一緒に暮らす

ことになったから」

後ろでレラルとアディー、そしてイリンとリアンと一緒に待っていてくれたティンファのもとへ行き紹介する。

「ティンファです。これからよろしくお願いします」

「ほほー、精霊族の血が入っているのじゃな。これは珍しい。これからもアリトのことをよろしくの」

ニッコリと微笑み合う二人の姿に、気が合いそうだと一安心する。

「それと、この子はレラル。ケットシーの母親とチェンダの父親との子で、二つの姿に変化できるんだ」

「ええと、レラル、です。リアーナのところで育ったよ。お父さんとは会ったことないから、チェンダと会うのが楽しみです。よろしくお願いします」

獣姿からケットシーの姿に変化して、レラルが挨拶をする。

「これはこれは。儂《わし》でもケットシーとチェンダの子を見たのは初めてだの。あとでチェンダに紹介しよう。この家には、様々な種族がいるからの。のびのびと過ごすといい」

しゃがんでニコニコと笑顔でレラルの頭を撫でたオースト爺さんに、レラルがニパッと笑った。

「あとは、新しく契約を結んだこの子はリアン。ティンファの従魔のイリンと夫婦なんだ」

「おお、可愛らしいの。これだけ小さい子はここでは初めてじゃ。皆と仲良くな」

『……う、ううう。こ、ここ、凄い魔力の魔獣、た、たくさん、いる』

落ち着きなく震えながらあちこちを見回すリアンの背を、大丈夫だから、と撫でて落ち着かせる。イリンの方はというと、怯えながらもティンファの腕の中でキラキラとした眼《まな》差《ざ》しで皆を見回していた。

「それから、この子は白竜の子のタクー。目的地で白竜のリューラと出会って、託されたんだ」

そっとローブの中からタクーを抱き上げると、興奮したように皆を見ていた。

「ほお、白竜、か。白竜を見るのも初めてだの。火竜や水竜、土竜は見たことあるんじゃが。託されたのなら、しっかりと見守るんじゃぞ、アリト」

爺さんはじっと白竜の子を見つめ、キョトンと爺さんを見つめたタクーをそっと撫でた。

うーん。びっくりさせようと思ってタクーのことは手紙で知らせなかったのに、あんまり驚いていないな。さすがオースト爺さん、ということか。いや、それでも落ち着きすぎじゃないか？

「他にもスライムのミル、ラル、ウルがいるんだけど、あとで見せるよ。積もる話はたくさんあるけど、爺さんが元気そうで良かった」

やっぱり、爺さんは爺さんだな。いつかはあっと言わせることができるだろうか。

でも、どっしりと構えていてくれた方がうれしいのはあるけどな。

オースト爺さんに話したいことはたくさんある。旅の間のこと、倉持匠さんのこと、土地の魔力濃度のこと、そしてリアーナさんが話してくれた世界のこと。

ただ、今は話をするよりも、爺さんの笑顔を見ていたかった。帰ってきた、旅が終わったのだと肩から力が抜けるのを感じる。それだけでもう、どうでもよくなってきた。

「お、そうだ。お前が嫁さんを連れて戻るなんて知らせを送ってきたから、とりあえず家を隣に建てておいたんじゃ。別の場所に家を建てるにしても、造《つく》る間はあの家を好きに使ったらいい」

空から見えたのは、やっぱり新しく建ててくれた家か。爺さんなら、用意しているかも、とは思っていた。でも……。

俺は手紙にティンファのことを『嫁』だなんて書いてないぞっ⁉　一緒に暮らす人を連れて帰る、ってだけだしっ！　そりゃ女性だとは書いたけど……。

「お、真っ赤じゃな。それでも反論しないのなら、やっぱり嫁さんか」

「じ、爺さんっ⁉　ティンファは、まだ、そんなんじゃないぞっ‼　ただ、ここに戻ってくる前にも他の人に同じこと言われたから、叫ばなかっただけだっ‼」

くうっ。二度目だから、今度は冷静に切り返そうと思ったのにっ‼

っていうか、ティンファはどういう反応をしているんだ？

そっと振り返ると、ティンファはただ微笑ましいものを見るような目で俺たちを見ていた。俺の視線に気がつくと。

「家を建ててくれていたのですか？　私にそこまで気を遣っていただいて、ありがとうございます」

そう言って頭を下げた。

……ねえ、嫁って言葉に何か反応は？

いや、俺、はっきりプロポーズしたわけじゃないしな？　いや、でも……。

ぐるぐると思考が空回《からまわ》りをしていると、両親と久しぶりに戯《たわむ》れていたスノーが大きいまま背中にドーンとぶつかってきた。

もふっとした感触《かんしょく》に押し倒され、そのまま顔を舐《な》められる。

「スノー、ちょっ、大きい時は苦しいからっ！」

『あのね、おかあさんとおとうさんと一緒に、レラルとティンファを皆に紹介してくるの！　行ってもいい？』

「わ、わかった！　わかったから、とりあえず離れてっ！　レラル、ティンファ、スノーが皆を紹介したいって言うから、一緒に行ってきて」

その言葉にうれしそうに返事をした二人が、スノーや両親と一緒に皆のもとへ歩いていった。

ティンファはエリルとラルフも、他の皆も全く怖がる様子がない。予想通りとはいえ、やっぱり肝《きも》が据《す》わっているよな。

「ほら、しゃっきりせんか。これから一家の主《あるじ》になるのじゃろ？」

スノーが去り、よろよろと体を起こした俺の背を、オースト爺さんがバンッと叩いた。

それにつんのめりながらも、ふらふらと立ち上がる。

「……まだ奥さんじゃないからな。求婚《きゅうこん》はおいおいするつもりだから！」

プロポーズっぽいことは確かに言った気がするけど、結婚となったらきちんと言わないといけないだろう。この世界の結婚は、どうやってするのかもまだ知らないからな。それに今すぐと言われても、心の準備が何もできてないんだよ！

「それがお前さんのペースなら、まぁいいじゃろ。頑張れよ」

そう言ってまた背中をバンッと叩かれ、再度つんのめって倒れそうになった。

けれど、うれしそうに微笑んでいる爺さんの顔を見て、ほんの少しだけ男として認めてもらえたような気がした。

「さて。では、旅で何があったから聞かせてくれんか？」

照れくささで爺さんの顔を直視できずにティンファたちの様子を見ていると、そう切り出されたので広場に置かれた椅子に二人並んで座り、ここを出てからの話をした。

エリダナの街に着いた話の辺りで日が暮れ始めたので、夕飯を用意して食べる。

その後はティンファを新しい家の部屋へ案内すると、オースト爺さんと二人で台所のテーブルで向かい合い、旅の続きを話した。

「……この森に落ちてきて無事じゃった『落ち人』が、アリト以外にいたとは思わなかったが。そうか。北の地で、な」

そう、倉持匠さんとの共通点は日本出身というだけではなく、落ちた場所がこの『死の森』だということもあった。だからといって、アーレンティアに来た日本人が全てこの森に落ちたということではないだろうが、俺たち以外にもそういう人はいたはずだ。

「でも、五体満足だった俺と違って、怪我を負《お》った体で命からがらこの森を抜けたんだ。『落ち人』の実態を知って、どれだけ自分は運が良かったのかを思い知ったよ」

ほとんどの『落ち人』は変換がうまくいかずに重大な怪我をして落ちてくることを、恐らくオースト爺さんは知っていただろう。けれど、それを旅に出る前に俺に告げることはなかった。

「確かにその点では幸運だったかもしれないが、生まれた世界を放り出されたアリトは、運が良いとは言えないだろうに」

「いいや。落ちてすぐにスノーに見つけてもらえて、爺さんに保護されて何不自由なく生きる術《すべ》を教えてもらえた。今、こうしていられる俺は、本当に運が良かったと思っているよ。だから、ためらいも少なくこの世界の住人として自由に暮らすという選択もできたんだ」

日本とアーレンティアは違う。でも、この場所で爺さんに保護されたから、旅をしている間でさえほとんど不自由なく過ごすことができたし、この先も暮らしていけるのだ。

「……それが、アリトの選んだことならいい。では、これからどうするのじゃ？」

「街よりも森で暮らす方が俺もティンファものびのびと生活できるから、ここで畑を作って生活しようと思うんだ。あ、水田も爺さんが場所の目星をつけたって言っていただろう？　美味しいものを食べてのんびり暮らす、それが俺の望みだから」

『死の森』では、俺とティンファだけでは暮らせない。スノーとアディーがいても、この森で自由に生活するのは難しいだろう。

爺さんや爺さんの従魔の皆を頼らなければ、俺たちは『死の森』で生きてはいけないのだ。

だから、これはただのわがままだ。俺はここで爺さんと一緒に暮らしたい。

そんな想いを込めてじっと見つめると、爺さんは笑って頷いてくれた。

「好きにしたらいい。旅に出す前にも、ここで暮らしたいと望むなら、いつまでもいてくれてかまわない、と言ったじゃろう？　儂も、お前さんたちと一緒に暮らせば楽しくなりそうじゃしな」

人嫌いなくせに、こんなことを言ってくれる。そんな爺さんのことが好きだから。

「ありがとう、爺さん。家もうれしいよ。落ち着いたら、美味しいものを探しに旅に出るのもいいかな、と思っているんだ。だから食事は期待してくれていいからな」

「それは楽しみだの。アリトが旅に出てから、美味《うま》いものが食べたくなって料理もしたが、儂が作ってもアリトほど美味しくならないのじゃ」

旅の途中で色々調味料を送ったが、どうやら自分で料理をしてみたようだ。

「そこは安心してくれよ、爺さん。旅の間に調味料をたくさん作ったから、元の世界の料理も大分作れるようになったんだ。だから、これからは前よりも美味しい食事を作るよ」

「ふふふ。それは楽しみじゃな」

のんびりと美味しいものを食べながら日々を過ごす。それはとても幸せなことだ。

「……帰りに霊山の限界までアディーに乗って登ってみたよ。海も行ったし。でも、俺には世界の謎《なぞ》を解き明かそうとは思えなかった」

「そうか。……それでいいんじゃ。儂らは長い生があるからの。時間があるから、つい追い求めてしまうのじゃ。ただ、それだけじゃよ」

爺さんたちが今までしてきたことを考えれば、それだけではないはずだ。でも、爺さんは俺には何も求めないだろう。

「……爺さんがラースラを植えたって言っていた場所を後で案内してくれ。水田と畑の手入れは、子供の頃からやっていたから得意なんだ」

祖父母は農機具をあまり使わない昔ながらの農業をしていたので、やり方に困ることはないだろう。道具だって、不便だと思ったら作ればいいいだけだ。でも魔法があるから、あの頃よりも楽になるのかもしれないな。

「ああ、わかった。いつでも連れていこう。ここに畑を作るなら、少し森を伐《き》った方がいいかもしれんな。それも好きにしたらいい」

「……ありがとうな、爺さん。俺、今、幸せだ」

「……良かった。そう思ってくれるなら、この世界も捨てたもんじゃないのかもしれんな」

森や水辺には魔物や魔獣がいて、死が身近で人には住みにくい世界。

でも、俺はここで幸せな暮らしを手に入れた。

安全でも温《ぬく》もりを感じない都会で過ごすより、俺には合っていたのかもしれない。

「……俺は皆と一緒にここで暮らしていくよ。これからもよろしくな、爺さん」

「こちらこそよろしくな、アリト。……お前さんは好きに生きておくれ」

ここから始まった、アーレンティアでの暮らし。また同じ場所から、新しい日々が始まる。

第二章　スローライフ編

第一話　水田《すいでん》と畑を作ろう！

オースト爺さんのもとへ戻り、最初に住居を整えた。

爺さんが建てた新築の家は二階建てで、一階が居間と作業部屋と小部屋にトイレ、二階には三部屋あった。台所は爺さんの小屋で今まで通りだ。

爺さんの小屋は平屋なのに、新築された家の方がよっぽど立派で部屋数も多かった。いかに爺さんが俺の帰りを楽しみにしていたかが窺《うかが》えて、うれしくなってしまった。

まずは爺さんの家の台所を改造し、元々あった竈《かまど》二つの隣にコンロを置ける台を設置して、火口の数を合わせて四つにする。あとはダイニング用に作業台の下に調理器具を入れる棚《たな》を作った。

それとテーブルも大きいものに替え、リビングダイニングみたいにし、皆でくつろげるようにした。

自分の部屋は爺さんが作ってくれたベッドの上に布団を敷《し》き、棚を置いたら終わりだ。

そして次は、念願の風呂場造り。

新築の家は、爺さんの小屋と研究室用の小屋の隣にある。そこで爺さんも入れるように、爺さんの研究室と新築の家の裏側の森の近くに、風呂場を造ることにした。露天風呂だ！

石は爺さんに聞いたら早速用意してくれたので、湯船はすぐに完成した。露天風呂の上に屋根をつけ、周囲を木の塀《へい》で囲い、着替え用の小屋も建てる。爺さんと一緒に作業したら、本当に早いな。

スノーや爺さんの従魔の皆も入れるように、サイズ的にはかなり大きなものとなった。

皆の出入り用に、森の方の囲いは開けられるようにしてあるぞ。

『死の森』を見ながらのんびり風呂なんて、とは思うが、水浴びが好きな従魔もいて常時見張ってくれるから、襲撃されることはないと爺さんが太鼓判《たいこばん》を押してくれたから安心だ。

これで住居が整ったので、あとは水田と畑か。

ロクスに乗って、爺さんにラースラを植えた場所に案内してもらった。俺は知らなかったのだが、森の中には山から流れてくる水でできた川があり、その下流が湿地帯になっていたのだ。

「へえー、こんな場所があったんだな。東寄りだから、ラースラの自生地と気候的には似ているのかな？」

「アリトの手紙を読んで、一応種籾《たねもみ》とやらを蒔《ま》いて、苗が大きくなった頃にあそこに植えてみたんじゃ。まあ、試しにだから少しじゃがな」

爺さんが俺の手紙をもとに、湿地帯を囲って水田のようにした場所を見てみると、ちらほらと膝よりも伸びたラースラがあった。群生地よりも伸びが悪く、実りも悪い。気候的な要因もあるだろうが、この水田にも原因があるようだ。

「湿地帯なのはいいけど、水が多すぎるかな。それに土も掘《ほ》り起こしてないから、他の植物の根があるみたいだ。うーん。今年はもう無理だけど、来年に向けて水田の準備もしてみるよ」

「ほほー。見ただけでわかるのか。では、アリトに任せるかの。儂は植物研究の専門家だが、育てるのには向いてないみたいじゃ」

研究はしていても、畑で育てるためじゃないものな。爺さんの研究対象は、森や山での自然な環境下で発育した植物だし。

「任せてくれよ。来年は、ここで自作のラースラを作ってみせるから！　ゼラスさんにも水田のやり方を教えておいたから、どちらが先に作り方を確立できるか競争なんだ！」

エリダナの街では、ラースラの耕作を奨励《しょうれい》する方向だ。需要《じゅよう》が高まり、自生のラースラが乱獲《らんかく》されていたのだが、それが全てなくなる前に、今の群生地を調査して増やす方向へ転換したらしい。

元々自然の群生地で実ったものを刈《か》り取って飼料《しりょう》にしていただけで、生育に携《たずさ》わっている人はいないから、研究が必要というわけだ。

品種改良をして、日本で食べていたような米を作ることが目標だ！　と話したら、ゼラスさんも本気になっていたな。

「ほほう。ゼラスがそこまで美味《うま》いものが好きだとは思わなかったがな。まあ、アリトの作ってくれる料理は何を食べても美味しいからの！」

ここで暮らしていた時より、かなり料理のレパートリーが増えたので、食事のたびに爺さんもご機嫌だ。

「ここは刈り取るまではいじれないけど、少しこの湿地帯を見回ってくるよ。一番向いている場所に水田を作る下準備をしたいからな！」

湿地帯はかなり広範囲にわたっていて、少し先には湖もあるらしい。

「湖にも行くの？　そしたら魚も獲る？　わたし、魚、食べたいよ！」

爺さんが湖のことを口にすると、機嫌良く尻尾を振っていたレラルがうれしそうに声を上げた。朝からご機嫌だったのは、水辺に魚を獲りに行く、と思っていたからだったようだ。

「そうだな。魚はこの森では手に入らないと思っていたから、獲れたらいいよな。湖に行ったら、少し釣《つ》りをしてみようか」

「わーい！　魚！」

「そういえば、儂もどんな魚がいるか知らないな。よし、ではスライムがいるかも気になるし、湖に行こうかの」

やはりキーリエフさんと同様に、爺さんもミル、ウル、ラルを見てスライムに興味を示した。膨《ふく》らませたミルたちを爺さんが楽しそうにぷにぷにする姿には、つい大笑いしてしまった。

湿地帯に沿って水の具合と植生《しょくせい》などを見ながら歩き、ロクスに乗って反対側に渡ると同じように見て回った。

ドルムダさんに依頼した長靴ができ上がったら、中に入って歩き回りたいな。

そうして水田を作る場所の選定は終わったが、魔物の調査と対策が先に必要だという結論になった。

湿地帯にいたのは、泥《どろ》の中に潜むウナギやなまずのような魚の魔物、それにカエルや蛇《へび》型の魔物。一番大型なのは蛇だが、カエルも大きなものだと二メートル近くあったり、刺《とげ》や角を持っていたり、足が六本あったりと、様々な種類がいた。どちらも毒を持つ種が多く、注意が必要だ。

それらの魔物対策を、来年の田植えまでにオースト爺さんと考えることになった。

その後はロクスに乗って湖に移動したのだが、湖は以前寄ったナブリア国の王都の傍にあったものより小さく、水深《すいしん》も浅いようだった。

「湖だ⁉　魚、いるかな？　ねえ、アリト、早く釣りしようよ‼」

ロクスから降りると、レラルが湖畔《こはん》をうれしそうにはしゃいで走り回る。

「ふふふ。可愛いのぅ。では、魚を獲ってから、スライムを探してみようかの。その釣り、というのはどうやってやるんじゃ？」

「竿《さお》を使って魚を釣るんだ。釣り竿は前に多めに作ったから、爺さんも一緒にやろう」

うきうきと湖畔に穴を掘って生け簀《す》を作り、釣り竿を取り出す。

「この釣り針に魚がかかるんだ。こうやって投げ入れて」

掛け声とともに釣り竿を振りかぶり、お手製のルアーをつけた釣り針を投げ入れる。

「ほうほう、それで針にかかった魚を獲るんじゃな」

隣で爺さんが針を投げ入れると、すぐに俺の釣り竿に当たりが来た。ぐっと強く引っ張られるが、足に風を纏《まと》わせて踏ん張る。すると、鮮《あざ》やかな色の魚が湖面から飛び出してきた。

「魚、釣れた！　やったぁ！」

釣り上げた魚は蛍光《けいこう》ピンク色で食べられるのかと思ったが、スノーが食べられると言ったので大丈夫だろう。レラルは大喜びだ。

「なるほどの。そうやって獲るんじゃな」

「アリトさん、釣れましたね！　じゃあ、私もやってみます！」
「ティンファも、早く、早く釣ろうよ！」
きゃっきゃっと楽しそうなレラルと一緒に、ティンファも釣り糸を垂《た》らした。
それからはオースト爺さんにもかかり、次々と魚が獲れた。大きさはやまめくらいから
ハマチのような大物まで様々だ。生け簀でぴちぴち跳《は》ねる魚に、レラルは興奮しっぱなし
だな。
生きた魚を初めて近くで見たというリアンとイリンも、タクーと一緒に興味深そうに遠
くから魚を見ていた。自分の体よりも大きいから、近づくのは怖いのだろう。
「なあ爺さん。この湖には魔物はいないのか？」
「そうだな。水深が浅めだから、それを超えるほどの大物はいないじゃろう。ただ、いる
ことにはいるな」
「今まで釣った魚の中に魔物はいるか？」
「ん？　ああ、あの魚はそうだな。まあ、大物は普段は湖の中央にいるから、釣り糸には
引っかからんじゃろ」
さっきタクーへ飛び掛かろうとして、風魔法で生け簀へ吹き飛ばされたのが魔物だった
らしい。まあ、別に魔物が目当てというわけじゃないから、魚が獲れればかまわないの
だが。

「お、噂《うわさ》をすればこちらに気づいて来たようだぞ」

「え？」

オースト爺さんに示された先を見てみると、大きな魚影《ぎょえい》がこちらへ近づいてきていた。

「どれ。せっかくだから獲ってみるか」

そう言った爺さんは釣り竿を置き、その魚影へ向けて魔法を放った。

『おじいちゃん、獲ったの！　大きい魚なの！』

俺が茫然《ぼうぜん》としている間に、一発であっけなく倒してしまった。さすがオースト爺さんだな。

尻尾をふりふりしてすり寄ったスノーに、爺さんは水を操って、倒した魔物をうれしそうに引き寄せていた。

それからも皆で釣りを続け、生け簀に溢れるほどの魚が獲れた。その場で食べた後は、干物《ひもの》にするための処理に追われたのだった。

ちなみに魚釣りの後、爺さんがスライムを捕獲《ほかく》しようとしたが、スライムの姿はほとんど見当たらなかった。何度もチャレンジしてやっと二匹捕まえたが、爺さんの魔力と相性が合わず、仕方なく放してやっていた。

やはり水の魔力濃度が高すぎても、スライムはあまりいないようだ。

爺さんは、この湖は浅いから、陸の魔物の餌場《えさば》になっているのかもしれないと言っていた。そのうち、別の湖でスライムを探すそうだ。研究するのは諦めていないらしい。

水田の次は畑作りだ。湿地帯へ行った翌日から、早速作業にかかった。

魔力濃度の高いこの土地で野菜がどう変化するか、またその作物を森の魔物たちがどのように狙うかが想定できないので、まずは家の隣に小さく作ってみることになった。

木や大きな雑草は風魔法で伐り、根は魔法で土を柔らかくしてから引っこ抜く。

こうしてあっという間に森を拓《ひら》いて、畑ができた。手で作業をしたのは、石を取り除《のぞ》くことだけだ。

「村でも農作業はしていましたが、これだけ魔法であっという間に終わったのは初めてです」

「まあ、爺さんや皆も手伝ってくれたからね」

畑作りを面白がったオースト爺さんはもちろん、爺さんの従魔たちまで得意な属性の魔法を使って手伝ってくれた。おかげであっという間に畑ができた、というわけだ。

「では、こちらの家の傍にハーブ類、その隣に薬物類を植えますね」

「ああ。森側はこの森でも採《と》れる芋《いも》類と、その隣に他の根菜類を植えるよ」

次は用意していた種を蒔き、苗を植える。この作業には大きな従魔は不向きだが、代わりにリアンとイリンが大活躍した。爺さんの小さめの従魔たちも手伝ってくれたぞ。

レラルも頑張っているが、なかなか勝手が掴めないようだ。

「レラルちゃん。こう、このくらいの穴をまずは掘ってね」

「このくらい？」

「そう、そのくらい。そこにこの種を一つ入れて、そっと土をかぶせるの」

「あっ！　種が二つ入っちゃったよ……。これ、大丈夫かな？」

ケットシー姿のレラルが、しゃがんでティンファに教わりながら一生懸命に作業をしている。

一方、リアンとイリンは植物を扱う魔法が得意なので、あっという間に一列を終わらせていた。

「大丈夫よ。芽《め》が二つ出てきたら、片方を小さいうちに摘《つ》んでしまえばもう片方が大きく育つの」

「えっ、二つ入れちゃったから、片方は大きく育てることができないの？　……わたし、頑張って一つの種を入れるよ！」

うんしょ、うんしょと穴を掘ったレラルが、今度は一つの種を入れることに成功した。

「やったぁ！　できた、できたよティンファ！　これでいいんだよね？」

「そうよ。良くできたわね、レラルちゃん」

頭を撫でられて、えへへと笑み崩れるレラルが可愛すぎる‼

レラルと、爺さんの従魔であるチェンダのチェダやチェンたちとの顔合わせは、穏《おだ》やかにうまくいった。

チェダとチェンはレラルの匂いを嗅《か》ぎ、混ざっている同族の匂いに不思議そうに首を傾げた後は、そっと顔を舐めた。

チェンダは体長三メートル以上になる魔獣だ。だから小さいレラルを見て最初は戸惑《とまど》っていたようだが、今ではチェダとチェンも体を小さくして、獣姿のレラルに狩りを教えたりしている。

従魔の中には夫婦も多く子供もいるからか、子供には甘い。レラルはいつでも従魔たちに囲まれていた。レラルも楽しそうに笑っているし、ここに連れてきて良かったと思う。

レラルのお母さんも心配しているだろうから、今度レラルが手紙を送る時には、俺もレラルの様子を書いて一緒に送るつもりだ。

「そういえばアリトさん。デーラジ草はどうなったのですか？」

「ああ、やはり爺さんも知らない植物だったみたいでね。半分は研究で、半分は森に入った場所に植えるって言っていたよ。植生の変化を観察してみるって」

爺さんへお土産としてデーラジ草や、北の辺境地の周辺で採った薬草の苗などを持って帰ってきた。その中で爺さんが知らなかったのはデーラジ草だけだったが、大喜びで研究している。

「でも、この畑だけじゃ必要な野菜は賄《まかな》えないよな。かといって、畑を広げると森から魔物や魔獣が狙ってくるかもしれないし。やっぱり森の浅い場所か外にも畑を作った方がいいかな？」

「そうですね……。私の暮らしていた村の畑でも、山から下りてきた魔物や動物たちによる被害はありましたから。だから畑は森の中にだけ、というのは対策を立てても難しいかもしれませんね」

土地の魔力濃度が高い場所は、基本的に魔物や魔獣の領域だ。だから水田も畑も、ただ場所を整えて作物を育てればいい、というわけにはいかない。魔物や魔獣の対策が、これからの課題なのだ。

『アリト！　お母さんとお父さんが一緒に狩りに行かないかって！』

『スノー。そうだな。そろそろ夕暮れ前だし、少しだけ行こうか』

スノーはここへ戻ってきてから、昼間は両親や他の皆と走り回っている。スノーには旅の間、あまり思いっきり走らせてやれなかったから、ストレスも溜《た》まっていたのだろう。

「ティンファ。スノーとエリルたちに狩りに誘われたから、ちょっと行ってくるよ」

「わかりました。では、種蒔《たねま》きを終わらせたら、私は家でハーブティーを作っていますね」

「うん。レラルたちをよろしく。あ、タクーだけは連れていくから」

全身に浄化を掛けて土を落とすと、家へ戻ってローブを羽織《はお》り、タクーをポケットに入れて広場へ行く。

『アリト、来たの！　早くスノーに乗って！』

大きくなったスノーに伏せてもらい、その背に乗る。タクーを潰さないように注意しつつ、しっかりとしがみついた。そして風の障壁を自分の周囲に張ると同時に、スノーは凄い勢いで走り出した。

俺はスノーから振り落とされないことだけに注力したが、タクーはうれしそうに鳴いている。

『あっ、いたっ！　いっくよーっ‼』

ほどなくしてスノーが獲物を見つけ、スピードを緩めずにそのまま風の刃を放った。

『次ーっ！』

バシュバシュと連続して風の刃が放たれ、轟音《ごうおん》を立てて倒れる木の枝を飛ばしながら走っていく。

『あっ、外れた！　……えー、スノー、ちゃんと狙っているもん。ね、アリト？』

いや、この状況で前は見られないからな、スノー！

スノーはエリルかラルフに注意されたのか、今度は回り込もうとして一気に右に圧がかかった。

くっ。俺は目を開けているのもつらいのに、タクーは楽しそうだなっ！

『じゃあ、これでどうだー!?』

ギュンッと逆に圧がかかったと同時に、スノーが風を放った。前は見えないが、バキバキという音が聞こえてきたので、太い木の枝が折れたのか若木が倒れたのかしたのだろう。

『やったぁ！　今度は倒したよ、お母さん！　スノーも頑張っているよね、アリト。あの獲物しまって、次行くの！』

俺はぐったりとしつつ、伏せたスノーから降りると、スノーの風に引き裂《さ》かれた全長四メートル近い獣型の魔物を解体し、浄化で血の跡《あと》を消した。

その間に血の匂いで寄ってきた魔物はエリルがあっさりと倒し、これも、と持ってこられて解体する。

それから張り切るスノーに付き合って、夕暮れになるまで俺は解体・回収要員と化した。

戻ってからも、広場でそれぞれが狩ってきた獲物を解体し、火を熾《おこ》して焼く。これはティンファも手伝ってくれた。

へろへろになりながらも、次は夕食の支度だ。疲れたので、クリームシチューとパンもどきでいいか。

作りながら、スノーがあれだけ楽しそうに走っていたので、畑はオウル村の近くにも作ってスノーに乗って通うのもいいかもしれないな、と考えていた。

第二話　オウル村へ行こう！

畑は家庭菜園よりも少し大きい程度なので、種蒔きは皆が手伝ってくれたのもあって一日で終わった。

「なあ、爺さん。小麦も作れるような大きな畑を、森を出たオウル村の近くに作ろうかと思うんだけど、どうかな？」

昨日はスノーに連れ回されてへろへろになったが、昼食の今になってやっと回復してきたので、考えていたことを相談してみる。

やはり土地の魔力で変化しない野菜も欲しいというのもあるが、森の外まで通えばスノーも走れてちょうどいいかな、と思ったのだ。

「いいのではないか？　ここでは変化した野菜が食べられるかどうか調べてから、栽培《さいばい》を増やすことになるからの。オウル村より森に近い位置なら、村の者も誰も使っていない。どれ、明日にでも一緒にオウル村へ行ってみようか」

オウル村はこの森から一番近い村だが、それでも森からは充分距離を取り、万が一にでも魔物から襲撃されないよう、草原の中に位置している。

この森と村の間にも林と草原が広がっているので、そこに畑を作れるのでは？　と思ったのだ。

ただ問題は、畑を作ることで、今までより村の近くに魔物が現れるかもしれない、ということだ。そんな事態にならないように場所を選び、対策もしなければならない。

「オウル村へですか！　ここから一番近い村ですよね。私も行くのを楽しみにしていたんです」

「小さな村だけど、気のいい人ばかりだよ。爺さんの関係でちょっと遠巻《とおま》きにされるかもだけど、気にしないでな。爺さんが病人とか診《み》てやったりしているから」

「そうだ。どうせ行くなら、シラン草を持っていくかの。アリト、午後にちょっと採ってきてくれんか」

そういえば、そろそろ風邪《かぜ》が流行《はや》りだす頃だよな。

「わかったよ。熱さましはイーリンの街でも売れるだろうし、午後から多めに採ってくるよ」

「あ、アリトさん。私も一緒に行っていいですか？」

「そうじゃな。エリルとラルフ、それにチェダと一緒ならレラルやリアンたちも一緒で大丈夫ではないか？」

危ない場所ではスノーに乗って、アディーも一緒にお願いすれば安心かな。

『アディー。ティンファと一緒に午後からシラン草を採りに行くんだけど、偵察をお願いしていいか？』

『確か西に群生地があったな。わかった、偵察してやるから、気を緩めるなよ』

アディーはこの家に戻ってきたら森で生活するのかと思っていた。でも、昼間は好きにしているけれど夜には戻ってきてくれるし、頼めばこうして付き合ってもくれる。

『ああ、そうだ。生活が落ち着いたら、またビシバシ修業をするからな。覚悟しておけよ』

……アディーも今は気を遣ってくれていたようだ。

「ティンファ。アディーも一緒に来てくれるってさ。西に群生地があるんだ」

「わあ。じゃあ、片付けたら支度してきますね！　途中でハーブがあったら採ってもいいですか？」

「もちろんだよ。行きは採取《さいしゅ》しながら歩いて、帰りはスノーに乗ろうか」

『わあい！　今日もスノーに乗るの？　頑張るの！』

『スノー、ティンファも一緒に乗るから、今日は昨日みたいに速く走ってはダメだぞ。俺も警戒するけど、襲撃があったらよろしくな』

『うん、わかったの！』

……本当に大丈夫かな？　まあ、とりあえず、俺も警戒を頑張らないとな！

その後は食後の片付けをティンファと二人で終え、支度をしてから広場に出た。

ティンファはこの家から周囲の森へ出るのは初めてだ。少し緊張している気がするけど、ここは北の辺境地の倉持匠さんの家の周辺とそれほど変わらないから大丈夫だろう。

「レラル、歩くのは旅の時と同じでティンファの足元な。今日はチェダも一緒だから、しっかりと動きを学ぶんだぞ」

「うん！　わたしも狩りを教えてもらっているから頑張るよ！」

「ふふふ。張り切りすぎて、失敗しないようにな。リアンとイリンも、俺とティンファの肩に乗っててな」

リアンはこの家に来て、最初はかなり緊張してガチガチだった。『死の森』の魔力濃度に当てられてというよりも、爺さんの従魔の皆に対してずっと気を張っていたのだ。

でも、オースト爺さんの従魔の中でも一番小型でリスに似ているラルが間を取り持ってくれ、今ではビクビクしながらも、なんとか爺さんの従魔の皆と付き合っている。

「じゃあ行こうか。行きは薬草を採りながらな」

「はい！」

スノーとエリルを先頭に、西へ向けて森へ入る。ラルは木の上から、チェダは列の途中を、後ろをラルフが警戒してくれている。俺は自分でも魔素に干渉《かんしょう》し、警戒網《けいかいもう》を張った。

魔物の反応は……かなり離れているか。まあ、皆を引き連れているから、逃げる個体もいるよな。

　とりあえず安全を確認して、採取に取り掛かる。

「アリトさん、これは食べられますか？」

「ああ、その野草は生で食べられるよ。食べられるかどうかはスノーたちが知っていて、聞けば教えてくれるから」

　ここら辺には爺さんは採取に入らないからか、旅に出る前に比べると野草や薬草がかなりあった。

　あの頃は、俺が毎日のようにこの一帯で採取していたからな。採る人がいなくなって、また生《は》えてきたのだろう。

「やはり、今まで行ったことのある森とは植生が全然違いますね。一応オーストおじいさんにこの一帯の植物をまとめた書物を見せてもらったのですが、こうして森へ入ってみると、植物がたくさんありすぎて何がなんだかわからなくなってしまいました」

　オースト爺さんのことを、ティンファは『オーストおじいさん』と呼ぶ。最初はオースト様と言ったが本人に嫌がられ、『さん』付けよりも親しみをこめて『おじいさん』となったのだ。

　俺が爺さんと呼んでいたからかな。まあ、爺さんも俺と最初に会った時から嫌がってなかったし。

「調味料になるハーブは色々集めていたけど、どれがハーブティーに向いているかはわからないんだ。今度、皆に色々な種類が欲しいと頼んでおくといいよ。集めてきてくれるから」

「まあ。そんなことまでやってくれるんですね。皆さんとても優しくて、最近では撫でさせてもくれるようになったんですよ」

最初にもふもふ天国だー‼　と飛び込んでいった俺も大概《たいがい》だとは思うが、大勢の大型魔獣を前にしてもニコニコと挨拶したティンファも凄いよな。

もちろん俺も、もふもふしながら皆には再会の挨拶をして回ったぞ。爺さんもたまにブラッシングをしていたのか、皆いいもふもふ具合だった！

結局、群生地へ着く前に、かなりのシラン草が集まった。その他の薬草や野草も大量だ。魔物は俺の警戒網に入った時にスノーにお願いして、すぐに狩りに行ってもらった。

そんなこんなで安全に充分な収穫《しゅうかく》を得て広場に戻ることができ、その晩は野草をふんだんに使った料理を作った。

次の日の朝、オースト爺さんは広場に出ると、いつものようにすぐにロクスを呼んだ。

「……爺さん、ティンファにはロクスで行くのはつらいと思うぞ」

湿地帯にも乗っていったが、短距離だったからか、ロクスはアクロバットな飛行はしなかった。けれどオウル村までの飛行となると、悪夢が蘇《よみがえ》ってくる……。

「心配するな。ティンファには儂がしっかりと防壁を張っておくから、何があっても大丈夫じゃ」

「えっ、そんなの俺には張ってくれたことないじゃないか！」

「アリトは男じゃろ。自分でどうにかせい」

うわっ！　爺さんって男には厳しかったのかっ！　ここで明らかになった事実がっ！

「爺さんは、あまり女性にだけ優しくするっていう感じはしなかったのに……」

どちらかというと、男女で扱いを変えることはしないイメージだった。

「これは男のたしなみじゃぞ。若い頃にリアーナにさんざん言われたからな……」

ああ、何だかその情景が目に浮かぶな……。今度ミランの森へ行く時は爺さんも誘ってみよう。

「ほれ、グダグダ言っとらんで、さっさと乗らんか」

覚悟のもとに乗ったロクスでのオウル村への飛行は、何の因果かまた飛行魔物との戦闘を経て、いつもの場所へと無事に降りたのだった。

俺だけひどい目に遭うのは、もうお約束なのかもしれない。

「大丈夫ですか、アリトさん。背中、さすりましょうか？」

「アリト、大丈夫？　もふもふ、する？」

レラルはティンファの膝の上に、リアンとイリンはティンファの肩の上にいたから平気だった。

スノーは興奮して楽しそうにはしゃぎ回り、俺のローブのポケットにいたタクーもグルグル回る視界の中でもうれしそうに鳴いていた。うう……。俺の味方がいない。

でも、いくら爺さんの障壁で全く揺れなかったとしても、あの飛行でなんでティンファは平気そうなんだ……。

「ありがとう、ティンファ、レラル。少し休んだから、もう大丈夫だよ」

「ならさっさと立つんじゃ。門番もこちらを見ているぞ」

いや、俺が倒れるのは慣れているよ、オウル村の人は。ただ俺が久しぶりに来たから見ているだけだって。

そう思いながらもなんとか立ち上がり、村の門にいた顔見知りの門番と挨拶をする。

「こんにちは！　旅から戻って、オースト爺さんと彼女——ティンファと一緒に暮らすことにしたので、またよろしくお願いいたします」

「ティンファです。よろしくお願いいたします」

二人で頭を下げて挨拶をすると、笑顔で手を上げて応《こた》えてくれた。

「おう、アリトさんか。戻ってきたんだな。可愛い彼女連れなんて、やるじゃないか」

「もう、からかわないでくださいよ。村長や皆にも挨拶をしてきますね」

門番に見送られながら村へと入り、村人たちと挨拶をしながら村長の家を目指す。

「凄いですね、アリトさん。あまり来ないと言っていたのに、皆さんから声を掛けられて」

村に入る時は一緒だった爺さんは、何度か村の人に声を掛けられると先に行ってしまった。あれで照れ屋なところがあるからな、爺さんは。

この村にいつもオースト爺さんがロクスに乗ってくるからか、新顔のレラルたちが小さいからか、好奇《こうき》の視線は感じるが、皆それに言及《げんきゅう》してきたりはしない。

すっかり忘れていたけど、リアンとイリンには従魔だとわかる目印を何か作らないとな。

「あそこが村長の家だよ」

時間がかかってしまったが、やっと村長の家に着いた。ノックをすると、村長がドアを開けて出てきてくれた。

「お久しぶりです、村長さん。旅から戻ってきました。彼女はティンファ。爺さんのところで俺と一緒に暮らすことになりました」

「ティンファです。どうぞよろしくお願いします」

ここでも頭を下げて挨拶をすると、穏やかな笑顔で迎えてくれた。

「あとこの子がレラル、こっちがリアンとイリンです。旅で従魔が増えましたので、こちらもよろしくお願いします」

「これはご丁寧《ていねい》に。オウル村の村長をしております。何もない小さな村ですが、オースト様とは懇意《こんい》にさせていただいておりますので、ティンファさんもどうぞお気軽にお越しください。従魔の皆さんも、小さい姿なら村へ入ってもかまいませんよ。さあ、どうぞ中へお入りください」

『スノーとレラルとリアンとイリンは、ここで待っていてな。すぐに戻ってくるから』

『わかったの。ここで待っているの』

スノーたちを家の入り口で待たせ、ティンファと二人で中へ入ると、入ってすぐの居間で爺さんが椅子に腰かけて待っていた。

「おお、遅かったの、アリト。さあ、シラン草を出すのじゃ」

「爺さんが先に行っちゃったんじゃないか……。はい、村長、シラン草です。今年は俺もいるので、熱さましも今度作ってきますよ」

「いつもありがとうございます。薬草だけでも助かりますので、気にしないでください」

「そうじゃな。熱病が流行りそうだったら、早めに言ってくれ。で、今回は相談があるんじゃ」

そうだ。オウル村へは畑を作る相談に来たのだった。

「あの、爺さんのところで暮らすことになったので、野菜を作る畑が欲しいんです。森の中だと野菜が変化してしまいそうなので、外に作りたいと思っているのですが」

「なるほど。この村と森の間に畑を作りたい、ということですね」

そう言うと、村長は少し考え込んでしまった。

「オウル村と森との間で、少し東寄りの場所に小高い草原の丘があったじゃろ。あそこは森から距離があるし、あまり魔物は寄りつかないと思うのじゃ」

おお、爺さんはもう場所を考えてくれていたのか。俺はいつもロクスに乗ってオウル村に来ていたから、この辺の地理もさっぱりなんだよな。

基本的にはよほど食べる物がなくならない限り、魔物は森や林から出てこない。見渡す限り草原なら土地の魔力濃度は低いだろうから、村への被害を出さずに農作できるかもしれないな。

「それに、魔物に関しては他にもきちんと対策を考えるでの。どうだろうか、村長」

「お願いします。魔物が森から出ないように、細心の注意を払いますから」

「あの辺りは村の管轄《かんかつ》ではないので、魔物にさえ注意してくだされればかまいません。……すみません。私たちには下級も上級も関係なく、魔物というだけで脅威《きょうい》になるのです」

『死の森』でも、入り口近くにいるのはゴブリンなどの下級の魔物がほとんどだ。だけど、そのゴブリンでさえ、村人たちにとっては対処不可能な敵になる。

「はい。それは充分承知《しょうち》しています。この村には影響が出ないようにしますし、どうしてもダメなようでしたらすっぱり諦めますので、よろしくお願いします」

「手を尽《つ》くして頑張ります」

ティンファと二人、しっかりと村長の目を見て約束した。

「そうじゃな。その不安の対価に、今度は熱さまし、血止めや腫《は》れ止めなどを折々でアリトに持たせよう。なあに、アリトの調合の練習にもなるでの」

「はい！　生活が落ち着いたら、もっと調合をしっかりと習うつもりですので、練習で作ったものでよければ持ってきます！」

北の地で誓《ちか》ったのは、森の魔力濃度の変化を感知することと、爺さんにしっかりと調合を学ぶことだ。その他にもアディーの修業もある。そう考えると、のんびりと生活するだけでもやることはたくさんあるな。

「……では、ありがたくいただくことにします。いつもすみません、オースト様」

「こんな僻地《へきち》に住む者同士、お互い様じゃ。今回のようにこちらが頼むこともある。では、そろそろお暇《いとま》しようか」

「お邪魔しました。畑を作ったら、頻繁に村にも顔を出すようになると思いますので、どうぞよろしくお願いします」

村長の家を出ると、今度は店のある通りへと進む。この後はオウル村で作っている野菜を参考にしたいから、雑貨屋に寄るつもりだ。

「村の用事が終わったら、さっき儂が言った丘に寄ってから戻るか？」

「どんな場所か自分の目で見たいから、寄っておきたいな。でもその前に雑貨屋を見てもいいか？」

「では、儂はパン屋に行く」

「わかった。ティンファ、雑貨屋はこっちだ」

「はい！」

パンの注文をする爺さんと別れ、雑貨屋を目指す。

また村人に声を掛けられながら歩いていると、子供がスノーたちをじっと見ていたので、撫でさせてあげた。

皆もふもふ具合が素晴らしいので、子供たちも喜んでいた。今後は頻繁に顔を出すようになるから、村でも馴染《なじ》めそうで一安心だ。

そうこうしながら到着した雑貨屋で、野菜や苗を買い込んだ。

「そうだ。シラン草を村長さんに渡したけど、今必要な薬か薬草はありますか？　あと、彼女は爺さんのところで一緒に暮らしているティンファです。彼女はハーブでお茶を作っています」

俺がそう言うと、店主のおばさんは元気よく応える。

「はいよ、おじょうさん、よろしくね！　シラン草を届けてくれたのなら、今は腹痛止めくらいかね。お茶は適当に自宅で飲んでいるだけだけど、ハーブを使ったお茶なんて美味しいのかい？」

「あの、これ、この間作ったばかりのものですが、飲んでみてください。もし、気に入りましたらお店に置いて欲しいです」

　俺がカバンをあさっている間に、ティンファが小分けにされたハーブティーの包みを渡した。これはリアーナさんから貰ったハーブで作ったものだ。

「ありゃ、ありがとうね。店に置くといっても、値段はいくらになるんだい？　ここは田舎だからね。わざわざ高いお金を出して飲む人はいないかもしれないよ？」

「そのお茶は、カップ一杯分につき小さなスプーン一杯を使います。小分けにされた一袋で約二十杯分、卸値《おろしね》は鉄貨八枚です」

　商業ギルドへ卸《おろ》している値よりもさらに安くしたのか。売値が銅貨一枚だな。

「それだったら、味によっては売れるかね」

「では、こちらの紙の包みを試し飲み分として置いていきますので、興味がある方に配っていただけますか？　少し売り物の方もお預けして、売れた分だけ次回代金をいただければ」

　お茶は田舎の村だと贅沢品だから、売れた分だけ、っていうのはいいかもしれない。

　ティンファは、カバンからお試し用の小さな包みを三十ほど、それと販売用の小分けにされた包みを十個取り出した。

「まあ、そのくらいなら邪魔にならないし、オースト様には世話になっているからね。店に置いておくよ。売れなくても、がっかりしないでくれよ？」

「はい！　ありがとうございます！」

作り方を教えたのは俺だが、ティンファは旅の間も集落へ寄るといつもハーブティーを振る舞っていた。『美味しい』と、ほっと一息ついてくれるのがうれしいと言っていたし、この村の人たちとティンファが仲良くなるきっかけになったらいいな。

「じゃあこっちの腹痛の薬は、前に作り置きしていた分ですが置いていきますね。これから頻繁に顔を出すと思うので、必要なものがあったらその都度《つど》言ってください」

そう言って、ハーブティーの脇《わき》に、旅に出る前にエリダナの街で作った薬の小瓶を五個並べた。

「おや、ありがたいね。頻繁に顔を出してもらえるなら助かるよ。少しの病気でオースト様を頼るのも悪いからね」

「じゃあ、近いうちにまた来ます」

「では、よろしくお願いします」

買ったものをカバンへしまい、ティンファと二人で店を出ると、爺さんとスノーたちが待っていた。

「遅いぞ。さあ、さっさと見に行くぞ」

オースト爺さんに急《せ》き立てられ、村を出てロクスに乗ると、すぐに目的地に着いた。

「オウル村と『死の森』の間に草原があるのは知っていたけど、こんな場所もあったんだな」

「すぐ近くに辺境と呼ばれる森があるのに、見渡す限りの草原が広がっているなんて不思議ですね」

オウル村を飛び立った時、改めて周囲を見回してみると、遠くには『死の森』の緑、さらに奥には火山を含む山脈、そして村の周囲には農地と草原が広がっていた。

「不思議だろう？　『死の森』は他の辺境地と違って、奥へ入ると一気に魔力濃度が上がるんじゃ。その影響か森の周囲の土地は魔力濃度が高くなく、こうやって草原が広がっておるんじゃ」

そういえば、北の辺境地へ旅していた時に魔力濃度が『死の森』ほどまで上がったのは、最後の集落を出た辺りからだった。あれだけ広大な森でそんな状態だと考えると、異常なのは『死の森』だったといえる。

「エリンフォードの国は半分以上が森なのに、辺境地と呼ばれるほど土地の魔力濃度が高いのは、海沿いと霊山の周囲一帯だけですよね。そう考えると、ここからさほど離れていないオーストおじいさんの家の辺りが、あんなに魔力濃度が高い方が不思議なのですね」

ティンファも俺と同じことを考えたみたいだ。

「そうなんじゃよ。それだけ『死の森』は特殊な場所じゃ。だから余計に人は警戒し、近づかぬ。その意味で、オウル村はかなり辺鄙《へんぴ》な場所にあるといえるのじゃよ」

「そういえばガリードさんたちも、『死の森』へは討伐ギルドでも上級以上じゃないと入れないって言っていたな。それも余程でなければ、依頼があっても入らないと」

そこに暮らしていた俺からしたら、そんな話を聞いても当時はあまりピンと来なかったが、今思えば納得だ。

「そうじゃよ。だから儂はあそこに住んで、色々と研究しているんじゃ。森の外のこの草原はほぼ安全じゃが、万が一にでもオウル村に迷惑をかけないために対策は必要じゃ」

「それが一番大事だよな。畑は、森に近い場所までは広げないけど、それでも野菜を魔物たちがどう思うかわからないものな」

魔物や魔獣に必要なのは魔力であり、魔力を含んだ物は全て食べる。肉が一番効率がいいから肉食の種が多いというだけで、本来は雑食なのだ。

リアンとイリンも、以前は果物や野草を食べていたが、今は俺が出す肉を主に食べている。

「じゃあ、作る野菜が魔力を含んでいなければ、魔物は寄ってこないってことか。爺さん、だったら土地の魔力濃度をもっと下げれば安全ってことか？」

「うむ。まあ、そうじゃな。森との境に土地の魔力を吸収する植物を植えれば、森の入り口に魔物を引き寄せることもできる。とはいえ、ゴブリンなどが多少移動する程度じゃろう」

おお、そうやって魔物を別の場所に引き寄せておけば、ここに畑を作れそうだな。様子を見て、一度も魔物が出てこなければ、オウル村も農地をこちら側にも広げられるだろうし。

俄然《がぜん》ここに畑を作る気になって、どこを最初に耕すか選定する。

「爺さん、とりあえず手始めにこの丘の森とは逆側に小麦用の畑を作ろうと思うが、どうかな？」

「うむ。それが妥当《だとう》じゃな。これから植える小麦があったじゃろう。今日から畑を作るか？」

ここら辺は温暖《おんだん》だから、小麦も年に二度採れる。もう少しで収穫される小麦と、ちょうどその頃植える小麦だ。ゆくゆくは品種改良もしたいな。

「ここだと爺さんの従魔の皆に手を借りられないし、今から少しずつでもやっていくよ。スノーたちに手伝ってもらえば、一月《ひとつき》もあれば、小麦畑の分は耕し終えるんじゃないかな」

畑を耕しただけでは収穫量は期待できない。本当は土を作ってから農作を始めた方がいいのだが、家の脇に作った畑は森の腐葉土《ふようど》がたっぷりと含まれていたので、そのまま種や苗を植えて様子を見ている。

ここの畑では連作を避けて、豆類や他の農作物と順番に輪作《りんさく》する予定だ。

とりあえず畑として耕してみて、土地の状態を確認してから小麦を蒔くことになるだろう。

「そうか。では、儂はロクスで家に戻っておるから、帰りはスノーに乗ってくるといい。アディーもいるし、迷わんで戻れるじゃろう」

これからはスノーに乗ってここに通う予定だから、今日からだって問題ないよな。

『スノー、俺たちを乗せて家とここを往復《おうふく》するのを今日から頼みたいんだけど、いいかな？』

『うん！　ビュンッて走って、あっという間に家に戻れるの！』

……いや、ティンファも一緒に乗るからな！　速度については乗る時にきちんと注意しておこう。

爺さんが乗ったロクスを見送ると、作業開始だ！

「アリトさん、草原の草を刈る前に、ハーブや薬草がないか見てもいいですか？」

「じゃあ今日は畑の場所決めと、ここの草原の植生調査をしようか。珍しい植物があったら、そこを避けて畑にしたいしね」

「はい！」

薬草や食用の野草は、草原に生えているものもある。しかもここは人が全く入っておらず、魔物もうろつかない。せいぜい小動物がいるくらいだろう。だから見てみると野草の宝庫だった。

ティンファに言ってもらって良かったな。畑のことで頭がいっぱいで、そこまで気が回らなかったよ。つい、草といえば雑草、雑草ごと土をかき回して肥料《ひりょう》に……と思考が行ってしまう。

「スノーとリアンは、森の浅い場所を見てきてくれないか？　魔物が多かったら教えてくれ」

『わかったの。リアン、森までスノーに乗るの！』

初めの頃はスノーにさえビクビクしていたリアンも、今では乗るのにも慣れてきた。リアンがスノーの足を伝って頭の上へ登ると、スノーは遠くに見える森まで走っていった。

「じゃあ、ティンファ。畑はこの丘の向こう側に作るつもりだから、ここから先を手分けして見ていこう。小さな動物くらいしかいないと思うけど、レラル、一応警戒はお願いな。あとは、何か気がついたら呼んでくれ」

「はい！　じゃあ、イリン、レラルちゃん、私たちは向こうから行きましょうか」

広大な草原だから、今日中には調査は終わらないかもな。まあ、のんびりやろう。

その日は植物図鑑を片手に調べながら採取し、草原に様々な種類の薬草などが生えていることに驚きつつ、畑を耕したらその薬草なども一緒に栽培することに決めた。

そして夕暮れ前に、スノーに乗って家へと戻る。

初めて森を走って戻ることになったが、あまりスピードを出し過ぎないように注意したのにスノーが張り切って走ったため、一時間もかからないで家に着いた。道中、スノーは小物の魔物をそのまま撥《は》ね飛ばし、大物は避けるか風の刃で切り裂いていったのだった。

第三話　味噌《みそ》の仕込みと買い出し

オウル村郊外の草原へは、五日行って一日休むペースでスノーに乗って通っている。

最初の五日で調査を終え、畑を作る予定の場所とその他の場所の植生が同じことを確認してから耕しに入った。

今日は森の際《きわ》に魔力を集める植物を植える。その植物は、オースト爺さんが選んで用意してくれた。それが終わったら、今日は味噌を仕込む予定だ。

「えーっと。木が五本分くらい森に分け入った、陽ざしが当たる場所に植える、でしたよね？」

「うん。植える間隔《かんかく》は、大体木が十五本くらいだったよ。爺さんが苗を百本用意してくれたから、それを全て植えたら今日は家に戻ろう」

畑についてては小麦を植える分くらいはもう耕し終わり、土作りの肥料をどうするか、爺さんと相談しているところだ。森の腐葉土を混ぜてもいいけど、それだと大量に必要になるので、オウル村にどんな肥料を使っているか聞きに行ってみてもいいかもしれない。

ともあれ、今日のメインイベントは、味噌だ‼

味噌作りというと、一番問題になるのは麹だ。祖母《そぼ》が自分で麹を仕込んでいたので作り方は知っているが、俺は麹菌《きくきん》の見極《みきわ》めをやったことはない。だから肝心《かんじん》の麹を作るのは初めてだ。

今回麹を作るのに使ったのは麦。味噌と醤油は、麦を使った麹菌で仕込むのが主流だ。麦はオウル村で収穫したものと全粒粉を買ってきて、風魔法を使って精麦《せいばく》処理をした。それを蒸して、温度管理をした場所で麹菌を繁殖《はんしょく》させる。黄色の黄麹菌を着生させるのだが、これが難しい。

何度も失敗を繰《く》り返し、結局は麹菌用の小屋を作って温度と湿度を徹底《てってい》管理して、最近になってなんとか成功した。これを乾燥《かんそう》させたものを、今回味噌の仕込みに使う。

それでも、今回の一度で成功するとは思っていない。麹菌の出来や温度や湿度の管理、塩加減など、様々な条件で仕上がりが違うだろうし、途中でカビてダメになる可能性も高い。

でも、絶対作ってみせる！　これに成功したら、醤油も仕込んでみたいしな！

これからのことを考えながら、森の浅い場所に土地の魔力を集める植物を植えていった。

「アリトさん、私の方はこれで終わりです！　レラルちゃんも、イリンも頑張ってくれました！」

「よし。こっちも終わりだよ。リアンが頑張ってくれた。レラルもありがとう」

『何も襲ってこなかったよ！　小さな鼠《ねずみ》が、スノーおねえちゃんを見て逃げていったの』

スノーにはティンファの方に付き添ってもらったが、ゴブリンなどが出てこなくて良かった。あとでここから森へ入って、どのくらいの深さで魔物が出るかも調査しないとな。

家とここを毎日のようにスノーに乗って往復しているが、森の入り口付近でゴブリンを見かけたことがある。その時は、あっさりとスノーの風に切り刻まれていたけど。

「じゃあ、少し休憩したら戻ろうか」

「はい。今日は、アリトさんが楽しみにしていた調味料を仕込むのですよね」

小屋を建てたり、畑の開墾《かいこん》作業の休みに麹菌を何度も繰り返し作っていたりしている間、ティンファもずっと見守ってくれていた。作業自体は、リアンが細かい作業で大活躍していたのだが。

「一度で成功するとは思っていないけど、やっと仕込みに入れるからね。でき上がるのは、熟成の時間がかかるからずっと先なんだけど、今から楽しみなんだ！」

「熟成させないと、食べられないんでしたね。それでうまくいかなかった場合は、また何ヶ月も待つことになるなんて……なんだかとても手間暇《てまひま》がかかる調味料なんですね」

「そうだね。日本は、熟成させて作る調味料が多かったよ。しかも家庭でそれぞれの味を仕込んでいたんだから、やっぱり昔から味にはこだわりが強い民族だったのかもしれないね」

麹菌の繁殖や、熟成期間を説明すると、オースト爺さんもあっけにとられていたっけ。でも、やっぱり慣れ親しんだ味は、ふいに食べたくなるのだから仕方ない。

シオガは皆に受け入れられたから、独特《どくとく》の風味はあるけど味噌もいけると思うんだよな。

丘の上まで戻ると設置した竈で湯を沸《わ》かし、お茶を飲んでゆっくりと休憩する。その後、スノーに乗せてもらって家に戻った。今日は何も轢《ひ》かなかったぞ。

何度も往復しているからか、小さな動物やゴブリンなどもスノーの通るルートに寄りつかなくなっていた。たまに大型魔物の襲撃はあるが、今のところはやり過ごせている。勢いよく走るスノーに乗るのは、さすがにもう慣れてきた。

家に戻ると爺さんへ声を掛け、すぐに麹菌のために建てた小屋へと駆け込み、大きな竈に薪《まき》を入れて火をつけた。火力が上がるように細い枝を足し、充分に火が大きくなったことを確認すると、昨日から水に浸《ひた》してあるガーガ豆の大鍋《おおなべ》の具合を見る。

うん。これくらい水が浸透《しんとう》していたら、大丈夫かな。水を取り替えて煮よう。

ドルムダさんに作っておいてもらった大きな笊《ざる》にガーガ豆をあけ、新しい水を魔法で入れて豆を戻す。そして竈の上に鍋《なべ》を置いた。

ぐらぐらと沸騰《ふっとう》したら、薪を調節して弱火にする。これを維持したまま、火が完全に通るまで三時間以上かかる。その間に混ぜ合わせるための盥《たらい》と、爺さんに作ってもらった味噌桶《おけ》を用意する。そして隣の竈にも火を入れて大鍋に湯を沸かし、煮沸《しゃふつ》消毒した。

浄化で殺菌《さっきん》もできるけど、一度煮沸消毒したくなるんだよな。まあ、雑菌《ざっきん》を殺し過ぎると熟成しないし、浄化は今回はなしだ。

ぐらぐらと煮立《にた》つ鍋を睨み続け、煮崩《にくず》れしないように細心の注意を払って茹《ゆ》で具合を確認する。

「よし、そろそろいいか！」

火傷《やけど》しないように注意しながら笊にガーガ豆をあけ、予《あらかじ》め浄化を掛けておいた棒を使って叩いて潰す。豆の殻《から》もきれいに潰れたら、用意しておいた塩と麹菌を混ぜたものをふりかけてしっかりと手で混ぜ合わせていく。

この麹がきちんとできているかどうかで、味噌ができるか失敗するか決まる、よな。塩も祖母に教わった通り測《はか》ったけど、ガーガ豆だからな。カビが生えてこないか、きっちり経過観察が必要だ。

願いを込めてしっかりと体重を入れて混ぜ終えたら、団子状に丸める。

空気を入れないようにしっかりと丸め、味噌樽へと詰めていった。

一番上に紙を二重に敷いて中蓋《なかぶた》を置き、しっかりと重しを載せる。

あとは床下に作った地下の冷暗所に保管すれば完了だ。

これからは塩の具合などを試行錯誤《しこうさくご》しながら、何度も仕込んでいくことになるだろう。

その日は和食が無性《むしょう》に食べたくなり、夕食はご飯と魚の干物と肉じゃがもどきにした。

これに味噌汁があれば完璧《かんぺき》だな！　味噌、うまくできるといいな‼

味噌の仕込みを終えた翌日、無事に小麦を植える分の区画を整理し終えたので、帰りに肥料を求めてオウル村へ寄ることにした。

「そういえば、近くまで毎日のように通っていたのに、顔を出すのは挨拶をして以来ですね」

「日暮れ前には戻らないとだしな。あ、農家の人に尋《たず》ねて回った後は雑貨屋へ寄ろうか」

昼食を食べ終え、休憩を終えてスノーにオウル村までゆっくり走ってもらいながら、ティンファとのんびり話をする。

「ハーブティー、受け入れてもらえたでしょうか？　少し気になりますが、全部残っていてもまた、次の味を置いていくことにします！」

開墾作業の合間《あいま》の休日に、ティンファは植物についてオースト爺さんに教わっていたり、ハーブティーを作ったりしている。

「のんびりやればいいよ。急ぐことないんだしね。お、農地が見えてきたよ。スノー、農家の人がいたら、そこで止まってくれな」

『わかったの』

とことこ近づいていくと、収穫間際《まぎわ》の小麦畑に人がいるのが見えた。小麦畑なら、ちょうどいいな。

「すいませーんっ！　ちょっと聞きたいことがあるんですけど！」

近くの道にスノーが止まると、俺は降りて大声で呼びかけた。

「あー？　お、オースト様んとこのアリトか？　何か用か？」

気づいてくれた農家の人が、叫び返してくれる。

「あの、小麦畑って、種を蒔く前に、何か肥料をやっていますか？」

「おー、肥料か？　家で出た灰を蒔くが、あとは傷《いた》んだ野菜とか埋《う》めるだけだぞ」

「なるほど。ありがとうございました！」

そういえば、土作りの時に、灰を蒔くんだったな。帰ったら灰を集めとくか。

その後も人を見かけるたびに声を掛けたが、皆、大抵答えは一緒だった。

「やっぱり灰を蒔くくらいかな。ティンファの村でもそうだった？」

「そうですね。種を蒔く前、土を休ませる時に灰を蒔いていました。あとは、収穫後に残った茎《くき》や葉、根の部分をバラバラに切って土と混ぜていただけです」

「やはりどこでも一緒なのかな。でも、一応雑貨屋のおばさんに聞いてみよう」

門番に挨拶して村の中へ入り、声を掛けてくれた人に応対しつつ雑貨屋に向かった。

「お、やっと顔を出したね。待っていたんだよ！　確か、ティンファちゃんと言ったかね？」

雑貨屋に入ると、カウンターにいたおばさんがすぐに気づいて声を掛けてきた。

「は、はい。ティンファです。ハーブティーのことでしょうか？」

「そうだよ、あのお茶だよ！　あんたに小袋を貰っただろう？　それを閉店後に飲んでみたんだ。そしたらこう、いい香りで気持ちが良くなってね。ぐっすり眠れたんだ。だから、お客さんに試し飲み用の包みを配ったら、一度飲んだ人は皆欲しいって言ってね」

おお、もう皆に受け入れられたみたいだな。良かった。

「それは良かったです！　美味しいと言ってもらえると、とてもうれしいです」

「そう、それでね。売り物用は袋が大きいだろ？　一度にあれを買うのはためらう、って人も多かったんだよ。だから半分にして、半分の値段で売ったんだけど、良かったかね？」

まあ、この村の現金収入は野菜を売るくらいしかないから、お茶代に銅貨一枚を払うのは高いのかもしれないな。

「そうですか……。では、今度は半分の量に分けてお渡ししますね。今日は新しいハーブティーを持ってきたのですが、この前と同じ分量なんです。お手数ですが、半分欲しいという方には分けて売っていただけますか？」

「大した手間でもないし、気にしないでいいよ。この間大きい袋を一つ貰ったしね」

「では、今回もお渡ししますね。飲んでみてください。あと、味が違うので、この間と同じように味見用の包みもまた持ってきたのですが……」

　それから新しいお茶を渡し、この間と同じ物も欲しいと言われたティンファは、そのハーブティーも一緒に渡す。それから、先日渡した分の売上を貰っていた。

「ありがとうございました。商人ギルドへ卸してはいるのですが、こうしてお客さんの声を聞いたり、買ってもらったりしたことはなかったので、とてもうれしいです」

　ああ、それはあるよな。薬だって、目の前で飲むことはあまりないから、売ってもきちんと効いたかどうか気になる時がある。

「そんなにかさばるものでもないし、村の女たちが皆喜んだからね！　また持ってきておくれよ！」

「はい！」

　ニコニコと笑い合う二人を見つめ、そういえば薬を渡す約束だったと思い出した。

「なあ、おばさん。この間の薬はどうだった？　大丈夫だったか？」

「ん？　ああ、腹の痛み止めね。ちゃんと効いたさ。なんだい、また薬を置いていってくれるのかい？　じゃ、腫れ止めの薬が欲しいね。この間、農作業中に足を痛めた人がいたからさ」

「わかったよ。また五本置いていくから、こっちもお金は売れたらでいいよ。あと、聞きたいことがあるんだけど。畑の肥料って何かあるかな？」

ハーブティーの隣に薬を出して置き、やっと用件を切り出した。

「ああ、この店では扱ってないがね。確か、街まで出れば売っているものもあるって聞いたよ」

「そうか。じゃあ、一度街まで買い出しに行ってみるよ。そういえば、ここから街っていうと、どの街になるんだ？」

「デントの街さ。この村から道沿いに進めば、村を四つ越えた先にあるよ。ここいらでは、それなりに大きな街でね。なんだ、アリトは行ったことがなかったのかい？」

イーリンの街は森の西側で、オウル村とは方角が違う。オウル村から道沿いに歩いたことはなかったが、この村から一番近い街はやはり別の街だったらしい。

「旅の途中で寄ったのはイーリンの街なんだ。せっかくだから、そのデントの街へ今度行ってみようかな」

「イーリンの街の方が大きいって聞くけど、一度は行ってみるといいよ」

それから村長の家に寄って、一通りの薬を渡した。

畑のことを聞かれたので、もう小麦の分は開墾したことと、対策したおかげか一度も魔物の姿を見かけていないことを伝えると、少し安心したようだ。

やはり心配するよな。畑が落ち着いたら、オウル村のためにももっといい薬をオースト爺さんに教わって作ろう。

その日はそのまま家に戻り、オースト爺さんにオウル村での出来事を話した。

「あそこはイーリンの街よりもこの森から離れているからの。農産物の流通が多い街じゃよ。肥料を見に行くのなら、いいかもしれんの」

「農産物が多いなら、ついでに種や苗も買ってこられるかな」

「新しい街に何があるのか楽しみですね」

それから風呂に入ってすぐに眠りにつき、いつものように早朝に起きる。

今日はデントの街へ買い出しだ。

「じゃあ爺さん、行ってくるな」

「ああ、気をつけての。スノーも道を走る時は、あまり速く走りすぎないようにな」

『はーい！　今日は遠くまでお出かけだから、うれしいの！』

んー。爺さんの言葉をちゃんと聞いていたのか、スノー。最近は乗るのに慣れてきたけど、道で人を撥ねるわけにはいかないから注意だな。

いつものように皆でスノーに乗り、アディーに偵察を頼んで森の家を出た。

『最近鈍《なま》っているからな。しっかり警戒するんだぞ』

『うん、わかったよ。あっ！　左前方に魔物、いるよな？』

『スノー、たまにはアリトに攻撃させろ』

察知した魔物の居場所を近づきながら特定し、風の刃を飛ばす。

「あっ、避けられた！」

スノーの上からだと手が離せないから弓を使えない。攻撃手段は魔法のみだ。向かってくる相手に、次々と風を放つ。

『動きを先読みしてそこに飛ばせ！』

何度も掠《かす》るだけで避けられ、なかなか仕留《しと》められずにいると、すぐ近くまで迫ってきていた。

「これでどうだっ⁉」

竜巻《たつまき》を意識して風をぶつけると、なんとか渦巻いた風の刃で魔物を傷つけることに成功。怯《ひる》んだところにとどめの風の刃を放ち、首をざっくりと切りつけた。

『ふん。まだまだだな。そろそろ修業を本格的に再開するぞ』

『うう……。わかったよ。明日からもスノーに乗った時は、俺が戦闘を担当する』

最近スノーが嬉々《きき》として魔物を倒していたから、ほとんど任せきりだった。この森に住むと決めたのだから、もう少し戦えるようにならないとな。

オウル村へ出た後はしばらく細い道を走り、そのまま一つ目の村が見えた後は道から逸れた。途中に林や小さな森はあったが魔物に遭遇《そうぐう》することなく、無事にデントの街へと辿り着く。

スノーには一番小さくなってもらったが、従魔の数が多いからか門を通るのに少し手間取ってしまった。討伐ギルドや商人以外で従魔を連れている人はほぼいないからな。

それでも目的は買い出しで、今日帰ると話したところ、無事に許可が出て街へ入ることができた。

「まあ、何度か来れば慣れてくれるだろう。とりあえず商人ギルドへ行こうか」

「はい」

街はイーリンの街よりも小さく、大通り沿いの建物でも二階建ての木造建築が多かった。

俺の足元をスノーが、ティンファの足元をいつものようにキョロキョロしながらレラルが歩き、リアンとイリンは俺とティンファの肩の上だ。

やはり従魔連れが珍しいのか、ちらちらと人の視線を感じるが、気にしないようにして大通りを歩く。オースト爺さんが言っていたように、農産物がかなり目についた。露店も多く、そのほとんどが野菜を並べている。

商人ギルドへ着くと、俺は薬を、ティンファはハーブティーを売った。

その後はいつものように直営店へ行き、肥料のことを聞いてみる。

「肥料ですか。農村では、基本的に灰を蒔いたりするそうです。肥料を買ってまで使う農村はほとんどありませんので、流通はあまりしていませんが、一応、他国から入ってきたものがあります」

そう言って出してくれたのは、白い粉状《ふんじょう》のもの。もしかして……と思って聞くと、白い石を粉にしたものだという。これは恐らく石灰《せっかい》だ！

大袋二つを買い、その他にも様々な種類の野菜や小麦、種や苗も手に入れることができた。

そして街の露店でも、色々と野菜を買いあさった。こっそりカバンへ仕舞うのは大変だったが、とても満足だ。なんといっても、トウモロコシに似た野菜を見つけたからな！名前はウモーと言って、粒が大きいものの一本のサイズは小さめだが、トウモロコシにそっくりだ。味はもしかしたら違うかもしれないけれど、ウキウキと買い込んだ。

初めて来たデントの街をかなり満喫《まんきつ》して、帰途《きと》へとついたのだった。

第四話　稲刈《いねか》り（ラースラ刈り）をしよう！

デントの街で買い出しを終えて戻った次の日に、開墾した畑に灰と買ってきた白い粉を蒔いて、土壌《どじょう》を土魔法と風魔法を使ってかき回した。

小麦の種を蒔く前に土に馴染ませたいので、これでしばらく様子見《ようすみ》だな。

あとは買ってきた種や苗も、土の様子を見ながら植えていく予定だ。

家の傍に作った畑には少しずつ芽が出てきたので、間引《まび》いたり雑草を抜いたりと手入れも欠かせない。水やりなどは魔法を使えばすぐなので、その分、畑の世話は楽に感じる。

デントの街で買ってきた様々な野菜は、味を確認するのに一通り蒸《ふ》かしてみたが、トウモロコシに似ていたウモーは、なんと生で食べられる酸《す》っぱい木の実だったらしく驚いた。

少し時間ができたのでオースト爺さんに本格的に調合を教わろうかと思っていると、念願のものがドルムダさんから届いた。

「やったぞ、長靴ができたみたいだ‼　それに、つなぎまで！　早速湿地帯へ行ってみよう！」

キーリエフさんの屋敷とは、定期的に鳥を使って手紙などのやり取りをしていたが、ついに頼んでいた防水仕様の長靴と、追加で依頼したズボンと靴が一体になっているウェーダーが届いたのだ。

添えられていたドルムダさんからの手紙には、使い勝手が悪いようなら改良するからまずは使ってみてくれとあった。それなら、とすぐに湿地帯へ行こうと爺さんに声を掛けてみる。

「ほほう。防水の用具か。面白いな。どれ、儂も使ってみようかの」

興味津々《きょうみしんしん》に眺めると、一緒に湿地帯へ行くと言ってロクスを呼んでくれた。

「これは、もしかしてアリトさんが釣ったあの魔物の皮を使っているんですか？」

「そうなんだ。ドルムダさんに頼んでおいたんだよ」

ウキウキと気持ちが浮き立っていたので、ロクスに揺られても気持ち悪くなることなく湿地帯へ着いた。

「よし。爺さんはこの長靴を履《は》いてみてくれ。今回は試作の一着だけでティンファの分はまだ来てないから、ちょっとそこで皆と待っていて」

長靴を渡し、俺の方は靴を脱《ぬ》いで服の上からウェーダーを着てみる。

その場で屈伸《くっしん》したり体を捻《ひね》ったりして動いてみると、少し革がもたついて動きづらい感じはするが、作業をするには充分だ。

とりあえず水田にする予定の場所の、ぬかるんだ地面へ足を踏み出してみると。

「うをっ！　かなり泥が深いな。膝上くらいまで一気に入っちゃったよ」

泥に足をとられながらもなんとか水がある方へ進み、太ももまで水へ入ってみる。

「冷たさを感じるけど、濡れている感じはないな。さすがドルムダさんだ。しっかり防水になっているな」

気温が低いとかなり冷えるかもしれないが、これは期待した以上の出来だった。この世界でウェーダーを必要としているのは、今のところラースラの生産者だけだろうしな。

そう思った時、ふと、そろそろラースラの収穫の時期だと気づいた。ここはオースト爺さんがラースラを植えた場所と少し離れているから、帰りに様子を見に寄ってみよう。

「どうですか？　作業ができそうですか？」

「ああ、とてもいいよ！　爺さんの長靴の方はどうだ？」

「これは面白いの。少し動きづらいが、水場を歩いても濡れないのはいい。この湿地帯の調査をした時は苦労したもんじゃが、これがあるならもう一度詳細に調査しようかの」

俺が深い場所まで入っている間に、爺さんは水際《みずぎわ》をじゃぶじゃぶ歩きながら、楽しそうに泥の中の植物の根の様子を見ていた。

「それなら、このつなぎの方が濡れないからいいかもな。じゃあ、爺さんの分も追加で頼もうか」

「ああ、ドルムダは儂のサイズをわかっているから、儂用と書けば寸法を合わせてくれるじゃろ」

……肩の部分で調節ができるようにしてもらったから、俺とティンファは共用できそうだけど、爺さんだけは寸法が足りないものな。くっ。いや、俺の身長はこれから伸びるはずだ！

「……泥の中に魔物が潜んでいるかもしれないし、とりあえず今日は水を抜くために土手でも作っておくか」

水抜きしてしばらく干せば、泥の中の魔物はいなくなるだろう。だけど、どうやって湿地帯から水を抜こうかな。

水をかき分けながらティンファの方へ戻り、浅くなった場所で土に干渉して盛り上げてみる。

「うわ。やっぱり盛り上げても泥だから、綺麗《きれい》な土手にはならないか」

乾《かわ》いた土を運んで盛るか、いっそのこと石を積み上げて塀で囲んだ方がいいか、爺さんと相談してみよう。完全に水を抜くのは無理でも、水の調整ができるようにしないとな。

ラースラが稲《いね》と同じような生態かどうかはまだはっきりとはしていないが、爺さんが実験で植えてくれたラースラの生育レポートを見る限りでは、稲とほとんど同じだった。

まあ、畑と同じで最初は手探《てさぐ》りだな。何度も試すしかない。気長《きなが》にやろう。

その後は泥で田んぼの土手を作って一応場所を決定しただけで、オースト爺さんが植えたラースラの場所へ移動した。

「おお！　この間よりも、かなり実っているな！　どれ……収穫まではもう少し、かな。明日からは畑とこっちで交互に様子を見よう」

こちらを収穫したら、爺さんにロクスを出してもらうかアディーに頼み込むかして、ミランの森のラースラの群生地にも爺さんや皆と一緒に収穫に行こう！　食べる分を確保しないとな！

一通りラースラを見ると、ウェーダーと長靴をキレイに水でゆすいでから浄化をかけ、水漏《みずも》れがないことを確認してから家へと戻った。

一応浄化魔法は使ったけれど、疲れを取るためにのんびりとお風呂へ入る。

泥の中で遊んでいたスノーも、一緒にお風呂に入ってきれいに洗ったぞ。毛の中の細かい泥まで洗い流せるかと心配したが、泥は全て浄化魔法で落ちていた。

ちなみに風呂上がりのスノーは、ブルブルと体を震わせて水を飛ばし、ごうっと魔法で豪快《ごうかい》に風を吹かせればほぼ乾く。一応最後に確認して、濡れているところは俺が魔法で暖《あたた》かい風を起こしてブラッシングしながら乾かしているけどな！

翌日からは畑の面倒を見ながら湿地帯へもスノーに乗せてもらって通い、オウル村の小麦の収穫が終わる頃に、ラースラも収穫となった。

爺さんが植えた分のラースラはすぐに収穫が終わり、その後アディーに乗ってミランの森へと向かった。リアーナさんには、手紙で収穫に行くことは伝えてある。オースト爺さんもアディーに乗ってみないかと誘い、うまく連れ出すことに成功した。

一番大変だったのはアディーに頼み込むことだったけどな！　最近、畑などで修業がおろそかになっているから、これから頑張ると何度も約束させられたよ。でも、どうしても爺さんを連れ出したかったのだ。

「ふむ。さすがはウィラールだな。いや、アディーが凄いのか。なめらかな飛行じゃの」

「爺さんでも、ウィラールに乗ったことはなかったのか？」

「ああ。霊山で飛ぶ姿は遠目《とおめ》に見ておったが、近づいてはこなかったからな。さすがの儂でも、ウィラールにこうして乗ることになるとは、思いもしなかったわ」

そうか。やっぱりウィラールは爺さんの故郷の思い出なんだな。でも、アディーも爺さんを乗せて心なしか張り切っているようだから、こうやって連れ出して良かった。

すーっと滑るように飛行し、あっという間にミランの森の外れにあるラースラの群生地に到着した。

「おお、こんな湿地帯があったとはの。久しぶりに来たからか、ミランの森も変わったように見える」

「そうね。本当に久しぶりですもの。便《たよ》りも必要な時にしか寄こさないし。たまには昔馴染みに顔を見せたらどうなのかしら」

気づくと、いつの間にか隣にリアーナさんがいた。もしかして、木々で姿を隠していたのだろうか？

「……リアーナ。久しぶりだな。何が変わるわけでもないし、別に顔を見なくてもいいだろうに。まあ、アリトのことは助かった。礼を言おう」

「まったく。今でも世界を飛び回っているなら、近くを通った時くらい降りてきなさいって言っているの。なのに……まあ、いいわ。あなたたちは、どうせ言うことなんて聞かないのだから。さあ、レラル。顔を見せて。こんな爺さんと一緒に住んでいて、何か嫌なことはなかった？」

「嫌なことなんてないよ！　大きい魔獣がたくさんいるの！　それでね、チェンダにも会ったよ。皆、レラルに色々なことを教えてくれるの。狩りの仕方も教わったし、たくさん、たくさん舐めて毛づくろいもしてくれるの！」

レラルがとてとてと走ってリアーナさんに抱きつくと、リアーナさんはレラルを抱き上げ、うれしそうに微笑みを浮かべた。

「そう。それは良かったわ。確かに主がああだからか、従魔の皆はいい子が多いものね。今回はロクスじゃなくて良かったわ。あの子だけはどうも主に似たのかやんちゃで、着地するのに草木をかなり荒《あ》らすのよね」

「そう言われるから寄りつかないのじゃよ。儂はお前に嫌味《いやみ》を言われるために来たわけではないぞ。どれ、アリトよ。さっさとラースラを収穫しようではないか」

「あ、ああ。わかったよ」

なんかリアーナさんと会わせたら面白そうだと思って連れてきたけど、こう、予想通りだったような、そうでなかったような。まあ、キーリエフさんも一緒に三人で、こんな調子だったのだろうな。

よし。爺さんがやる気になったみたいだし、さっさと終わらすか。

それから群生地のラースラを収穫するのに、それほど時間はかからなかった。

ラースラを全て収穫した後、渋《しぶ》る爺さんの背を押してリアーナさんの家へ寄る。

「せっかくだから、爺さんが植えてくれたラースラとミランの森のものを、別々に炊《た》いてみようかな」

どちらも今日収穫したばかりだから、とれたての新米だ。

ラースラを袋から取り出し、それぞれ精米する。精米は、食べる分だけその場でするようにしている。その方が断然《だんぜん》美味しいのだ。

瓶に入れた玄米を風魔法で削《けず》り、適度に精米する。きれいな白米にならなくても、七分つきくらいになったら終わりだ。

それをたっぷりの水ですすいで、そのまま置いておく。吸水させている間におかず作りだ。

「いつもそう口うるさいから、顔を出すのもおっくうになるのじゃ。いい加減、ぐだぐだ言うのはやめてくれ」

「なんですって！　まったく、あなたたちときたら、毎回私だけを悪く言って。あなたたちが大雑把《おおざっぱ》すぎるのよ。私が細かいんじゃないわ」

聞こえてくるオースト爺さんとリアーナさんの会話は、もうＢＧＭのように聞き流して

いる。うん。あれだよな。喧嘩《けんか》するほど仲がいいってヤツだ。

聞いていると、若い頃の爺さんやキーリエフさんのことが想像できて面白い。爺さんも自分でやんちゃだったって言っていたが、これは相当好き放題やっていたんだな。

「大雑把なら、きちんとした研究結果なぞ出んじゃろうが。ほれ。この間寄こした薬草の、『死の森』と霊山での発育調査結果じゃ。ついでじゃから、持ってきてやったぞ」

「それとこれとは別よ。あの薬草だって、この森で私が品種改良して作ったんじゃない。……ふーん。やっぱり土地の魔力濃度が変わると、成長具合が違うわね。それに……やはり植生も変わってしまったのね」

「ああ。じゃが、あの薬草の特性は良かったから、あれを維持して変化が最小限になるように、さらに品種改良をしていきたいのだが……」

ほら、な。レラルが喧喧囂囂《けんけんごうごう》と言い合う二人にビクビクしていたが、あれは仲が良いんだ。

「よかった。リアーナ、怒っていたんじゃなかったよ。あれは仲良しだから平気なんだね」

「そうだよ。放っておけばいいから、レラルもこっちで手伝ってな」

「はーい」

クスクス笑うティンファと三人で、ラースラに合うおかずを作る。今日は野菜スープとサラダに生姜《しょうが》焼きもどきだ。

二つの土鍋《どなべ》のラースラが炊き上がると、まだ言い合っている二人を気にせずにテーブルに料理を並べた。

「ほら、二人とも。ご飯できたよ。せっかく新米の炊き立てだし、冷めないうちに食べよう」

「う、うむ。今日も美味しそうじゃな」

「え、ええ。アリト君のご飯は美味しいからうれしいわ」

「こっちが爺さんが『死の森』の湿地帯に植えたラースラで、こっちがさっき収穫したミランの森のラースラな。一応食べ比べしてみようかと思ってどっちも炊いたんだ」

一人につきご飯を二膳《ぜん》用意したから、おかずの品数が少なくてもテーブルがいっぱいだ。

「では、食べよう。いただきます！」

よし。まずは新米からだよな！

『死の森』のラースラと、ミランの森のラースラを一口ずつそれだけで食べてみる。

「ん？　あれ……？」

もう一度。……やっぱり、『死の森』のラースラの方が甘い、よな？

今まで食べたことのあるラースラは、去年ミランの森で収穫したものと、エリダナの街の商人ギルドで買ったものだ。この二つのラースラに味の違いは感じなかった。でも、今食べたラースラは、『死の森』の方が噛むと甘みを感じる。

この違いは、もしかして土地の魔力濃度の差だろうか。エリダナの街で買ったラースラはどのような場所で育ったものかわからないが、ミランの森のラースラの群生地は森の外れにあるから、『死の森』の湿地帯よりも魔力濃度は大分下がっているように感じた。

「リアーナさん。あそこのラースラの群生地は森の外れだから、それほど土地の魔力濃度は高くないですよね？」

「ええ、そうね。あそこは森の魔物も出ていかない場所よ」

「爺さん。『死の森』の湿地帯は、家くらいの魔力濃度がある場所だったよな？」

「そうじゃの。あそこは、湖がすぐ近くにあったじゃろ。水場は魔力濃度が上がるから、家のある辺りよりも少し高いかもしれんの」

そういえばあの湿地帯は、山から流れてきた水が湖に注ぐ手前にあったんだったな。

「じゃあ、『死の森』のラースラがこのミランの森のものより丈《たけ》が短くて実が大きく感じたのは、発育が悪かったわけじゃなくて、土地の魔力で生態が変化したからかな？」

「ふむ。そういえば、ここのラースラは実が細長いように見えるな。来年植えてみないと確たることは言えんが、そうかもしれん」

やっぱりそうだよな。だったら、あの場所で品種改良をすれば、美味しい日本米に近づく可能性がある！

「品種改良でラースラをもっと甘くできるかもしれない！　よし！　水田作り、頑張らないとな‼」

「甘い、ですか？　……確かに、『死の森』のラースラの方には少し甘みがあるように感じました。でも、アリトさんが故郷で食べていたお米はもっと甘かったのですか？　穀物《こくもつ》、ですよね？」

「砂糖や果物のような甘さじゃないんだ。こう、ほんのり甘みがあって、もちっとしていて、おかずにもっとからむのが日本で食べていた米だったんだよ」

ラースラは、どちらかというとタイ米に近い。多めの水で炊いて、ぼそぼそする食感を抑《おさ》えるようにはしているが、もちもち具合や粘《ねば》り気《け》は少ない。

祖父が作っていたのは普通の米で、特に糖度《とうど》が高いわけでも美味しいわけでもなかった。だから俺は味にそこまでこだわらず、白米が食べられれば満足だと思っていた。

でも、こうやって日本の白米に通じるものを感じると、あの味を目指したくなってしまう。

「ほほう。それは楽しみじゃの。アリトよ、しっかりと品種改良をしてみるのじゃぞ。すぐに結果が出ることはないが、目指すものがあった方がやりがいがあるからの」

「そうだな！　これはゼラスさんにも教えないとな！」

「まあ。ゼラスってキーリエフのところの執事よね。あのゼラスがそんなに食にこだわりがあっただなんて。でも、アリト君のご飯は美味しいから、いつでも食べたくなってしまうのは仕方ないのかもしれないわね」

ふふふと笑うリアーナさんは、以前会った時よりも生き生きしているように見えた。

それは、昔馴染みのオースト爺さんと再会しただけでなく、こうして大人数で食卓を囲んでいるからなのだろうか。

レラルがいなくなったから、リアーナさんはこの家にずっと一人きり、だもんな。

「リアーナさん……。今度、新しく作った調味料を送りますね。それに、また遊びに来ます」

「リアーナ、わたしも遊びに来るよ！　今日もおかあさんにお手紙を書いてきたんだ！」

「まあ、それはうれしいわね。お手紙も、送るわね。こうやって頻繁に手紙のやり取りをすることができて、喜んでいるようよ」

ニコニコとリアーナさんが隣に座ったレラルを撫でる姿を見て、アディーで飛んでこられなくても、スノーに走ってもらって、二、三か月に一度くらいは顔を出そうと思った。

「ふん。アリト、気にする必要はないぞ。リアーナは好きで一人でこの森に閉じこもっているんだからな。こやつは僕みたいにあちこち飛び回るでもないし、所謂《いわゆる》引きこもりじゃな」

「なんですって！　あなたこそ人嫌いの頑固者《がんこもの》じゃないの！　すっかり偏屈《へんくつ》じいさんに

なっちゃって。私は別に人嫌いじゃないわよ。この森でずっと研究しているから出ていかないだけ。あなたもアリト君にちゃんと感謝しなさいな。あなたに付き合って、あの森に一緒に住んでくれるだなんて。アリト君、嫌なことがあったら、私に言ってくれればいつでも叱《しか》り飛ばしてやるからね」

また始まった。これにはティンファと顔を見合わせ、やれやれと首を振ってしまった。

その後はオースト爺さんとリアーナさんの憎《にく》まれ口を聞きながら片付け、そしてその日のうちに家へと戻ったのだった。

エリダナの街にも寄っていこうかと言ったら、さすがに爺さんに嫌がられてしまった。

いつかキーリエフさんの屋敷へ連れ出せたら、また違った爺さんが見られるかもしれないな！

第五話　南へ行こう！

ラースラを収穫し、戻ってきた次の日は、のんびりとスノーや爺さんの従魔たちをもふもふして過ごした。ここは天国だと改めて実感した日だったよ！

翌日からは小麦の種蒔きの準備を始め、そしてよく晴れた今日、いよいよ蒔くことになった。

普通は風魔法で種を飛ばして終わりだそうで、ある程度芽が出ればよしとするのだという。

この広大な面積に一つ一つ種を蒔くのは確かに大変だが、皆で魔法を使ってやる予定だ。

「じゃあ、さっき言ったようにやってみてくれ！　始めようか」

今回小麦を植える畑の面積は、サッカーコートで一・五個分くらいだ。

最初に俺が土魔法で畝《うね》を二列作り、それぞれにレラルとティンファが土魔法で小さな穴を空《あ》けていく。その穴にリアンとイリンが種を蒔き、最後はスノーが水をまく、という流れだ。ほぼ全ての工程が歩きながらの作業なので、とても早い。

今回用に、リアンとイリンにはマジックバッグ仕様の小さな肩掛けカバンを作ってあげて、そこに種を入れている。それ以外にも従魔と一目でわかるようにレラルとお揃いの小さなスカーフも作ったぞ。

一列終わったら折り返し、また終わったら折り返しで作業を続け、半分の種蒔きが済んだところで昼食にする。

「この方法なら、それほど負担なく種蒔きができますね。魔法を細かく操作しなければならないので、村の人たちでできるかはわかりませんが」

「土魔法で小さな穴を空《あ》けていくのは意外と加減が大変だし、種を蒔くのも中腰だしな」

家の脇の畑に種を蒔いていた時から、小麦畑の場合はどうしようかとずっと考えていたが、この作業はリアンとイリンがいればこそだ。肩に乗っているリアンの頭を撫でてお礼を言う。

「わたしも、頑張っているよ！　魔法を使う修業にもなるから、午後も頑張る！」

「ああ、レラルも頑張っているな。この調子で頼むよ」

そのまま午後も作業を続け、無事に全ての畑に種を蒔き終えた。

小麦畑の他には元々草原にあった薬草やハーブを移植した畑があり、根菜類、豆類用の畑も開墾が終わって肥料を混ぜてあるので、時期を見て植える予定だ。

家の隣の畑では土地の魔力の影響や魔物の襲撃を心配したが、今のところは順調に育っていた。

あとは水田だけ整えれば、やることは日々の畑の世話になる。そうしたら、シオガを作っている南にあるという国を訪ねてみようと考えている。ガーガ豆以外の豆も探したいしな！

まあ、アディーは乗せてくれないかもだけど、スノーに乗って行けばいいよな。

そんなことを考えながら、いつものようにスノーに乗って家へ戻った。

次の日は水田を作る湿地帯に向かう。

水田の土手は、泥だと結局どうやってもすぐに崩れてしまうので、諦めて爺さんに岩を切り出してもらい、ある程度の高さまで石の囲いを作った。

それもやっと、今日で四分の三ほどは完成する。水門も作ってあるし、あとは水を魔法で抜き、魔物を排除《はいじょ》したらしばらく様子を見る予定だ。

「これでよし。ティンファ！　今から水を抜くから手伝ってくれないか」

ドルムダさんにはウェーダーと長靴の感想と一緒に追加注文もしたので、今ではティンファ用とオースト爺さん用にも同じものがある。

「わたしもやりたいよ！」

湿地帯の境《さかい》の乾いた地面上から、レラルがこちらを見ていた。

「うーん。でも、レラルは泥に埋まっちゃうよな。じゃあ、スノー！　レラルを乗せて、手伝ってくれないか！」

『わかったの！　頑張ってアリトのこと手伝うの！　レラル、乗ってなの！』

スノーに頼むと、レラルを乗せてうれしそうに泥を跳ね飛ばしながら水田の中を走り回っていた。

そうして皆で魔力で干渉して水を操り、泥から水を抜きながら魔物を倒していく。魚型の魔物は倒せたが、カエル型やヘビ型はそのまま湿地帯の奥へ逃げていった。

「やっぱりもう少し土手を高くしないと、魔物が入り込んできちゃうよな」

「そうですね。でも、結構高くまで跳びますから、入り込ませないのは難しいですよね」

そこなんだよな……。やっぱり今積んだ石を土台にして、その上に土魔法で塀《へい》を作るか？

今は俺の腰の高さまで石を積んであるが、カエルやヘビ相手にはまだまだ低いらしい。でも、いくら高くしても絶対、何かしら魔物は入るだろうな。

「まあ、とりあえず植えるのはもう少し先だから、しばらく様子を見て考えようか」

「はい」

ラースラの育て方についてはリアーナさんに聞いてあり、自然と同じ時期に田植えをする予定だ。

「ああ、そうだ。そろそろイーリンの街へ行こう。その後、南のシオガを作っている国に、シオガを何で作っているか見に行きたいと思っているんだ」

「わかりました、私も準備しておきます。南の方へは、どのくらい行く予定ですか？」

「スノーに乗せてもらうつもりだけど、畑の世話があるから長くても二十日くらいで戻ろうと思っているよ。今晩にでも爺さんに相談してみようかな」

レラルを乗せて泥の中を走り回るスノーを見ながら、日数を計算してみる。エリダナの街までは三、四日で着くだろうから、そこから南へ行っても二十日くらいで戻ってこられると思うのだが。

水田の作業を終わらせて家へ戻り、夕食の時にオースト爺さんにこれからの予定を告げると。

「シオガを作っている南の国なら、確か海の近くじゃぞ。それなら空から行って、南の大陸まで足を延《の》ばして薬草を採ってきてくれないかの？」

そう言われて、旅に出された時に渡された薬草のリストを思い出した。

「いや、でもアディーが乗せてくれるかわからないし。それに爺さんが採ってきて欲しい薬草は、図鑑にも載ってないだろう。そんなの俺には無理だよ」

南の海の向こうにある大陸には興味あるし、一度は行ってみたいと思っている。だけど、空からしか行けないのなら、アディーに乗せてもらえるようになった後のことだと考えていた。

「そうか、そういえばそうじゃな。ふむ。じゃあ、儂も一緒に行こうかの。ロクスで行けばシオガを作っている南の国へ一日、そこから南の大陸まで一日じゃからな」

……えっ、爺さんも一緒に来るのか？　しかも南の大陸まで？

「ま、まあ空からだと早いから俺は助かるけどさ。でも、南の国では、シオガの原材料とか調べたいんだけど」

色々聞いて回りたいし、せっかくだから買い物もしたいな。

「では先に南の大陸に行って、帰りに南の国に降ろしてやる。この家まではスノーに乗せてもらえばいいし、それなら問題ないじゃろ？」

「まあ、確かに。どうかな、ティンファ。それでいいかな？」

「はい！　南の大陸へ行けるなんてうれしいです！　どんな植物があるか、楽しみですね」

「おお、そうじゃろ。ティンファには向こうに着いたら、独自《どくじ》のハーブを教えてやろうかの」

「お願いします‼」

あっという間に南の大陸にも行くことになったな。俺も楽しみではあるけど。

「じゃあ帰りはスノーに乗せてもらうことにするよ。それでいいか、スノー」

『うん！　スノーはいつでも走るの！　ビューンッてあっという間なの！』

まあ、スノーも張り切っているしいいか。

「日程は爺さんに合わせるよ。イーリンの街へは明日にでも行ってくるから」

「畑の手入れもあるだろうしの。五日後に出発、ということでどうじゃ？」

小麦畑に数日は水を撒《ま》きたいから、ちょうどいいな。

この世界では雨がほぼ降らないので、基本的に全ての植物は水分がなくても育つ。だから小麦も水を撒く必要はないのだが、元の世界の知識から水をやりたくなるのだ。水撒きした時としない時の育ち方が違うかも観察したいし。

出発までに、万全に準備をしないとな！

翌日は朝からイーリンの街へスノーに乗って出発し、昼食前には無事に着いた。

旅に出る時にオースト爺さんに置いていかれた草原へは、スノーが家から西へ森を抜けて走れば一時間の距離だった。案外近場だったことに、少しだけ感傷《かんしょう》を覚えたものだ。

まあ、あの頃はまだスノーは成獣ではなかったから、俺を乗せて走ることはできなかったんだけどな。

当時、あのまま旅に出ることを選んでいなかったら、今と同じくオースト爺さんの家で暮らしていたとしても、レラルも、ティンファも、リアンとイリンもタクーも、ミルとウルとラルもいなかった。

それに『深緑の剣』の皆にも出会うことはなかっただろう。

出会いは一期一会《いちごいちえ》、か。なんだかしみじみと実感するな。

「アリトさん、どうかしましたか？」

「いいや、なんでもないよ。ちょっと旅に出た時のことを思い出していたんだ。このイーリンの街で『深緑の剣』の皆に会ったし、今度の旅でも出会いがあるかもしれないな、とね」

「私も山でアリトさんに偶然《ぐうぜん》助けられましたし。南への旅も、楽しみになりますね！」

それからお弁当で昼食を済ませ、街へ入って商人ギルドへ行った。

商人ギルドでは手紙を受け取り、俺が薬草と薬を、ティンファはハーブティーなどを売る。

ガリードさんたちからもそれぞれ手紙が届いていた。

「わあ。皆さんからお手紙が届いていたんですね。私も村長さんから来ていましたよ」

ティンファのおばあさんの手紙は、キーリエフさんの屋敷へ届けてもらって、一緒に家へ直送してもらっている。この間一度届いて、返事を出していた。

「直営店で買い物したら、どこかで手紙の返事を書いて送ろうか？　次に来るのは一月《ひとつき》後だしな」

「そうですね。急ぎの用事かもしれませんし、手紙を読んで返事も書いてしまいましょうか」

それから直営店で旅の準備も兼ねて野菜などを買い込んだ後は、広場にあったテーブルと椅子に座って休憩する。ティンファが村長への返事を書いている間に、俺宛ての全員分からの手紙を読んだ。

うん、皆元気そうだ。ミアさんのところのエラルド君の店は、開店を少し延期《えんき》して調理の修業をすることにしたのか。リナさんは、王都不在中に溜まった薬の依頼を片付けるのが大変、と。

「アリトさんは返事を書かなくていいんですか？」

「近況報告だったし、旅の後で南の大陸のこととかも一緒に書いて出すよ」

ティンファが書き終えた後は商店街を覗き、買い物を少ししてから手紙を出して、家へ戻った。

それから旅に出る日までは、畑の世話と旅の準備に追われた。

小麦畑は毎日水を撒いて様子を見、雑草を丁寧に抜いておく。そして日持ちする保存食も作った。

オウル村へも畑の帰りに寄り、ティンファのハーブティーと俺の薬や薬草も置いてきがてら、旅に出ること、遅くても一月《ひとつき》かからずに戻ってくることを伝えておく。シラン草や熱さましの薬なども村長にたくさん渡してきた。

あとは仕込んでいる味噌の様子も見て、荷物もカバンへ詰めて全ての準備は完了。


次の日の早朝、オースト爺さんが呼んだロクスに乗り、一路《いちろ》南へと旅立った。

「あれが火山ですね。火竜は、リューラさんと似ているのでしょうか?」

「さあな。俺は見たことがないんだ。棲んでいるとは聞いているけど」

家から南へ向かうと、すぐに近づいてくるのは火山を含む山脈だ。

「火山の上を飛ぶと、たまに飛んで追ってくることがあるぞ。相手してやってロクスと一緒に一発かましてから飛び去る時もあるが、いつもは面倒だから振り切るんじゃ」

おいおい爺さん。何やっているんだよ。リューラのような竜を相手に、一発かますって何なんだ。

『フン。あそこに棲む火竜は、リューラほど位《くらい》の高い竜ではない。もっと下の竜だ。喧嘩っぱやいヤツで飛ぶ速度も遅いから、上を飛んでからかって引き離してやっている』

アディーもか。何やっているんだ……。

でも、そう聞いてしまうと、なんだか火竜だっていうのに哀《あわ》れに思えてくるな。絶対俺なんかじゃ相手にならないだろうけどさ。

「……今日はティンファもいるし、一発かますなんてやめてくれよ。あと戦闘も禁止な！」

「むう。仕方ないの。じゃあロクスよ。南の国までさっさと飛ばしていくとするかの」

「うをっ！　ちょっと、爺さん！　長距離飛行なんだから、くれぐれも安全にな！」

急にスピードが上がったせいで、自分で張った風の防護壁に押し付けられる。

「そんなのつまらんじゃろ。なあに。儂の前に立ちふさがるヤツがいたら、蹴散《けち》らすだけじゃよ」

いや、カッコよく言われても。それ、『俺様が行く！』って言っているだけだよな！

『おいアリト。いい機会だから、お前は風の使い方に意識を向けていろ。それに警戒も忘れるな』

くっ。確かに、修業にはいい機会だろうけど！

『わ、わかったよ。風の防護壁を維持するだけで精一杯だけど、警戒も頑張るよ』

少しでも気を抜くと、ロクスの荒い飛行で障壁に押し潰されそうになるのだ。それなのに、魔素で周囲に働きかけるだなんて技、俺にできるだろうか。

『最初から無理だと思っていたら、いつまでたってもできないぞ。それに障壁だって、常に風を意識していれば、ずっと維持していなくても必要な時だけ張ればいいのだ』

うわっ！　それができるのって、オースト爺さんクラスじゃないかっ!?　最終目標的な！

でも、それが修業というなら、やるしかないよな。

ちらっとローブのポケットにいるタクーを見ると、俺の障壁の中なのに、自在に風を操って体勢を整えながら楽しそうに周囲を見ていた。こうなれってことだよな……。うう。頑張ろう。

『アリト、頑張ってなの！　スノーもロクスの上を走り回れるようになりたいの！』

いや、それは迷惑だから！　スノーは、楽しそうでいいよな。

それからはティンファとレラル、それにリアンとイリンの方を見て、爺さんの張った障壁を見つつ自分の障壁を見直し、警戒の意識を外へと向ける練習もした。

一度昼食をとるため草原へ降り、それからずっと飛び続けて陽が傾き出した頃、海が見えてきた。

「あ、海、です！　あの先に大陸があるのですね」

「そうじゃよ。ロクスだと、いつもの速さなら朝出て今頃には着くがの。ほれ、あの海の手前のところが、その国じゃよ」

おお、ここがシオガを作っている南の国！　なんだかわくわくしてきたぞ。

北の辺境地で見た時と同じ真っすぐな地平線を見つめていると、一気にロクスが降下した。

「うわっ！　おい爺さん、降りるのはまだ早いんじゃないかっ！」

膝立ちになっていたから、体勢が崩れて障壁で支えきれず、スノーに受け止めてもらう。

「ん？　ああ、この国にも知り合いがいるからの。今晩はそこに泊まるんじゃ」

おお、爺さんの知り合いってことは、旅に出る時に渡された手紙に載っていた人かな？

あの手紙には、この大陸中の知り合いの名前が書いてあった。

そんなことを考えていると、さらに一気に下降してどんどん森が迫ってきたが、空《あ》き地など見えない。

「お、おいっ、爺さん。ロクスの巨体じゃ森に直接はっ！」

木にぶつかる！　と思わず目を閉じてしまったが、一向に衝撃《しょうげき》は襲ってこない。不思議に思って目を開けると……そこはリアーナさんの家のように、森の中にぽっかり空《あ》いた空間だった。

あれ？　上から見た時には、こんな開けた場所はなかったよな？

『おい、危機の時に目を閉じたらそのまま死ぬぞ。そういう時こそ、しっかり前を見ておけ！』

そんなアディーのお小言を聞きながら、茫然と前を見つめてしまった。目の前にある家の前に、いつの間にか男性が立っていたのだ。しかも、背中に白い大きな羽を持っている。

旅の間に様々な人々を見てきたが、羽を持つ人は初めてだ。獣人で獣に近い見た目の人もいたけれど、鳥の特徴《とくちょう》を持つ人は見かけなかった。だから鳥の獣人はいないと思っていたのだが。

「おうジースラン、久しぶりだの。明日南の大陸へ行くから、今晩泊めてくれ」

軽《かろ》やかにロクスから飛び降りたオースト爺さんが、手を上げて挨拶する。

俺とティンファは顔を見合わせ、そっと飛び降りた。

「お前はいつも突然だな。しかも珍しく他の人と一緒とは。まあいい。何を言ったところで、お前には無駄だったな。ただ家は狭いから全員は寝られないぞ」

「ああ、ここで野宿するから気にするな。うちのアリトの作る飯は美味《うま》いぞ」

どうやら今日はここで野宿らしい。そう思いつつ天を仰《あお》ぐと、空は見えずに視界は森だけだった。まるで森の中でこの場所だけ空間を切り取ったかのようだ。

『ここはあのジースランというヤツの、障壁に覆《おお》われた中だ。許可された相手しか入れん。危《あや》うく俺も締め出されるところだった』

お、アディー。だからいつの間にかロクスの上にいたのか。

空から森の中へ突入していったように見えたのは、気のせいではなかったらしい。

『それって結界ってことか！　こんな許可制の障壁なんてあったんだな』

倉持匠さんの庵のあった場所もリューラの障壁に囲まれていたが、それとはまた別のものだ。

さすが爺さんの知り合い。本当に何者なんだ、爺さんは。

「ほほう。まあ、いい。そこでかまわないなら泊まっていけ」

「ありがとうございます。押しかけてしまって、申し訳ありません。俺はアリトといいます。今、オースト爺さんのところで一緒に暮らしています」

「ティンファといいます。よろしくお願いします」

ティンファと二人並んで頭を下げる。

「ふむ。ウィラールにフェンリル。その子は……混血か？　珍しいのばかり連れているな」

「は、はい。ウィラールはアディー、フェンリルはスノー。そしてケットシーとチェンダの混血のレラルです。あとリアンと、ティンファと契約している奥さんのイリン、そして……白竜の子のタクーです」

ジースランさんの眼差しを受け、ここは全て明かした方がいいという気がして、ローブのポケットからタクーを抱っこして紹介する。

「もっと珍しいものがいたんだな。白竜、しかもそれだけ小さいとは。我はジースラン。オーストの古い知り合いだ。今から夕食を作るなら、我の分も頼む。あの食に興味のなかったオーストが美味《うま》いというのは驚いたな」

「はい。では、この場をお借りして作ってもいいですか？　竈を使うのがダメでしたら、コンロのみで調理します」

地面はむき出しになっているが、どこか静謐《せいひつ》な雰囲気《ふんいき》が漂っているこの場所に、竈を作るはさすがにためらってしまう。

「後片付けをしてくれるなら別にかまわない。好きに使ってくれ」

「ありがとうございます。では、俺たちは夕食作りにとりかかります」

お礼を言って、広場の片隅《かたすみ》にカバンから石を取り出して竈を作り、その隣にコンロを置いた。

献立《こんだて》に迷いながらも、とりあえずスープ用の野菜を取り出し、竈に水を入れた大鍋を置く。

「ほう、お前の連れにしては、とても礼儀正しいな。何より、お前が誰かと一緒に住むとは驚きだ」

「フン。アリトは『死の森』に落ちてきた『落ち人』じゃ。だから人族のように見えても、見た目と年齢は異なっているぞ。今から作る料理も、向こうの世界の料理なんじゃ」

お、『落ち人』のことは一応伏せておいたけど、爺さんはかなりジースランさんを信用しているらしいな。だったら、精一杯の料理を作ろうか。

「ほう。だから気にしつつも我の羽のことを尋ねなかったのか。あのティンファという子も、血は薄いのに精霊族の特徴があれだけ出るのは珍しいな。面白い者たちを連れてきたものだ」

「ここは安全で、ロクスも休める広さがあるから寄っただけで、別にアリトたちを紹介するために来たのではないわ」

やっぱり爺さんは、アディー並みにツンデレだったか。まあ、ここに降りた理由がそれなら、納得できるけどな。アディーでさえも立ち入れない場所なら、安心して休める。

「歳《とし》をとって少しは落ち着いてきたかと思ったが、やっぱりオーストはやんちゃなままか。まあ、お前がすまして大人ぶっても気持ち悪いだろうが」

「こんな場所に引きこもっておるお前さんには言われたくないわ。まったく。皆だって辺鄙な場所に引きこもっておるのは一緒なのに、儂のことばかり悪態《あくたい》つきよってからに」

ぷぷぷ。確かにこの間、リアーナさんにも言われていたな。

リアーナさんもミランの森から出ないというし、ジースランさんもそうなのだろう。確かに『死の森』に住む爺さんと状況は同じだ。

でも、違いは雰囲気かな。オースト爺さんは老成《ろうせい》した感じよりも、ちょい悪親父《わるおやじ》的な雰囲気の方が強いもんな。

親しさを感じる二人の会話を聞きながら、ミネストローネ風スープ、ハンバーグに魚の干物、そしてオムレツとサラダにパンもどきという献立を、次々と下ごしらえしていく。

「もうすぐできますけど、この場に布を敷いて、その上での食事でいいですか？」

「ん？　ああ、一人暮らしなのでな。大きいテーブルはないから、それでいいぞ」

爺さんとジースランさんのところへ行き、いつも外で食べる時に使っている布を取り出して地面に広げる。そこに次々と料理を運び込んだ。

「ほほう。確かに、どれも見たことのない料理だ。この野菜にも、何かがかかっているな」

ティンファとレラルも手伝ってくれたので、手早くマヨネーズを作ってみた。

「ふふん。どれも美味しくて驚くぞ。アリト、飲み物は果実酒を出しておくれ」

「はいよ。俺たちはこっちな」

仕込んでおいた果実酒はまだでき上がらないが、ワインっぽいものに果実を入れてサングリアのような酒を作ったら爺さんはそれを気に入って、たまに出してくれとせがまれる。

俺たち用は、ウモーの搾《しぼ》り汁を入れた水だ。酸味《さんみ》がきいていて、さっぱりとした飲み心地で美味しい。

「では、いただこうか」

「なんで客のお前が仕切るのだ。でもまあ、せっかくだから冷めないうちにいただこう」

こうして始まった夕食は、爺さんが楽しそうに酒を飲みながらジースランさんに絡《から》んでいた。

笑顔の爺さんを見ていると、本当の人嫌いじゃなくて良かったと思う。

「ふむ。確かに食べたことのない料理ばかりだな。これが異世界の料理、か」

「はい。野菜などは味が近いものを使っています。作れる料理の数はまだ少ないのですが」

「これでも充分だと思うが、他にももっと違う味付けがあるのか。それは興味深いな。ここまで興味を引かれたのは久しぶりだ」

アーレンティアの料理はほぼ塩と少しの砂糖くらいしか調味料を使わない。ハーブや香辛料を使ったものもあったが、臭い消しが主で、うま味を意識して味付けされていない料理が多いのだ。

「ふふふ。さすがのお前でも興味を引かれたか。出不精《でぶしょう》のお前が遊びに来るというのなら、アリトの料理を出してやろう」

……なんかさ、爺さん。それは目糞鼻糞《めくそはなくそ》を笑うというか、何というか。しかも作るのは俺だし。

「それもいいな。そのうち遊びに行かせてもらおう」

「おっ、本気なのか？　ここから何百年も出ていないのに？」

な、何百年、かー……。あははは。もう感覚が違うわ。

ちらっと見ると、さすがのティンファも目を丸くしている。単位がおかしいよな。どう考えても。

「我はわずらわしいことが嫌いなだけで、定期的に外へは出かけているからな」

「それは、お前の子孫《しそん》のところじゃろう？　どうせ食料や生活必需品を取りに行っているだけだろうに」

「ふん。お前だって国には顔を出すまい。何が楽しくて崇《あが》められなくてはならないのだ。面倒でしかない」

「それには同感じゃがな。ほれ、もっと飲むがいい」

思わずティンファと顔を見合わせてしまった。爺さんのことはリナさんからも色々聞いたけど、やはりエリンフォードでは有名人というだけではないみたいだな。それに、ジースランさんも。

ちらりと背中の真っ白な羽を見ながら、ジースランさんの国は羽がある人ばかりなのだろうか、と考える。

二人のテンポのいい会話を楽しく聞きつつ、こうして二度目の旅の一日目は終わった。

「ありがとうございました。今度ぜひ遊びに来てください。また違う料理を作りますので」

「それは楽しみだな。機会があったら遊びに行くとしよう」

「ふん。その口ぶりは来ないということじゃな。まあ、いい。さ、行くぞ、アリト」

昨夜は夕食の後、その場に布団を敷いてスノーを真ん中にして寝た。ジースランさんは布団にも興味を持ったみたいなので、今度作って爺さんに頼んで送ることにしよう。

「せっかちだな、オーストは。では、その時に珍しいものも見せてもらえるのを楽しみにしているよ」

ロクスに乗り、木々が見える中へ飛び立つという経験をした後、一路南の大陸へと向かった。

「ジースランさんは、どういう人なんだ？」

「ふふふ。気になるか？　ああ、ちなみに羽がある種族はないぞ。風の精霊族は耳に羽があるが、人型で羽で空を飛べるのは、この世界でもアヤツだけだ」

えっ！　やっぱり羽のある種族はこの世界にもいないのか！

「それじゃあ、ジースランさんはどういう……？」

「アヤツは霊山で発生した儂らと同じように、原初に南で発生した種族じゃよ。まあ、魔獣と精霊族の中間のような種族だの。元々は鳥みたいな姿だったが、いつしか人に近い姿になっとったそうじゃ。ああ見えて、儂の知る限りこの世界で一番の年寄りじゃ」

え？　えええっ⁉　今、とんでもないことをサラッと言わなかったかっ‼

「もしかしてジースランさんは、この世界で発生した原初の一人、なのかっ⁉」

「そうじゃ。霊山の精霊族は知らんが、ハイ・エルフは代替わりをしておるから、原初は儂の知っている限りではアヤツだけじゃな」

それって、とんでもないことじゃないかっ‼

「では、あの姿で飛べるのではなく、飛べるのにあのような人に近い姿になった、ということなのですね」

ああ、人に近い姿で他に飛べる種族はいないということだな。元々飛べたから、ジースランさんはあの姿でも飛べる、特殊な例ということだ。

「そうじゃよ。アヤツの子孫は、面白いもので飛べる魔獣となった種と、羽が退化《たいか》して人とほぼ変わらない姿となった種と二種類いるんじゃ。羽が退化した種には背中に小さな羽があるが、当然飛べないから羽を隠して生活しておるはずじゃ」

ふおお。ジースランさんには、この世界の不思議が詰まっているってことじゃないか！

「ふふふ。面白いじゃろ？　アリトよ。この世界には、まだまだ不思議なことがたくさんあるぞ」

「ああ、面白いな。なんだかこうして旅をするのも楽しそうだって思えてくるよ」

「そうですね。あの村の家でずっと過ごしていたら、何も知らないままだったんですよね」

俺も、爺さんにあの時旅に出されなければ、何も知らずに、ずっと異世界に怯えて過ごしていたのだろうな。

「本当にな。こうやって新しいことを知ると、世界が広がっていくのを感じるよ。ティンファ、これからもたまにはあちこち旅しような」

「はい！　私たちが知らないだけで、美味しい食材もたくさんあるでしょうしね」

今は日本にあった食材に近い味の野菜を主に使っているけど、面白い味のものもたくさんあった。それに合った料理を考えて作るのも楽しいだろう。固定観念《こていかんねん》に囚《とら》われる必要はないよな！

「ほっほっほ。ほれ、南の大陸が見えてきたぞ。あそこにも、こちらの大陸にないものがたくさんある。自分の目で色々見てみるといい」

「「はい！」」

オースト爺さんの指さす方には、海の彼方に大陸がはっきりと見えた。

あそこには、どれだけ知らない新しいことがあるのだろう。

そうわくわくした想いを抱きながら、目を凝らして見つめた。

第六話　南の大陸

「アリトさん、無理しないで、吐いてください。吐いたら楽になりますよ」

「本当にアリトは情けないの。あれくらいの戦闘に、まだ慣れないのか」

あと少しで大陸へ着くという時、海の中からロクスに向かって水の弾——魔物の攻撃が飛んできた。それからは怪獣大戦だ。最後はプッツン切れたオースト爺さんが、俺が教えた雷の魔法で相手を仕留め、ロクスから飛び降りて何十メートルもある魔物を解体してカバンへ入れた。

その後も、血の匂いに釣られた魔物が空から襲ってきて。結局、何体と戦闘していたのか。

「ええい、アリト。全く進歩しておらんではないか。このくらいで気持ち悪くなってどうするんじゃ。そんなんじゃいつまでたっても、アディーに乗せてもらえるようにはならんぞ」

『まったくだな。ほら、さっさと起き上がらんか』

爺さんに背中をバシンと叩かれ、アディーに頭に乗られた俺は、こらえきれずにリバースした。

しばらくしてやっと落ち着いた頃には、爺さんは一人ロクスに乗って行ってしまった。

「ああ、酷《ひど》い目に遭った。ごめんな、ティンファ。こんなところで足止めしてしまって」

「いいえ、気にしないでください。あれは、私もお爺さんが魔法で支えてくれなければ、到底《とうてい》耐えられませんでしたよ」

ふう、と一息ついて辺りを見回すと、今俺たちは草原にいるとわかった。遠くを見れば森があり、その奥には山もある。辺りに人が住んでいるような気配は全く感じられない。

「南の大陸とも、空からの交流はあるんだよな？　なんだか人が住んでいる感じがしないけど」

「そうですね。私も母にちらっと聞いただけだったので。確か、魔人が多いという話でしたが」

魔人の見た目は人族とほぼ変わらないが、肌の色が白く、体型が華奢《きゃしゃ》で細い。人族よりも魔力が格段に多く、魔法が得意な種族なのだと本に書いてあった。

「そういえば、気づかなかっただけかもだけど、旅の間に魔人を見たことはなかったな」

「私の村にも住んでいませんでしたから、私も会ったことがないです。ただ、親戚には魔人もいると聞いたことはあります」

ティンファの家系には精霊族の血も入っているから、ほぼ全種族を制覇《せいは》しているんじゃないか？

「まあ、爺さんが戻ってきたら街があるのか聞いてみよう。少しこの辺りを歩いてみようか」

「はい！」

とりあえず手元の植物に目をやると、見たことのない葉っぱだった。その隣も、その隣もだ。雑草でも、やはり大陸が違えば植生も異なるのだろう。

「なんか、やっぱり植物の雰囲気が違いますね」

ナブリア国からエリンフォードの国へ入った時にも、植生が違うなと感じたことがあった。

「植物図鑑に、南の大陸のやつは載ってなかったよな？」

「そうですね。私もおじいさんの植物に関する書物を全て見終わったわけではないですが、南の大陸のものは見たことがなかった気がします」

オースト爺さんなら、南の大陸の研究も進めているのだろうけど、聞いたことはなかった。

とりあえず警戒してみたが、今のところはこの草原には大きな反応はないので、ティンファと手分けして採取に取り掛かった。

あ、そうだ。爺さんに念話で連絡を入れておくか。

『お、アリト。やっと立ち直ったか』

『ああ、爺さん。今、どこにいるんだ？　俺たちはどこにいればいい？』

『おお、そこの草原に、葉がところどころ赤い植物が生えておるじゃろ。それがハーブじゃ。あとは地面近くに生えている、葉が手のひらくらいの大きさの薬草を採っておいてくれ』

ちょうど採取した中に、言われた特徴のものがあった。辺りを見回すと、ちらほら生えている。薬草の方は、膝丈の草をかき分けて探さないといけないようだ。

『お、わかったよ。じゃあ、この草原で適当に採取しているから』

『飽《あ》きたら森とは逆に行けば海じゃから、海辺に生えている丸い葉の植物を採っておいてくれ。海と空からの襲撃に注意するのじゃぞ』

『わかった。じゃあ俺たちはどちらかにいるからな』

ここは海のすぐ傍だったのか。空を飛んでいた時は景色を見るどころではなかったけれど、もしかしたら砂浜があるかもしれないな。

よし。そうとなったらこの草原の採取は適当に切り上げて、海に行くか！

「ティンファ！　このところどころ葉が赤いヤツがハーブだってさ！　あと、地面近くに生えている、葉が手のひらくらいの大きさの植物が薬草だって！」

「わかりました！　集めてみます！」

それからしばらく草原で採取をし、昼食を食べた。ハーブと薬草はかなり集まったので、午後は一度海へ行ってみることにした。

『アリト、変な気配を感じるから、しっかり警戒するの』

「わかったよ、スノー。じゃあ、海は向こうだと思うから、行ってみよう」

遠くに見える森を背に歩き出すと、草原に小さな動物の気配はあったものの、あとは遠くに鳥の姿が見えただけだった。それでも注意しながら歩いていると。

『アリト、止まるの！』

俺の警戒網には何も引っかからなかったが、スノーに止められた。

スノーが蹴《け》っ飛《と》ばした石がそれに当たった瞬間、一瞬にして石が呑み込まれる。

『ね、危ないでしょ？　なんだか変な気配だと思ったの』

それは地を這《は》う蔓《つる》のような植物に見える。しかし、ただの大きな葉だと思っていた場所がパックリと開いたのだ。

「これって……食虫植物、なのか？」

『一見、魔力は感じないが、地中の根にはかなり蓄《たくわ》えられているな』

土地の魔力を蓄える習性のある植物も存在する、けど。なんだか今のアディーの言い方だと。

「魔物、じゃない、よな？　根に魔力があったって、歩きはしないだろう？」

『俺も初めて見るから知らん。だが、歩けば魔物なのか？　何だその区別は』

ん？　だって、今まで遭遇した魔物や魔獣は、大きく分ければ獣型、飛行型、虫型、魚型だ。全て自分で行動する相手だった。

「今までで考えればそうじゃないか？」

『フン。スライムが魔物かそうでないかの区別がはっきりしないのは、その考えが原因かもしれんが、基本は魔力を有していて自力で動くことができれば魔物や魔獣と呼ばれるぞ』

この世界では全てのものが魔力を有している。土には魔素が含まれているので、植物も野菜なども微量《びりょう》ながら魔力を有しているが、自力で動ければ魔物、か？

『アリト、ぼさっとしないの！』

つい考え込んでいると、スノーに体当たりされた。

「うわっ！　な、何だっ！」

体勢を崩してたたらを踏むと、ぐしゃっという音とともに、すぐ近くに何かが落ちた。音がした方を見ると、梅の実くらいの大きさの実が地面で潰れていた。

『だから警戒を怠《おこた》るなと言っているだろうがっ！』

今度はアディーに頭をつつかれ、たまらず身をかがめる。その直後、頭上を何かが通り過ぎて、また地面に落ちて潰れた音がした。恐る恐る見てみたら、先ほどと同じ実が潰れている。

もしかして……と思って飛んできた方を見てみると、地を這っていた蔓が持ち上がり、花のように見える葉の間からその実が勢いよく飛び出してくる瞬間が目に入った。

「うわっ！」

とっさに横に避けてかわしたら、俺がさっきまでいた場所にその実が落ちて弾《はじ》けた。

よく見ていると蔓も地面を這って蠢《うごめ》き、俺の方へ方向を変えている。

「う、動いてる……」

『もう、アリト、何やっているの！　スノーが倒しちゃうの！』

茫然とする俺の横を走り抜けたスノーが蔓をぐしゃっと潰し、さらに風で切り刻んだ。

しばらく見ていても動き出さないので、死んだ？　のだろう。

「植物系の魔物も、この世界にいたんだな……」

「ええ、私も初めて見ました」

いつの間にか離れていたティンファが、スノーが倒したことを確認して近づいてきた。

「もしかすると、この南の大陸にしかいないのかもな」

「そうかもしれませんね。あとでおじいさんに聞いてみましょう」

二人で話していると、またアディーに頭に乗られてつつかれた。

『だから警戒を緩めるな、と言っているだろうがっ！　今襲われたばかりなのに、何を呑《のん》気《き》に話しているんだ！』

ハッ！　た、確かに！

さすがにこれには反省して、すぐに魔素に干渉して警戒する。

あれ？　でも、あの蔓は、俺の警戒網には引っかからなかったよな？

「……さっきのやつは俺の警戒網には引っかからなかったんだけど、どうやって気づけばいいんだ？」

やっと植物系の魔物の危険性に思い至《いた》って、ぞっとする。気づかずに歩いていたら、傷を負っていたかもしれない。しかも、殺傷《さっしょう》能力があまりない種ばかりとは限らないのだ。

『スノーは、嫌な感じがしたからわかったの。んー、あそこにも嫌な気配があるの』

じっとスノーが見ている先を見つめても、そこには緑が広がっているだけで魔物と植物の区別がつかない。

『え？　アリトはわからないの？　あそこだよ。攻撃してみるの』

スノーがまた走っていって、風の刃を放った。

その場所へ近づいていくと、ピクピクと蠢く、先ほどとは違う蔓があった。

「こ、これは対処が難しいですね……」

「うん。俺にはさっぱりわからなかったよ。植物に近づかないなんてできないし。まいったな」

何せ、辺り一面が草原なのだ。さっきまで採取していた場所にはよくいなかったものだと思う。

『とりあえず警戒を維持しながら視野を広く持て。動くものに注意しろ』

「うん、わかったよ。ティンファも、動くものが視界に入ったら教えてくれな」

「はい！」

レラルやリアン、イリンにも声を掛け、慎重に海へと向かって歩き出す。

海に着くまで、動く蔦や食虫植物系の魔物に何度か遭遇した。そのどれにも俺は反応できなかったが、スノーやリアンは対処できていた。レラルはもう少しらしい。

リアンに、なぜわかるのかと聞いてみたら。

『植物とは気配、違うので、変に感じた場所に、いる』

……ということらしい。さすが、植物魔法に精通《せいつう》しているだけあるな。

近づくにつれて、微かだが波の音が聞こえてきた時には、そのこと自体に驚いた。

北の辺境地で海へ行った時は、波がほぼなく音などしなかったのだ。

「あっ！　砂浜だ！　砂浜ってこの世界にもあったんだな！」

もしかしたらないのでは？　と思っていた砂浜があった。まあ、砂浜といっても波打ち際《ぎわ》に少しあるだけで、遠くを見ると崖になっていたから、この場所だけなのかもしれないが。

「この大陸は俺たちが暮らしている大陸よりも、高度が海に近いのか」

『フン。海が傍にあるのは、この大陸のこちら側だけだ。こうして海に降りられる場所はかなり珍しい』

ん、こちら側だけ？　……ああ、大陸の中で高低差があるということか。

この世界の海は、世界の果てから中央に向けて流れているが、向こうの大陸とこの南の大陸の間だけは、海流が複雑《ふくざつ》になっているようだ。

この南の大陸がどのような形かは知らないが、もしかしたら大陸の間の海で渦《うず》でもできているのかもしれない。

アディーの言葉から推測すると、この大陸も南側――世界の果てに近い方は、あの崖のようになっているのだろう。

「アリトさん。海って川と同じく流れているものなのですね。北の地で空から見た時には、あの崖に圧倒されて、そこまで気にしていませんでした」

俺としては逆にこんな穏やかな海は信じられないが、初めて海を見たらそう思うだろう。

「元の世界では、もっと波があったよ。こう、水が陸へ押し寄せてきて、その水がまた戻っていく。それを繰り返すんだ」

目の前の海に一応波打ち際はあるが、穏やかで湖と同じような感じだ。

あ、そうだ。この世界の海水がしょっぱいか確かめよう。

波打ち際へ近づいて水に入らない位置でしゃがみ、そっと海水に手をつけてみた。

「なあ、スノー。この海水から何か害を感じるか？」

『んー？　別に毒とかはないけど、飲んだらお腹《なか》壊すと思うの！』

毒がないならいいか。少しだけ舌で舐めてみるだけだし。

「お、しょっぱい。海水は同じじってことかな」

「アリトさん、大丈夫なんですか？」

「ああ、ごめん。俺の世界では海水は塩が溶けていてしょっぱいんだ。だからこの世界でもそうかなと思って確かめたんだけど、同じだったみたいだな」

「そうなんですね。世界が違ってもそういうことは同じだなんて、なんだか面白いですね」

本当に不思議だよな。同じだと思っていると違うこともあるし、その逆もある。まあ、それを探すのも面白いので、せっかくなら楽しまなきゃ損《そん》だよな。

「この海水から塩を作れるよ。まあ、塩が目当てじゃないけど、その過程で手に入るものが欲しいから、ちょっと海水を汲《く》んでくるよ」

にがりがあれば、豆腐が作れる！　さらに厚揚《あつあ》げや油揚げもできそうだな！

うきうきしながらカバンから以前作った大きな水袋を取り出し、長靴に履き替える。気配を警戒しつつ、そっと海の中へ入った。

ふくらはぎまで入ると、水袋に海水を汲んでいった。一つ、二つ、そして六つ目の水袋を水に浸《つ》けている時、急激に気配が近づいてくることに気づき、急いで浜へ上がる。

「スノー、上がってきそうか？」

『んー、アリトが気づいたから、戻っていきそうなの。それより……』

上か！　今度は空から急速に降下してくる気配に気がつき、弓と矢を取り出す。

『さすがに気づいたか。どれ、お前が倒してみろ』

視界に入ってきたのは、大きな嘴《くちばし》を持つ、カラスの倍ほどの鳥型の魔物だった。タイミングを見計《みはか》らって矢を放つ。すっと避けられたが、避ける進路を予測しながら次々と矢を射《い》ていく。

一本も当たることなくすぐ近くまで迫った敵に、用意していた風の刃を飛ばし、続けてかまいたちを意識しながら広範囲に放った。

かなり高度を落としていたこともあり、さすがに避けきれずに倒すことができた。

初めて見た特徴の魔物に興味を持ちながらも、すぐにカバンへしまって浄化魔法で血の跡と匂いを消す。しばらく様子を窺っても、それ以上の襲撃はなかった。

「海辺に生えている葉が丸い植物の採取を頼まれたから、空に注意しながら探そうか」

「はい、わかりました！」

それからは何度か空や海からの襲撃を受けながら、海際《うみぎわ》にところどころ生えていたベコニアに似た葉の植物を集めていった。

海から襲ってきたのはトビウオみたいに海上に出られる魚なのかと思いきや、なんとマリモのような青緑のまん丸の球だった。そんなまん丸な魔物が海からポーンと飛び出して、細い触手《しょくしゅ》を伸ばして襲撃してきたものだから、唖然《あぜん》としてしまった。

そうしていると、しばらくしてからオースト爺さんから連絡が来た。

『おう、今どこにいるんじゃ？』

『どこって、海だよ。爺さん、迎えに来てくれるのか？』

『ああ、今から向かうからの』

「おじいさんが迎えに来るのですか？」

「ああ。少し広い場所で待っていようか」

植物系の魔物に警戒しながら、草原の方へ少しだけ戻って待っていると。

「では、今夜泊まる場所へ移動するぞ」

現れた爺さんに、さっさとロクスに乗れと促され、俺たちが乗り込むとすぐに飛び立った。そのままロクスは遠くに見える山の方へ向かう。

「なあ、爺さん。この大陸に街はあるのか？　向こうの大陸から来る人が寄る場所はあるよな？」

「おお、街はいくつだったかあるの。じゃが、向こうの大陸ほど大きな街はないぞ。この大陸はほとんどが山や森で開けた場所があまりないから、住人も少ないしの」

　ということは、街はなかったがさっきの場所は貴重な草原だったのかもしれないな。

「今夜はあの山に一泊するぞ。明日は山で薬草採りじゃ」

「え？　俺がへたっている間に、欲しいと言っていた薬草を採ってきたんじゃないのか？」

「珍しい薬草だから、採りに連れていくと言ったじゃろう。さっきまではアリトが持って帰ってきたデーラジ草をこの大陸の森に植えたらどうなるか検証《けんしょう》するために、場所を選んでいたんじゃ」

『死の森』に植えたデーラジ草は、土地の魔力の違いかあの独特な匂いが薄まり、葉っぱの形状も変化していた。でも魔力を集める特性はそのままだったので、色々な場所に植えて研究してみると爺さんは言っていたっけな。なかなかいいお土産だった。

「今晩は、山に泊まるのですか？　野宿なら先ほどの草原の方が向いている気がするのですが……」

「ふふふ。まあ、行けばわかるじゃろう。ほれ、もう着くぞ」

　そう言われて下を見てみると、すでに山の上だった。周囲を見回しても、連《つら》なる山々ばかりだ。

　おお、飛行機に乗った時に見える景色に似ている。この大陸はやはり山が多いんだな。

　しみじみと辺りを見回しているうちに、ここら辺で一番高い山へロクスが降りていく。

どんどん近づいていくと、山の頂上付近には木がなく、ぽっかりと空《あ》いていることに気づいた。そこにロクスが降り立つ。

「ここじゃ。近くに妖精族の街があるが、儂らには窮屈だからここで野営するぞ」

ん？　近くに街？

ティンファと顔を見合わせ、辺りを二人してきょろきょろする。爺さんが窮屈というくらいだから、小さい種族の街なのだろうが、いくら見回しても地面と草があるだけだった。

「爺さん、街なんかないじゃないか」

「ああ、街があるのは地下じゃよ。あそこの岩の陰に入り口があるんじゃ。じゃが、いくらアリトとティンファが小さいからといっても、入るにはギリギリじゃぞ？」

小さいって！　声にならない声を上げて憤《いきどお》っていると、ティンファが俺の肩に手を添えた。

「アリトさん。身長、伸びていますよ。出会った時は肩が私の顎の少し下でしたけど、今はほら、顎がちょうどつきます。私ももう少し身長は欲しいのですが、もう伸びないかもしれませんね」

そう言われて思い返してみると、確かに最初会った時より、ほんのわずかだがティンファのことが小さく見える。

「おおっ！　伸びている、ほんの少しだけど伸びているんだ！　やった！　ティンファも、今から伸びるかもしれないから、諦めることはないよ！」

時間がかかっても、俺、やっぱり成長しているんだっ！

踊《おど》り出したい気持ちをなんとか抑えたが、顔がにやけるのは止められなかった。

「まあ、急ぐことはない。そのうち成長していくじゃろうよ。ティンファもな」

「え、私もですかっ！　もう十九になるんですが、まだ伸びるんですね！　うれしいです！」

はっ！　もう十九って、会った時は十八だったよな……？

うわっ、誕生日《たんじょうび》とか、全く気にも留《と》めてなかったんだけどっ！

「アリトさん？　今度はどうされたんですか？」

自分のことばかりで俺って最低では、と気づいてしまったら、一気に落ち込んだ。

せめて何かプレゼントを用意しよう。もう誕生日は過ぎてしまっているだろうけど。

「ふっふっふ。本当にアリトは見ていて飽きないの。ほれ、野営の準備をせぬのか？」

「気になるから、ちょっと街の入り口だけでも見てくるよ。ここで野宿しても大丈夫なら、誰かに見つかっても平気なんだろう？」

「街の入り口は普通に知られているからの。まあ、無理に入らんようにな」

「わかったよ」

「私も一緒に行きます！　地下に街があるなんて想像できませんが、入り口だけでも見てみたいです！」

そうして結局、爺さんとロクスを除いてぞろぞろと頂上にある岩場へと向かった。

『ここから色んな匂いがするの！』

スノーが見つけたのは、大きな岩の陰に隠れるようにあった狭い穴だった。爺さんに言われなければ、ここが街の入り口だなんて思わないし、穴に気づきもしなかっただろう。

斜めに掘られた穴は奥が深すぎて光が届いていない。だから上から覗いても、ただの大きめな黒い穴だ。人工的に作られたようには到底見えない。この下に、本当に街があるのだろうか？

「まあ、気になるけど入るわけにもいかないし。戻って野営の準備をしようか」

「そうですね。では、いつものように私は地面をならしますね」

スノーが興味津々で入っていきたそうにしているが、ダメだと言い聞かせて爺さんの方へ引き返した。ちなみにレラルとリアンは暗くて深い穴に不安がって、俺に引っついてきていたぞ。

戻るといつものように竈を作り、コンロを置いて夕食の準備に取り掛かった。

イーリンの街で乳を買っておいたので、今日はシチューだ。コトコト煮ながら肉を焼いていると、ぐーっという音がすぐ近くで聞こえた。

「もう少しでできるから、ちょっと待ってて……え、ええと。どなた、ですか？」

　そこにいたのは、小さくて耳の長い男性だった。背は俺の胸くらいで、体型は普通だが手足は太くがっしりしている。ドルムダさんのようなドワーフではなく、ファンタジーに出てくる小人族のようなイメージだ。

「お主、それは何の料理だ？　とてもいい匂いに釣られて、出てきてしまったぞ。なあ、それを俺にも食べさせてくれないか？」

　そう言って男性が指さしたのはシチューの鍋。

「ええと、これはシチュー、ですけど。野菜とお肉と乳を入れて煮込んだ料理、ですね」

「ほほう。で、それを俺にも食わせてくれるのか？」

　背格好を見れば、この地下にある街に住んでいる人だろうと察しはつくけど、どうしたらいいのか？

「おお、街の住人が表に出てくるのは珍しいな。どうしたんだ、アリト？」

「いや、シチューの匂いに釣られてきたみたいなんだけど……」

「あんたはここの街を知っているんだな。俺はハーフリー、妖精族だ」

　ふむ。やはり妖精族、か。

「まあ、よかろう。夕食をともにするのはかまわないが、アリトの作った飯はとても珍しくて美味《うま》い。それをただで食わせろ、と？」

　おお？　いつもなら、爺さんは気にせず食ってけ、って言いそうだけど。

「俺はこの街一番の細工師だぞ。存分に食わせてもらえたなら、家から細工を持ってきてやろう」

「ふむ。一番、のう。儂はハーフリーという名は知らんが、まあ、来たのは久しぶりじゃからな。さて。どうだ、アリト。この街に住む妖精族は細工を得意としているんじゃが」

あ、ああっ！　ティンファへのプレゼントかっ！　爺さんは、どれだけ俺の思考を読んでいるんだ……。

と、ちょっと怖くも思いながらも、きちんと細工のお金を払うことを約束して、ハーフリーさんを招いての夕食となったのだった。

ハーフリーさんは『美味《うま》い！』と絶賛《ぜっさん》しながら、シチューをたらふく食べて帰っていった。

そして約束通りに翌朝、ハーフリーさんが自分で作った細工物をいくつか持ってやって来た。爺さんにはティンファを連れて近くに採取に行ってもらい、じっくりと選ぶ。

ネックレスに耳飾り、髪飾りにバングルなどの様々な装飾品《そうしょくひん》の中から選んだのは、花と葉を象《かたど》った精緻《せいち》な模様《もよう》がチェーンにまで施《ほどこ》されている、銀のネックレスだ。ペンダントトップには、小花がいくつも組み合わされている。エリダナの街で選んだ髪飾りに似ていると思って、これに決めた。

「このネックレスにするよ」

「あの女の子へのプレゼントか。似合うものを選んだな」

支払いは、商人ギルドへ薬草と薬を売ったお金から払うことができた。お金なんて食材以外に使わないからあまりいらないと思っていたけど、今後はこういう時のために稼《かせ》いでおこう。

思わぬところでいい買い物ができたので、昼食用に作っておいたカラアゲとおにぎりのお弁当をハーフリーさんへ渡したら、喜んで街へと戻っていった。

ハーフリーさんが街一番の腕かどうかはわからないが、細工が得意なのは間違いないだろう。エリダナの街で見た細工物より、優美《ゆうび》な曲線で模様が描かれていた。

妖精族以外は街に入れないのに、普段はどうやって取引をしているのかと思ったら、山の麓《ふもと》に他の種族も入れる店があるそうだ。でも、空からしか来られないらしい。

「では行くか。強力な魔物の棲《す》み処《か》になっている山だから、くれぐれも気を抜かないようにな」

ロクスに乗ると、今日は爺さんがこの大陸へ来た目的の場所へと向かう。

「どんな場所なのか、ちょっと不安ですね。生えている植物には興味がありますけど」

「そうだな。しっかりと気を引き締めるよ」

『そう言って、いつもお前は油断するからな。一瞬たりとも気を抜くなよ』

悠々《ゆうゆう》と飛行しているロクスの背にいる俺の肩に、アディーが舞い降りてきてしっかり釘《くぎ》を刺す。

飛行中だというのに、ピンポイントで俺の肩に何の衝撃もなくとまれるって……。

「ああ、修業だと思って頑張るよ」

ロクスから少し身を乗り出して見下《みお》ろすと、連なっていた山だけの視界の所々に森が入るようになっていた。驚くほど草原が見当たらない。これでは確かに人族が住むのは無理そうだ。

「なあ、爺さん。どこまで行くんだ？」

「ん？　ああ、あそこじゃよ。あの遠くに見える高い山じゃ」

視線を前へ向けると、確かに遠くに高い山があるのがうっすらと見えた。

その手前では山脈が一度途切れて森と草原になり、そこに街がある。

「あっ、街だ！　爺さん、あそこは街だよな？」

「魔人が多い街だな。ああやって表に街が出ている場所は、あそこともう二つだけじゃ」

「エリンフォードのように、森の中に集落を作ったりはしていないのですか？」

「森の浅い場所には小さな集落があったかもしれんが、この大陸の魔物は対処しづらいものもおるでな。いきなり強力な魔物が出てくる可能性も少なくないのじゃ」

確かに植物系の魔物は見分けづらいから、森の中では神経を使いそうだ。

先ほど空から見えた街は、イーリンの街のように高い街壁に囲まれていた。あのくらいの外壁で囲まないと安心して生活できないのなら、あと二つしか街がないのも頷ける。

「やはりこの大陸は、人が住みにくいのですね」

「そうじゃな。戦闘能力がないと、暮らしにくいのは間違いないの。だから飛行能力のある従魔を連れて、高い戦闘能力を持っている外から来た者は、歓迎はされるが注目もされるの」

ああ、だから街へは案内したがらないのか。爺さん、この大陸でも色々やらかしてそうだし。

「空からでも、魔物を撃退できなければここまで来られないもんな。いつかアディーに自由に乗せてもらえるようになったら、この大陸も自分たちで色々回ってみよう」

「はい！ 楽しみにしています」

魔人族には少し興味があったけどな。まあ、旅をしていればどこかで会うこともあるだろう。

「ほれ、近づいてきたぞ」

「お！ ……え？ こ、この山で採取をするのか？」

遠くからでは判別できなかったが、爺さんが示した山は大陸の最南端《さいなんたん》、海と陸を分ける反《そ》り立つ壁のような山脈にあった。どう見ても、海側は山というよりも崖だ。まるで山を縦《たて》に割ったかのように、海側が急角度になっている。

「ここから南は果てまで海だけじゃ。お前たちは普段『死の森』に暮らしているからあまり感じていないのかもしれんが、この場所へ近づけるのは魔人くらいじゃぞ」

どういうことだ、と尋ねようとして、声を出す前に自分で答えに気づく。

空気中の魔素が、北の海を飛んだ時と同じように濃密になっていたのだ。

「ティンファ、体調は大丈夫か？」

慌ててティンファの様子を窺ってみると、少しだけ顔色は悪いが以前ほどではなかった。

「はい。ちょっと怠い気はしますが、まだ呼吸してもつらいということはありませんね」

そういえば、北の海で呼吸するたびに感じた重さは、今はあまりない。

「まあ、毎日生活していれば慣れるものじゃよ。アリトは旅に出るまであの森で暮らしていたから、ティンファよりは最初から耐性があったじゃろう？　ほれ、もう降りるぞ」

そう言った直後にロクスが下降し始め、一番高い山の中腹《ちゅうふく》へと降り立った。

「ここから登りながら採取するぞ。物によっては、根から採取してもらうからの」

意識してみれば、ここは『死の森』の家よりも魔素が濃い。それでも俺はまだ大丈夫だし、ティンファもそれほど顔色は変わっていないようだった。爺さんが言っていた通り、耐性がついたということか。

そういえば以前、ティンファが前より体調が良くなったと言っていたことがあった。ティンファは精霊族の先祖返《せんぞがえ》りだから、魔素が濃い場所で暮らした方が体質的に合うのかもしれないな。

「アリト、さっさと行くぞ！」

「ああ、今行くよ！」

いつの間にか爺さんとティンファがかなり先に行っていたので、慌てて追いかける。

『アリト！　ここはかなり強そうな気配が多いの！　しっかり警戒するの！』

「ご、ごめん、スノー。頑張るけど、植物の方はお願いな。リアンも、気づいたら教えてくれ！」

そうだ。惚《ほう》けている場合じゃない。ここにいるのは恐らくほぼ上級の魔物だ。

気を引き締めて警戒しながら採取をし、途中で何度か出た魔物を爺さんが圧倒的な力で倒すのを顔を引きつらせて眺めつつ、山を登っていった。

「そうじゃ、アリト。このハーブは匂いが強過ぎるが、何か料理に使えるんじゃないか？」

そう言って渡された根菜のようなものの匂いを嗅いでみると。

「こ、これはっ！　もしかしてターメリックじゃないかっ⁉」

匂いはほぼターメリックだった。ターメリックがあれば、カレーが作れるかも！

「やはり、また調味料になるのか？」

「これがあれば、俺の国では誰もが好きなカレーを作れるかもしれないんだ！」

実際には嫌いな人もいるけど、カレーは家庭それぞれの味がある料理だというのは間違いない。

踊り出しそうになりながら、リアンやレラルにも手伝ってもらって、ひたすら集めてしまった。

魔物の襲撃を察知しても、近づいてくる前にすぐオースト爺さんが魔法で倒し、順調に山を登っていった。ここまで来ると低木はまばらに生えている程度で、ほとんどがむき出しの土と岩ばかりだ。

「ここら辺の岩陰《いわかげ》に生えている、小さな白い花が咲《さ》いているのを集めてくれ。採る部分は上から葉が三つ分でいい。花と一緒にな」

そう言われて傍にある岩の陰を覗くと、岩に隠れるように小さな花が咲いていた。

「爺さん、これか？」

「おお、それじゃ。小さいから、根を抜かないように気をつけるのじゃ」

しゃがんで手を伸ばし、そっと傷つけないように花と葉の三つ分だけ摘み取る。

「わあ。とても可愛い花ですね！　私も探してみます！」

白い花は花びらの先が丸いシンプルな一重《ひとえ》で、一本に三つ、四つ咲いている。

ティンファみたいなイメージの花だな。そう思いながら岩陰を探しつつ採っていると。

「ティンファ！　ちょっとこっち来てくれ！」

「どうしましたか？」

近くにいたティンファを呼び寄せ、大きな岩の陰を示す。

「わあ！　なんてきれいな……」

それまでは一本から三本しか生えていなかったが、そこだけ群生していたのだ。

ほんの一センチもない小さな花が、一メートル四方くらいの場所に何十本か咲いている。

花畑と呼ぶにはささやかかもしれないが、ティンファはその光景をとてもうれしそうにしゃがんで眺めていた。そんなティンファと寄り添って生きていけることを、改めて幸せだと思う。

「なんか摘むのがもったいなくなるな」

「そうですね。でも、全てを摘むのは難しそうですから、所々にしましょうか」

「ああ。もう少しだけ眺めてからな」

目的の植物を摘み終えると、一泊してから戻ることになった。

ティンファと小さな花畑を眺めながら摘んでいる間に、巨大な鳥型の魔物を爺さんが仕留めていたらしく、嬉々として羽をむしっている姿にちょっと引いてしまったが。

再び昨日野宿した山でその夜も泊まり、翌日はシオガを作っている国の、海に近い街の傍で降ろしてもらった。

第七話　シオガを求めて

「スノーの足でも数日はかかるだろうが、くれぐれも気をつけるんじゃぞ。ではの」

そう言って飛び立った爺さんを見送った後、街を目指して街道を歩き出した。

海に近い街と言っても、海は陸地から遥か下にあるので港はない。ただ、俺たちが暮らしているこの大陸の北端は辺境地の森なのに、南端は開けた場所で、ここら一帯が草原なのは不思議だ。まあ、少し奥へ入ると全面森だけどな。行きに寄ったジースランさんの住んでいた森も、どこかにあるのだろう。

『ねえ、アリト。スノーに乗るの？』

「ん、ああ。この街を出たら乗せてくれ。街まではすぐだから、歩いていくよ」

スノーには俺の腰の高さより少し大きくなってもらっている。交通の要所の街なら、気の荒い男たちもいるだろう。いざという時は気にせずスノーに乗って逃げる気満々だ！

「アリトさん。街でシオガを作っている場所を聞いてみるのですよね？」

「うん、とりあえず商人ギルドへ行くから、ティンファもハーブティーを売ってみる？」

「そうですね。ここまではもう来ないかもしれませんけど、聞いてみます！」

ついわくわくする気持ちが表に出て、弾むような足取りで門前に着いた。

門で少し手間取ったが無事に入ることができ、先に入って待っていたティンファと合流すると、人に尋ねながら商人ギルドを目指して大通りを歩く。

「大型の従魔が多いですね。空を飛べる従魔は、待機場所が別にあるみたいですけど」

ワイバーンとかは街の中に入れないからな。南の大陸まで飛んでいける従魔なら大型ばかりだろう。

ちょっと見に行ってみたいなと思いつつ歩いていると、道行く人がスノーをちらちらと見ていることに気づいた。荷運び用の大型の従魔の姿はちらほら見えるが、狼型は珍しいのだろう。

「やっぱりスノーが見られているな。その分、レラルは目立ってないけど」

「そうですね。レラルちゃん、そんなにキョロキョロしているとはぐれちゃうわよ」

ここは今まで行ったことのある街と違い、海風があるせいか、ほぼ一階建てでテラスがある家も多い。やはり建物には土地柄が出ていて、見ていると面白いな。

南大陸への玄関口の街だけあって道には人がごった返していて、活気に溢れていた。

『前の街とは全然違うよ！　なんだか皆家が低いし、だだっ広いの！』

「あっ！　あれはっ！」

ふと露店で売っていたものが気になった。じっと見てみると、これは……。

「こ、これはトウガラシ、だよな？」

赤くて細長い形はとてもよく似ていたが、大きさがパプリカくらいある。

「どうしたい、兄ちゃん。そのレッドナーが欲しいのかい？」

「え、ええと。これは辛いですか？」

ごくり、と唾《つば》を呑み込み、じっと店員の男性を見つめる。

「おお、そうだ。よそから来たのに、これを知っているとは驚いたな。レッドナーは、ここから西でしか採れないんだぜ。そのまま食べるには辛いが、薬の材料にもなるんだ。で、どうだい。買うかい？」

「はい！　あるだけ全部ください！」

「おお、兄ちゃん。いい買いっぷりだな！」

よしっ！　味は確認しなくちゃいけないけど、これでカレーを作れそうだな！

全部で三十個あったのを全てカバンへ入れ、ほくほくとしながらまた歩き出した。

『それ、美味しいの？　アリト』

匂いを嗅いで、鼻に皺《しわ》を寄せていたレラルが不審《ふしん》そうに見上げてくる。

『うーん。これは味付けに使うんだよ。レラルも食べられると思うんだけど……。とりあえず家に戻ったら、色々作ってみるよ』

レラルはチェンダよりケットシーの血が強いから、食べられないものはない。でも、つい鼻に刺激の強い食べ物は、あげるのを躊躇《ちゅうちょ》してしまう。

「あっ！　あそこです！」

商人ギルドの看板を見つけたティンファの示す方を見てみると、やはり今まで訪れた他の街にあったギルドとは違う建物だった。二階建てだが、高さはあまりなくて長屋みたいに細長かった。

入ってみると、受付はいつもの商人ギルドと変わらない。

二人別々に並び、それぞれに売り物を売って直営店へ向かう。ちなみにここら辺は植生が違うため、イーリンの街付近で手軽に採れる薬草なども割高で、かなりいい金額となった。

「あの、すみません。シオガがどうやって作られているか知りたいのですが。無理なら原材料だけでも教えてもらえませんか？」

まあ、多分簡単には教えてくれないよな。そうしたら、色々街で聞き込みをしないと。

「……そうですね。作り方は知りませんが、シオガはここから北東へ行った村で作られています。原材料については、ちょっとわかりません」

「ありがとうございます！　村へ行ってみます！」

情報収集は難しいかと思っていたのに、作っている村を教えてもらえてよかった。ほくほくと野菜を買い物かごに入れ、レッドナーや、俺の知っている香辛料に似ているものなども買った。

さらに商人ギルドを出た後は、街の商店で初めて見たものをさらに買って回る。

「次の街までそれほど距離はないようだし、そこまで行ったら今晩は泊まろうか」

「わかりました。では、街から出ましょうか」

そうして街の門へと向かっていると。

「おい。その従魔、フェンリルなんじゃないか？」

そう声を掛けられて振り向くと、そこにいたのは色白で華奢な体型の男性だった。

もしかして、魔人か？　こんなところで出会うとは。

「はい。そうですが、どうかしましたか？」

狼系の獣人じゃないことにホッとしつつ、肯定《こうてい》する。フェンリルは狼系の獣人に信仰されているらしく、前に大変な目に遭ったからな。

「いや、すまん。初めて見たものでつい、な。一度でいいからフェンリルを見たいと思っていたんだ。まだ小さいから子供なのか？」

「いえ、今は小さくなってもらっているんです」

「ほう！　そうか、上級魔獣だから大きさも変えられるのか！」

感嘆《かんたん》の声を出しながら、スノーの周りをぐるぐる回る男性に悪意は全く感じられなかったので、少し早いが夕食に誘うことにした。

『スノー、この人と一緒に夕食を食べようと思うんだけど、いいか？　あと、触らせても』

『うん、いいよ。害意は全然感じないの。少しなら触るのもいいの』

「スノーも嫌がっていないので、ご一緒に夕食をどうですか？　少しなら触っても大丈夫ですよ」

「おお、ありがとう。では、ご一緒させてくれ！　あ、すまない。俺はキースという」

話がまとまったところで、テラス席のある食堂へと移動した。

食堂へ入り注文を済ませると、お座りしているスノーの脇にしゃがんだキースさんは、そっとスノーの頭を撫でる。それにスノーが尻尾を振って応えると、うれしそうに体も撫でていた。

「凄い。とてもつやつやでなめらかで。美しい毛並みだな」

『そうでしょう！　アリトが毎日ブラッシングしてくれるの！』

うれしそうにこっちを見て尻尾をぶんぶん振るスノーが、可愛くて仕方がない。

「ありがとう。夢が一つ叶ったよ」

キースさんはひとしきり撫でると、とてもうれしそうに笑ってそう言った。

それから食事をしながら、魔人のことやキースさんについての話を聞いた。

キースさんは南の大陸で植物の研究をしており、今回は研究のためにこの街との定期便を利用して来ていたそうだ。

そこで俺たちが昨日まで南の大陸にいて、色々な薬草やハーブを採取したことを伝えてそれらを見せると、とても珍しい種類が多いと興奮していた。

魔人は、やはり魔法が得意だそうだ。ただ個々人で得意な属性は異なるので、魔法だけで魔物や魔獣を討伐するのにも向き不向きがあるらしい。

南の大陸のことも教えてもらい、自力で行けるようになったら訪ねることを約束して別れた。

つい街で声を掛けられると身構えてしまうが、キースさんのように、他意がない人もいる。それを再確認した。これも旅の醍醐味《だいごみ》、一期一会だよな。

「さて。夕方だけど、どうしようか。この街で宿をとろうか?」

「いえ。……レラルちゃんが落ち着かないですし、とりあえず街を出ましょう」

ああ、スノーもピリピリしているな。周囲から感じる害意のある視線がわずらわしくなってきたか。もう半日以上も街にいるため、恐らくどこかで情報が回ったのだろう。

「ここで騒ぎを起こしても面倒だから、このまま街を出ようか。野宿になるかもしれないけど……」

「平気です!　宿に泊まると、アリトさんの美味しいご飯が食べられなくなりますから!」

『どうしたのアリト、真っ赤だよ?　ねえねえ、すっごくスノーが見られているの。面倒だから振り切るの？』

う、うう。だって、ティンファが可愛いこと言うから！　いや、そんな場合じゃないんだけど！

『うん。振り切って街を出よう。街を出たら、スノーに乗せてもらうな』

『わーい！　頑張って走るの！』

スノーは本当に、いつでも可愛いな。つい、スノーの頭を撫でてしまった。

アディーに誘導を頼み、屋根の上に飛び上がったり走ったりしながら、何事もなく門まで辿り着く。

何とか街を出ると、少し歩いた場所でスノーに大きくなってもらい、皆で乗った。

「確かここから北東、でしたよね？」

「うん。スノー、アディーに野営できる場所を探してもらうから、それまでは北東へ進んでくれ」

『はーい！』

街道には閉門前に街へ入ろうと急ぐ荷馬車の姿もあったが、俺たちはそこから外れて平地を走り抜けた。何か叫ばれた気もするが、気にしない！　どうせ二度と会うことはない人たちだ！

それからしばらく走って村をいくつか通り過ぎ、暗くなった頃に、今日泊まろうかと思っていた街が見えてきた。

　スノーに頼んで森へと入り、アディーの誘導で野営場所に向かう。

『ここだ。しっかり警戒して、周囲の魔物は狩っておけ』

「ありがとう、アディー。スノー、お願いな」

『わかったの！』

　ティンファとレラルに野営の準備を頼むと、俺はスノーと一緒に周囲の魔物を狩り、倒した魔物の肉を使って夕食にした。

「わあ。このお肉、上級のお肉とは違いますけど、いつもと違った味わいで美味しいですね」

「さっき倒した魔物の肉だけど、初めて見る魔物だからか味が違うね。これなら見かけたら狩って、肉を確保したいな」

　無難《ぶなん》に果汁とシオガで味付けした焼肉とスープにしたが、豚肉よりも甘みがある肉で美味しかった。スノーも、いつもの上級の魔物肉とは別に焼いて出したら、美味しそうに食べていた。

　レラルやリアンとイリンも、甘くて美味しいと夢中で食べていたぞ。やはり場所が変わると色々違っていて面白いな。

　翌朝はいつものように早朝に目覚め、朝食の準備をする。

朝食を食べ、昼食用のお弁当も作り終えてハーブティーを飲んだら、片付けをしてスノーに乗った。

『アディー。はっきりとした目的地がわからないから、とりあえず次の村まで誘導してくれ。そこで聞き込みするよ』

そう頼んで出発したが、すぐに次の村に着いた。

少し離れた場所でスノーから降りたが、見られていたのか警戒されてしまった。

「シオガを作っている村がこの辺りにあると聞いたのですが、知っていたら教えてください」

警戒を向けてきたその村の男性に、少し離れた場所から声を掛けて尋ねてみる。

「……あんたら、なんでその村へ行くんだ？」

「できたら、どうやってシオガを作っているか知りたいのと、無理なら原材料だけでも教えてもらえたら、と思いまして。俺、シオガが大好きなんです！」

シオガと出合って、どれだけうれしかったことか。シオガがなければ、ホームシックでおかしくなっていたかもしれない。日本人は醤油がないとダメだと、しみじみ実感したのだ。

そういう想いを込めて大好きと言うと、少しだけ力が抜けた気がした。

「最近、エリンフォードの国で売れているっていう噂は本当だったのか。教えてくれるかはわからないが、ここの次の村から北の道を進むと、シオガを作っている村があるぞ」

「ありがとうございます！　これ、よかったらどうぞ。シオガで味付けしているんです！」

その男性に昼食の生姜焼きを渡すと、そのまま村へ入らずに道から外れて速足で歩く。

もう頭の中はシオガのことでいっぱいだったので、その男性の反応は気にならなかった。

あとでティンファから聞いたのだが、男性は不思議そうな顔で生姜焼きを一つつまんで口に入れ、『美味《うま》い！』と叫んでいたらしい。

教えてもらった村へは迷わずに着くことができた。さすがにここで不審がられるわけにはいかないので、人目につかない場所でスノーから降り、スノーに一番小さくなってもらって村へ近づいていく。

この村は、村といっても規模が大きい方だった。しっかりとした木の柵で囲まれ、門番もいる。その周囲には畑が広がり、豆のような作物が作られていた。

畑が見えた時点でじっくりと観察したい気持ちが湧いてきたが、ぐっとこらえる。

「あの作物は、アリトさんが味噌を作るのに使っていたガーガ豆に似ていますね」

やっぱり、ティンファの目にも、そう見えるのか！

「うん、そうだね。俺の世界にあったシオガに似ているっていう調味料、醬油っていうんだけど、醬油も味噌と同じように豆から作られているんだよ」

「まあ！　では、シオガもあそこに植えられている豆から作っているのかもしれないんですね！」

「そうなんだよ！」って、はしゃいで回りたい。でも、門番の目があるから今はダメだ。

もしシオガが豆から作られていたとしても、醤油のような大豆特有の匂いもないし、深みやコクもない。だけど、シオガの原材料が豆で作り方もわかったら、製作工程を見直せばもっと醤油に近い味を出せるんじゃないか？

「すみません！　この村でシオガを作っていると聞いたのですが！」

大型犬サイズのスノーをやや警戒している門番に、少し離れた場所から声を掛ける。

「そうだが！　……その子たちはお前の従魔なのか？」

「はい。俺の言うことは聞きますし、大人しいですよ」

スノーとレラルにお座りをしてもらい、俺とティンファで撫で回す。

「ふむ。シオガを買いに来たのか？　最近、エリンフォードから買いに来る商人が増えたが」

ゼラスさんに頼まれた商人かな。エリダナの街でシオガを使った料理が出回り始めたのかもしれない。ナブリアでも買えたってエラルド君が言っていたくらいだしな。

「はい。買いにも来ましたが、シオガのことを聞きたくて」

「ほう？　まあいい、入れ。村長のところへ案内してやろう」

「ありがとうございます!!」

門前払《もんぜんばら》いされなくて良かった！　村長さんに、この醤油への熱い想いを伝えてみせる！

意気込《いきご》みながら村へ入り、門番の後について大きな屋敷に向かった。

「おーい。村長、この人たちがシオガについて聞きたいんだと！」

「おお、今行く！」

屋敷から出てきたのは、五十歳くらいに見えるガッチリした体型の男性だった。

「はじめまして、俺はアリトと言います！　シオガをどうやって作っているか知りたくて旅してきました！　無理なら、原材料だけでも教えていただけないでしょうか！」

つい、前のめりになってしまった。

「ほほう？　最近エリンフォードから来た商人にも聞かれたが、どうしてシオガにこだわるんだ？　あれは昔から村で作られていたものだが、以前はそれほど売れておらんかったのに」

まあ、そうだろうな。俺が買った時も、「こんなものをどうするんだ？」って商人ギルド直営店の店員に言われたし、調味料だということすら広まっていなかった。

「俺はシオガが大好きで似た調味料を自分でも作っているのですが、シオガの作り方も知りたくて。これ、俺が作った料理ですが食べてみてください。シオガで味付けしてあります！」

とりあえず俺の想いを知ってもらおうと、シオガで味付けしたカラアゲと生姜焼きの入った弁当箱を差し出した。

村長と門番さんは不思議そうな顔をしながらも、まず見た目でシオガが使われていると わかる生姜焼きへ手を伸ばした。その手に一言断って浄化魔法を掛け、二人が料理を口に 運ぶと。

「……な、なんだ、これは」

村長さんは一口食べて固まり、門番さんは無言でどんどん食べていく。それに気づいた 村長が門番さんの頭を叩き、残りを全て食べた。

不服《ふふく》そうな門番さんは、今度はカラアゲに手を伸ばし、しみじみ眺めてからパクリと食 べる。

「うまいっ！　なんだこれ、すっごくうまいぞっ‼」

その声に村長の手も伸びて、カラアゲを一つ食べると、そのまま無言でガツガツ食べ続ける。

「うをっ！　村長、俺ももっと食べたいですっ！」

結局カラアゲも二人で奪い合うように食べ、あっという間になくなってしまった。

「どうでしたか？　どちらもシオガを使った料理なのですが」

ぼーっと余韻《よいん》を味わうかのように目を細める二人に、声を掛ける。

そこでハッと我に返った村長が、俺の肩をがっしり掴んだ。

「なんだあれはっ！　本当にシオガを使って味付けした料理なのかっ！」

ガクガクと揺すられながら、なんとか声を出す。

「は、はいっ！　他にも色々あり、ます、けどっ！　ちょっ、とりあえず止めてくださいっ‼」

「おっ、すまん。アリトと言ったか。お前にならシオガの作り方を教えてやってもいい」

「ほ、本当ですかっ‼」

「ああ。だからこの美味《うま》い料理の作り方を、村の女衆にも教えてやってくれないか。この料理を食べれば、反対するヤツなんていないだろうからな！」

おおっ、やったぞ‼　これで醤油に一歩近づけるかもしれない。

村長たちと一緒にわけのわからないテンションで盛り上がっていると、そのまま村の中央広場に案内されたので、竈とテーブルを用意してもらってコンロを置いた。そしてカバンからどんどん材料を出す。

それに目を丸くした村長が野菜などを提供してくれ、料理を担当する女衆を呼んできてくれた。

女性たちは俺が広げた食材に色めき立ったが、生姜焼きとカラアゲを提供したら、ますますやる気になった。料理指導しながら次々と料理を作り、いつしか村の男たちも匂いに釣られて集まってきて、夜になる前に飲めや歌えやの宴《うたげ》に突入していく。

あらかた料理を作り終わって落ち着いた俺は、やっと座って料理を食べ始めた。

「皆、笑顔ですね。シオガを作っている村で、アリトさんの作った料理をこんなに美味しそうに食べてくれて。アリトさんの料理は本当に凄いです。食べた人を、皆笑顔にするんですから」

隣に座るティンファから告げられた言葉に、なんと言っていいかわからないけど、体の奥からジーンとしたものが湧き上がってきた。

俺は、自分が美味しいものを食べるのが好きだから料理をする。相手のことを想うよりも、まず自分だったのに。それでも、いつもティンファは料理を褒《ほ》めてくれるのだ。

なんとなくたまらなくなって、つい酒に手を伸ばして飲んでしまった。コップ一杯だけだが、久しぶりの酒はこの体には無理だったのか、そのままスノーにもたれかかって寝てしまった。

次の日は全員で宴の片付けをした後、シオガを作っているところを見学して、作り方を教えてもらった。

主な材料は俺が睨んだ通り、村の畑で作られていたソムガという豆科の作物だった。ソムガはそら豆くらいの大きさで、大豆とそら豆との中間のような味だった。

作り方はソムガを茹でて潰したものに、調味料と木の実、いくつかの果実や他の材料を入れて混ぜる。そしてそれを樽《たる》に入れ、様子を見ながらかき回して放置するとでき上がりだ。

ソムガや味付け用の木の実も、宴の料理のお礼だと言って大量に分けてもらうことができた。お返しとして、買いだめしておいた生姜に似たものや植物油などを提供したぞ。

そうして二日ほど村で過ごし、様々なものを交換して今日が出発だ。

「ありがとうございました！　無事に調味料ができ上がったら持ってきます！」

「こちらこそ、シオガがこんなに美味しいと改めて思わせてくれてありがとうな！　俺たちは俺たちで、これからも美味しいシオガを作っていくからいつでも買いに来いよ！」

村の人たちが全員で見送ってくれる中、振り返って姿が見えなくなるまで手を振りつつ、街道を歩いた。

「アリトさん、良かったですね。製法まで教えてもらえて」

「ああ、皆いい人たちだったな。シオガにはここら辺にしかない木の実を使っていて、その実を活用したいから作られていたなんて思わなかったけどな」

そう、シオガはソムガが特産だからこの村で開発されたわけではない。この周辺に生える木になる、南天の実のような小さな木の実がそのまま食べるのには向かないため、何かに使えないかと試行錯誤した結果、シオガが生まれたそうだ。ソムガは、この一帯で作られている非常食用の作物だった。

「ソムガの苗も貰えましたたし、帰ったら植えないと、ですね！」

「ああ。畑も心配だし、急いで戻ろう！」

「はい！　では、スノーちゃん。またよろしくね！」

『アリトたちを乗せて、スノー、頑張って走るの！』

カバンの中は、村で貰ったものでいっぱいだ。そのことに心まで温かくなりつつ、スノーに乗って家を目指して走り出したのだった。

「アディー、ここから火山地帯の山脈を迂回《うかい》してエリンフォードの国へ入ると、どの辺りに着くんだ？」

地図的には、シオガを作っている村は火竜のいる山の南東に位置する。ここから家は北西だが、山脈を迂回するために北東へ行き、一度エリンフォードの国へ入るのだ。

『ティンファの村の南辺りだな。まあ、火山のある山脈を登って迂回すればそこまで遠回りしないで済むが』

確か南の火山のある山脈には、ドワーフの住む街がいくつかあったはずだ。

ドルムダさんによれば、山脈周辺にあるいくつかのドワーフの街全体では国の規模に匹《ひっ》敵《てき》するものの、ドワーフ族には国家という概念がなく、街単位で自治を行い暮らしているらしい。

「うーん。ドワーフ族の街も行ってみたい気はするけど、ドルムダさんはまだキーリエフさんの屋敷だろうし。今回は寄らずに行こうか」

フェンリルが山を爆走《ばくそう》していたら、ドワーフ族だって警戒するだろうしな。

『ふん。まあ、森を突っ切ることになるから、しっかり警戒はしておけよ』

「わかったよ、アディー」

「どの辺りを通るんですか？」

アディーの言葉はティンファには聞こえないので、俺の方から説明する。

「一番安全に帰るのは、ティンファの村の近くにある山を越えることだって。村へ寄ろうか？」

ティンファの村の山は南東へ続いていて、その途中から火竜のいる山脈とぶつかる。そのぶつかった辺りを越えると『死の森』の最深部《さいしんぶ》だ。そこを避けるために、ティンファの村近くまで北上してから越えることになる。

「そうですね……。もっと遠回りになってしまいますが、エリダナの街へ寄れそうでしたら寄っていただいてもいいですか？　おばあさんのことも気になるので、一泊でかまわないですから」

ここから南東に張り出した山を迂回するので、山沿いではなくそのまま北へ行けばエリダナの街へは近いだろう。そうだな、ティンファもおばあさんに会いたいよな。

「スノー、一日二日遠回りになっちゃうかもしれないけど、大丈夫そうか？」

『平気なの！　いくらでも走るの！』

ふむ。スノーが大丈夫なら、シオガや味噌のことを俺もゲーリクさんと話したい。

シオガの作り方については、ゲーリクさんに教えることは村長から許可を貰っていた。村で作るにも限界はあるし、村近辺で採れる木の実がなければ同じ味にはならないからかまわないそうだ。

「よし。じゃあ、エリダナの街へ寄ってから帰ろうか」

「はい！　ありがとうございます！」

そうして野宿しながらスノーに乗って走り続け、三日目にはエリンフォードの国へと入った。

道中、色々なハーブや薬草、野草なども採取できたが、新たにパクチーに似た匂いの香草を発見した。当然これも周囲を採りつくす勢いで摘み、根ごと何株も採取してある。

これで種子がコリアンダーと同じ香り、なんてことはないとは思うが、夢は広がるよな！

エリンフォードの国へと入ると、途端に森が広がった。街道は山沿いに、森と森のわずかな間を通っているが、当然俺たちはスノーに乗ったまま森の中を突っ切る。

そうして走って二日目の昼頃には、エリダナの街へ到着した。

キーリエフさんに連絡しておいたので、門にはゼラスさんが馬車で迎えに来てくれている。

「お久しぶりです、アリトさん、ティンファァさん」

「お久しぶりです、ゼラスさん！　南へ行ったついでに寄らせてもらいました」

ティンファも挨拶すると馬車へと乗り、途中でティンファのおばあさん、ファーラさんの家に寄ってもらってからキーリエフさんの屋敷へ向かった。

「おお、アリト君！　よく来てくれたね！」

「キーリエフさん、お邪魔します。すみません、また突然来てしまって」

「かまわないよ。アリト君ならいつでも歓迎するさ。それで、今回はどうしたんだい？」

出迎えてくれたキーリエフさんに、南へ行っていたこと、シオガの作り方を聞いてきたことを話し、夕食の時にドルムダさんも交えて色々話したいとお願いした。

その後、シオガの話を料理長のゲーリクさんにしようと食堂へ向かう。

「ゲーリクさん！　お久しぶりです！」

「おう、アリトか。新しい調味料ができたのか？」

「仕込みましたが、完成はまだですね。失敗するかもしれませんし。今回は、シオガの作り方を現地で聞いてきたので、ゲーリクさんにも教えに来ました！」

それからは村で貰った豆のソムガや村独自の木の実を渡し、作り方も説明する。

「この木の実はあの村一帯でしか採れないそうですが、風味をつけるためのものなので、他の果実や香草などでも代用できると思うんですよ。それで、風味が違うものができたら面白いかな、と」

　味噌が成功したらゲーリクさんにも麹菌のことを教えようと思っているが、とりあえず今はシオガが先だ。もっと味に深みがあるシオガを目指したい。

　それには一人でやるよりも、ゲーリクさんとお互いに協力しあって試行錯誤した方がいいものができるだろう。

「なるほどな。……ソムガは南ではかなり作付面積がある作物だから、手に入れるのは簡単だろう。よし。でき上がりまで何ヶ月か置く必要があるなら、今から仕込んでみるか？」

「はい！　俺も家に帰ってから、違う配合で仕込んでみます！」

　ふふふふ。やっぱりゲーリクさんはいいよな。この料理に対する真剣さは尊敬《そんけい》に値する。

　シオガを仕込む準備をし、その後、夕食は二人で作った。

　夕食をとりながらキーリエフさん、ドルムダさんと水田用の魔道具について話す。

　頼むのは脱穀機《だっこくき》だ。俺の場合、リアンが植物魔法に適性があるから魔法で簡単にできるが、一般の生産者は無理だろう。だからラースラの栽培を広めるなら、一番手間がかかる脱穀の道具はあった方がいいと思った。

　日本にあった様々な農機具の話もすると、キーリエフさんはますます瞳を輝かせて張り切っていた。

　ドルムダさんには『面倒な……』という視線も向けられたけど、作り始めたら絶対に二人で暴走《ぼうそう》するに違いない。

横で聞いていたゼラスさんも乗り気だったから、もう栽培への段取りはつけているのだろう。

ラースラの栽培も軌道《きどう》に乗るまで時間がかかるだろうし、少しずつでも機具ができたらいいよな。

その後は再びゲーリクさんのところに行って、寝るまでシオガの仕込みをし、翌日にはキーリエフさんに引き留められながらもエリダナの街を出発した。

その際に、前と同じように様々な食料を分けてもらってしまった。ティンファを迎えに行ってファーラさんとも挨拶し、また顔を出すことを約束する。

エリダナの街を出た後はロンドの町へ寄り、ムームンや乳、卵を仕入れると、その夜にはもうティンファの村の近くまで辿り着いていた。

「明日は村に行って、村長さんに挨拶していこうか」

「そうですね。ありがとうございます。……なんか、不思議ですよね。前に寄った時はアディーさんに乗せていただいたのですぐでしたが、こうしてスノーちゃんに乗っても、大陸の最南端からここまで数日で来てしまいました」

徒歩《とほ》での旅の時はどこまでも道が続いているようで不安だったのに、アディーやスノーに乗せてもらうと、この大陸でさえ狭く感じてしまう。確かに不思議だ。

「……スノーやアディーの力があってこそだけどさ。俺たちはいつでも好きな場所へ行けるんだって、今回の旅で実感したよ」

世界は広いけど、狭くもある。どこへだって、行こうと思えば行ける。

今回は南の大陸の南端まで行ったのだから、大陸の北の辺境地まで行った俺たちは、大陸を縦断したことになるのだ。

「はい。おばあさんにも、またすぐに遊びに来ます、って言えました」

リューラにもまた来るって言ったし、南の大陸に住むキースさんにもいつか会いに行くと約束した。世界中が約束で繋がっていくようで、なんだかとても不思議で優しい気持ちになる。

「俺もキーリエフさんにそう約束したよ。帰ったら、ガリードさんたちに手紙を書かなきゃな」

この世界に生きている、そんな実感を覚えながらも旅の夜は過ぎていったのだった。

第八話　田植えと収穫《しゅうかく》

『「「ただいまーっ‼」」』

ティンファの村から山を越え、スノーの足でエリダナを出発してから四日目の昼前に、家へ帰り着いた。

家が見えたら懐かしい気持ちが湧き起こり、スノーから降りてすぐ皆で家へと駆け込む。

「おお、おかえり。皆元気に戻ってきたの」

俺たちの声で出てきた爺さんに、真っ先に小さくなったスノーが飛びついた。

「おー、よしよし。どうじゃ。シオガを作っているところへは行けたのか？」

「ああ。ちゃんとシオガの作り方を教えてもらったし、材料も分けてもらってきたよ。それに帰りにエリダナの街へ寄って、ゲーリクさんにも教えて仕込んできたし」

「ほう。それはよかったの。旅の話はあとで聞かせてもらうから、とりあえず今はゆっくり休みなさい」

「そうだな。じゃあティンファ、先にお風呂に入りなよ。昼食を食べたら、夕飯まで少し寝るといい。ティンファがお風呂に入っている間に、お昼は用意しておくから」

旅の間、何が一番つらかったって、風呂に入れなかったことだからな。

「では、先にお風呂に入らせていただきますね。レラルちゃんも、一緒に入りましょう」

「うん！　お風呂入って、ご飯食べたら寝るよ」

気が抜けたのか、ふぁーっと欠伸《あくび》をもらすレラルを連れて、ティンファがお風呂へ行くのを見送ると、早速昼食の準備に取り掛かった。

こうして「ただいま」と言える家があって、「おかえり」と迎えてくれる人もいることを、とてもうれしく感じる。でも、それを態度に出すのは照れくさい。

その日は旅の後片付けをしたら早々に寝て、次の日からはすっかり雑草の生えた畑の世話に追われたのだった。

◆　◆　◆

南へ行ってから、早いもので四ヶ月が過ぎた。

戻ってきて畑仕事が一段落すると、シオガを仕込んだ。

初めて作った味噌は傷《いた》んでダメになってしまったので、今は次に仕込んだものの結果待ちだ。やはり菌の扱いは難しい。

あれからガリードさんたちともまたミアさんの家で会ったし、エリダナの街へもこの間遊びに行ってきた。エラルド君はまだ修業中とのことで、店の開店はもう少し先になりそうだ。

ドルムダさんたちにお願いした脱穀機もでき上がった。回転式脱穀機で、回転の動力に魔石を使うが、とても小さいものでも大丈夫なので普及《ふきゅう》するだろう。今は精米機を作っているらしい。

俺たちも畑仕事や狩り、採取などをして日々を過ごし、今日は、待望の田植えの日だ！

湿地帯に作った水田では、日々魔物との戦いだった。どれだけ囲う壁を高くしても、ヤツらはいつの間にか泥の中にいるのだ。

これにはたまらずに、オースト爺さんに手伝ってもらって熱消毒した。水を全て抜き、火魔法で土の表面を徹底的に焼いたのだ。これを何度も繰り返して、やっと泥の中の魔物はいなくなった。

あとは様子を見ながら水田の下準備を進め、田起こし、代《しろ》かきも終わらせた。肥料を撒いて土も整えたし、苗もリアーナさんにも協力してもらって準備万端《ばんたん》だ。

「よーし！　この苗を、筋引《すじひ》き機でつけた目印の場所へ、四、五本ずつしっかりと植えていくよ！　一人とりあえず十列な！」

二十五センチ間隔で均等に刻んだ線に沿って、後ろへ歩きながら二列ずつ苗を植えていく。

「こう、ですか？」

「そうそう。腰がつらいだろうけど、列を乱さないように植えてくれ」

作業するのは俺とティンファ、レラルにリアンとイリンだ。

植え始めた皆の様子を横目で見ながら、自分もどんどん植えていく。俺は隣の水田を一人で担当だ。

　スノーには、田植え中の周囲の警戒と魔物の撃退を頼んである。

「うう。これ、ぐにゅって土がするから、植えるのが大変だよ」

　肩近くまで水の中に手を入れながら植えるレラルは、確かに大変そうだ。

『畑と一緒。植える場所だけ、土魔法で移動、する。根を入れたら、定着させて土、戻すといい』

　おお、さすがリアンだ！　水の中なのに、そんな細かい魔力操作をしているのか！

　見てみると、リアンはちょこちょこ苗を取りに行っているのに、作業がとても早い。

「うう、頑張るよ。アリト、これ、列を外れちゃダメ、なんだよね？」

「そうだよ。だから土魔法を使うなら、リアンが言ったように、植える場所にとても小さな穴を開けないとダメなんだ。列が乱れると、稲刈りの時に……」

　ん？　稲刈りは魔法でやるから列は関係ないか？　いや、稲刈りだけじゃなく、日照の問題もあったな。

「ええと、育つ時に均一に陽が当たらなくなっちゃうんだ。まあ、少しずれてもいいけど、せっかくだから頑張ってみようか」

　レラルは戦闘時に、土魔法で落とし穴を作ることも多い。こういう精密《せいみつ》な魔力コントロールを身につける練習になるかもしれない。

『アリト、いい機会だからお前も魔法でやれ。土でも風でも、細かく制御《せいぎょ》するのは同じだからな』

う。アディーに言われてしまった。確かに、そうだけど……。もう手で植えるのに慣れているんだよな。でも、その通りか。

『わ、わかった。やってみるよ』

田植え中に、カエル型の魔物が壁を越えて跳んできて、せっかく植えた苗をダメにされたことが三度、そしていつの間にか入り込んだ蛇型の魔物に苗を倒されることが一度あった。

これは仕方ないことだと諦めている。ラースラは元々自生して実をつける種なので、根付けば稲よりも強く、魔物が入ってきても大丈夫だろう。根付くまでは、しばらく毎日ここまで通って魔物を撃退する予定だ。

そんなこんながありながらも、とりあえず一日で無事に田植えを終わらせることができた。

それからは毎日畑仕事を終わらせた後に水田に通い、魔物を狩ったり倒れた苗の世話をしたりして十日間。土地の魔力が作用しているのか、苗はきっちり根付いて葉を伸ばしている。

「うーん。やっぱり魔物が多いな。まあ、ここは『死の森』の中だし、仕方ないんだけど」

「そうですね。でも、一部はダメになってしまいましたが、被害がない場所ではきちんと根付いてくれたみたいです」

「これ以上は諦めるしかないよな。しっかりと根付いたら倒れてもすぐには枯《か》れないだろうから、今後は様子を見に来るのは一日おきにしよう」

とりあえず今年は様子を見つつ、経過を記録しておこう。

「あと一月《ひとつき》くらいしたら、ミランの森の方のラースラと比べるために群生地へ見に行こうか」

こちらと向こうを比べて記録しておけば、土地の魔力の作用を調べられるはずだ。

「はい！　小麦ももう少しで収穫できそうですし。頑張りましょうね！」

畑の小麦は何の問題もなくすくすく育っているので、今から収穫が楽しみだ。

湿地帯の植生の調べも少しずつ進めていて、今までにクレソン、セリに似た野草を発見した。いつかレンコンが見つかったらいいな、と思っている。

結局、魔物によってダメになったラースラは全体の五分の一ほどで収まり、ほっと一安心した半月後。

その頃、オウル村近くの畑では小麦が黄金色になり、立派に実っていた。

「よーし！　今日は小麦の収穫だ！」

緑がざわめく草原の中に出現した一面の黄金色は、遠くからでもとても目立つ。

「ふふふ。よく育ってくれてうれしいですね。穂もとても重そうです」

色々試しながら肥料をやったのが良かったのか、水を撒いていたのが良かったのか、一年目とは思えないほどいい状態に成長していた。

「じゃあ、三人一組で作業しよう。一人が小麦を刈り取り、もう一人が風で束《たば》にする。最後の一人はそれを縛るんだ。ティンファはレラルとイリンと組んでくれ。俺はスノー、リアンと一緒だな」

面積が広いので、ラースラのように一気に刈り取るのではなく、少しずつ作業する予定だ。

「では、私たちはこっちをやりますね！　レラルちゃん、イリン、よろしくお願いね」

「わかったよ、ティンファ！　わたし、頑張るよ！」

小麦畑は三面あるので、とりあえずは左と右の一面ずつ。終わったらそれぞれの側から中央に向けて作業することになる。

「じゃあ、こっちもやろう。スノー、俺が刈るから、リアンがまとめやすいように小分けにしてな」

『わかったの！　私も頑張るの！』

『わかり、ました。茎で縛ります』

それからは一メートル四方ずつ小麦を刈り取っていき、一面が終わる頃にお昼になった。

「ふう。とてもいい小麦ですね！　挽《ひ》いてみるのが楽しみです！」

「本当だな。なあティンファ。この小麦、あまりに多いようだったらクッキーでも焼いて、オウル村にもたまに卸そうかと思うんだけど、どうかな？」

「わあ！　それはいいですね！　ハーブティーと一緒にお茶の時間、ですね」

クッキーといってもバターがないので、オリーブに似た果実の油を使って作る。卵はイーリンの街に買い出しに行っても毎回手に入るとは限らないから、なかなかお菓子も作れないのだ。

オースト爺さんも、『死の森』で飼育できる卵を産む魔獣や動物がいないか探してくれてはいるが、なかなか難しいらしい。いつかは卵を産む魔獣や乳を採れる魔獣と契約できたらいいよな。

休憩を終わらせると、心を鬼にしてうとうとしているレラルを起こし、刈り取りの作業へ戻った。

全部刈り取った後は、まとめたものを干す。これは魔法でもできるが量が多いので、積み上げて干しておくことにした。

その日は全部干したら家へ戻り、乾燥具合を見つつ干すこと三日間。

頃合いになったので、皆で穂から実をどんどん取って敷物の上に置き、砕いて殻を取っていく。実を取った藁《わら》も傍に積み上げていった。

全て殻を剥《む》いたらまとめて麻袋に入れて今日は終了。粉にするのは使う時にやることにした。

麻袋は、全部で六十袋になった。これはオウル村の同じ面積の小麦畑よりも、倍近い収穫かもしれない。

肥料や水の影響もあるが、等間隔《とうかんかく》にきちんと植えていったことも、この差に繋がったのだろう。

全て作業を終えて休憩している間に、レラルとリアンとイリンが藁の上へよじ登って飛び跳ね出した。その隣でスノーが地面で跳ねているのが可愛すぎる！

「この畑には次に何を植える予定ですか？」

次の小麦を植えることもできるが、これ以上畑を広げても消費しきれないので、小麦はオウル村とは逆の季節に植えるだけにするつもりだ。

「半分は休耕地《きゅうこうち》にして、半分はソムガを植えるよ」

「南で貰ってきた豆ですね？　そういえば、少しだけ植えていたのも収穫できましたよね」

家の畑に植えた苗は土地の魔力に耐えられなかったのか、しばらくすると枯れてしまったが、この畑に植えた苗は無事に実をつけたのだ。

「うん。だからこの畑で採れたソムガで、次のシオガを仕込もうと思っているんだ」

「ふふふ。楽しみですね！　畑の他の野菜もそろそろ収穫できそうですし、たくさん採れたら村の人たちにもおすそ分けをしましょうね」

「ああ、そうだな。さて。今日はそろそろ帰ろうか。明日あたり、オウル村へ行ってみよう」

「はい！」

そうして藁の上で飛び跳ね疲れて寝ていたレラルたちに声を掛けて、片付けを終わらせ畑を出ようとすると、ふとこちらを目掛けて飛んでくる鳥の姿が目に入った。

「ん？　あれは……」

目を凝らしていると、アディーが空へと飛び立っていく。

『リナのモランだな。どれ、俺が誘導するからそこにいろ』

えっ、もしかしてリナさんに何かあったのか⁉

ここら辺は平原だが、『死の森』の近くだからモランにとっては危険な場所だ。

そのモランが飛んできたとなると、そこまでして俺に知らせたいことがある、ということだろう。

「手紙を持ってきてくれたんだな。ありがとう、モラン。読ませてもらうよ」

すぐ傍に降りてきたモランの足に結ばれていた手紙を取り、ドキドキしながら読んでみると。

「え？　ガリードさんたちが、オウル村へ来る、だって？」

第九話　ガリードさんたちがやって来た！

手紙にはただ、「オウル村へ向かっている。この手紙を見たら、オウル村へ来て欲しい」とあった。

「リナさんたち、もうオウル村に着いているのでしょうか？」

「さあな。アディー、モランに皆がどの辺まで来ているのか聞いてくれないか？」

モランを誘導してきたアディーは、俺の肩にとまってモランを睨んでいる。なぜかこの二人は、今でもあまり仲が良くないのだ。顔を合わせると、必ず睨み合っている。

『……今、オウル村を目指して街道を歩いているようだ。着くのは明日になるだろう』

「明日、か。でも、どうしたんだろう。モラン、なんで皆がオウル村へ来るか知っているか？」

アディーを肩に乗せたまましゃがんでモランを見ると、なぜかアディーが頭の上へ移動した。

『……「死の森」に関する依頼を受けたそうだ。それでお前に協力してもらいたくて会いに来るらしいぞ。なんだ、アリトの手を借りねばならんとは、あいつらもまだまだだな』

「クグゥアッ‼」

「ピュイッ、ピューイイッ‼」

アディーの言葉にモランが反応し、激しく突き合う。

「うわっ！　アディー、そこで喧嘩しないでくれ！　なんでいつもモランに突っかかるんだ」

頭の上で足踏みされると爪が頭に刺さってかなり痛いのに、喧嘩が収まる気配はない。

「アディーさん、どうかしたんですか？」

「アディーとモランは、いつもこんな感じなんだよ。最初に比べれば、多少は落ち着いたけど。今のはアディーが喧嘩を売ったからだろうな」

モランはよくウィラールのアディーに立ち向かえるものだ。かなり度胸《どきょう》があるよ。

「そうなんですか？　でも、喧嘩できるくらい仲がいい、ってことですね」

「ピィッ⁉」

「クッ‼」

これは『仲は良くない』って言ったのかな。でも、息ピッタリだ。

「ふふふ。ほら、仲がいいんですよ。それにしても、リナさんたちがアリトさんに、だなんて一体どんな依頼なのでしょうね」

お、ティンファに笑われて、アディーが空へとプイッと飛んでいったぞ。あれは照れ隠しかな。モランもそっぽ向いているけど。

「本当だな。まあ、明日は朝からオウル村へ行こう。とりあえず返事を書くよ」

カバンから紙を取り出し、細く切ってそこに返事を書く。それをモランの足へ結ぶと、モランは飛び上がった。

「モラン！　リナさんたちによろしくな！」

ぐるっと声に応えるように俺たちの上を一周し、モランはオウル村の方へと飛んでいった。

「帰る前にオウル村へ寄って、明日、俺たちに客が来ることを知らせておこうか」

「そうですね。その方がいいかもしれません」

何せ小さな村なので、訪れる人といえばたまに来る行商人くらいだからな。

そのままスノーに乗ってオウル村へ行き、門番さんや村長さんに事情を告げ、家へと帰った。

アディーにガリードさんたちの様子をそれとなく見てきて欲しい、と頼んでみたら、少し嫌そうにしながらも行ってくれたぞ。

翌朝は、いつものように夜明け頃に起きて、急いで畑の手入れを終え、朝食の支度をした。

「その『深緑の剣』という討伐ギルドの特級パーティが、オウル村までわざわざアリトを訪ねてくるというなら厄介事《やっかいごと》かもしれんの。用件を聞いたら、無理せず儂に相談するのじゃぞ？」

「うん、ありがとう、爺さん。そうさせてもらうよ。もし、この森の奥の素材が必要だったら、この家にも連れてくるかもしれないけど……」

「まあ、それは仕方ないじゃろう。アリトが色々お世話になったのだろう？　話を聞いてからになるが、儂にしか対応できないようだったら連れてきなさい」

「ごめんな、爺さん。ありがとう」

「わたしもリナさん以外はまだ何回もお会いしていませんが、裏表のないとても気のいい人たちですよ。私のこともそのまま受け入れてくれましたし」

そう、ガリードさんたちは開けっ広げな感じだから、爺さんも気兼《きが》ねなく話せるとは思うんだよな。

「ほう、そうか。連れてくる時は、自分でしっかりとアディーに頼むんじゃぞ？　いくらスノーがいてその人たちが特級でも、この森を泊まりながら歩くのでは、ちときついじゃろうからの」

いつも俺たちはスノーに乗せてもらっているから森の外までそれほど時間がかからない

が、歩きだと魔物や魔獣を撃退しながらになるので、一日ではとても無理だ。

「その時はしっかり頭を下げて頼むよ。じゃあ、皆が予定より早く着くかもしれないから、もう行くな」

食後の片付けは浄化魔法で手早く済ませ、そのまま外へ出てスノーに皆で乗った。

そして『急ぎなの！』と張り切るスノーが暴走し、オウル村へ着いた時には、全員が息も絶え絶《た》え《だ》になっていた。

オウル村の門番の人に、ガリードさんたちが来たら知らせてもらうことをお願いして、ティンファを促してとりあえず村へ入ろうとした時。

「お！　おい、もしかしてお前の客人って、あの人たちじゃないか？」

門番さんの声で振り向くと、遠くに人影があるのが見えた。

おお、早かったな。結局スノーが飛ばしてくれたから間に合ったのか。

「ティンファ。ガリードさんたちが来たみたいだよ」

遠くに見えるガリードさんたちに大きく手を振ると、向こうも気づいて手を振り返してきた。

「お！　アリト、出迎えてくれたのか！　いきなりだったのに、ありがとうな！」

「ガリードさん！　着くのはもっと遅いと思っていましたが、それだけ急ぎの用件ですか？」

「まあ！　アリト君、気遣ってくれたのね！　ティンファちゃんも来てくれてありがとう」

いや、その笑みが怖いのはなぜですか？　ミアさん。

ノウロさんとリナさんに視線を送ると、二人はため息をついて首を振った。おお、ミアさんもご機嫌斜めな用件、ってことか。

「ええと。俺たちも今オウル村へ着いたところですが、中、入りますか？」

「いや、アリトたちが村に用事がないのなら、用件だけ先に話したい」

こっそりノウロさんに聞くと、小さな声で返された。やはり人前では言えない依頼か。

「皆さん、まだ早い時間ですが、食事はとられましたか？　ここでは何ですが、畑の方に移動していただけるなら食事を作りますよ」

ガリードさんたちの装備《そうび》を見回した後、門番さんをちらっと見た。すると、俺の言葉に門番さんはほっとしたようだ。

武装した集団なんて、この村へはほとんど来ることがないもんな。村に入れるのをためらうのは当然だ。

「おう、そうだな！　アリトのご飯は美味しいから、いただくとするか！」

「ええ、そうしましょうか」

皆も合わせてくれたので、門番さんへ手を振り、また来るからと言って畑の方へ歩き出した。

「今回はどうしたんですか？　『死の森』に関して、何か無茶な依頼でもされました？」

村の畑を過ぎ、辺り一面草原だけになった時、そう切り出した。

するとと今まで笑顔だったガリードさんたちが、真剣な表情になる。

「悪いな。王都にいるやんごとない身分の人に、俺たちなら『死の森』の奥へも入れるだろう、とごり押しされたんだ。俺たちはすでに引退している、と粘《ねば》ってみたんだが、どうにもこうにも、な」

やっぱりそうか。恐らく俺にも頼りたくはなかっただろうに、ガリードさんたちには家族がいるからな。頑《かたく》なに断った結果、家族を使って脅《おど》されでもしたら大変だ。

「いいですよ。そんな顔をしないでください。俺を頼ってくれてうれしいです。まあ、俺というよりも頼りになるのは爺さんでしょうが」

「それなのよ。本当は、オースティント様をわずらわせることを、私たちが持ち込むわけにはいかないのだけど……。何度話し合っても、それしか道がなかったの」

曇《くも》った表情でリナさんは言ったが、その判断は当然のことだと思う。知り合いに何とかできそうな人がいるなら、その人を頼るのは決して悪いことではない。

「いいえ。本当に、俺のことを当てにしてくれて良かったですよ。爺さんも、俺がお世話になった人たちなら連れてこい、って言っていましたから大丈夫です」

「はい。確かにおじいさんはあまり人と会うことは好きではないようですが、皆さんなら大丈夫だと思います。私にも、最初からとても優しかったんですよ」

まあ、初めからティンファのことは俺の嫁とか言って、からかってきたくらいだしな！

そのせいか、ティンファとは顔を合わせた時から、すぐに打ち解けていた。

「すまないな、アリト君。そう言ってもらえるとこちらも少しは気が楽になるよ。こういう依頼はもう二度と受けることはないから、今回だけは申し訳ないけどよろしくお願いするよ」

「ノウロさん、気にしないでください。どんな風に依頼を押し付けられたかは知りませんが、皆さんや家族の方々が危険になるようだったら、いつでも俺にできることは言ってください」

ノウロさんの表情にはどこか緊迫感《きんぱくかん》が漂っていて、ただごとではないことが伝わってくる。

詳細を聞いてみると、ガリードさんが説明してくれた。

「まあ、名前は言わない方がいいだろう。国の上のお偉方《えらがた》の子が、珍しい病気にかかってな。ああ、今すぐどうこうなる症状じゃないから、そこは安心してくれ。ただ、早めに治さないと成長するのに支障《ししょう》が出るそうなんだ」

そんな病状、初めて聞いたな。病気には魔法は効かず、薬でしか対処できない。その症状を見極めて薬を出すのが医師なのだが、そこは国のやんごとなきお方、腕のいい医師を抱えているってことかな。

「その症状を調べる時、医師が必死で本を引っくり返して調べたそうだ。それで、ただ一つ、効き目がありそうな薬草が載った本を見つけた」

ああ、そこまで聞けばわかる。オースト爺さんが提供した『死の森』の薬草の情報が載っている本、だろうな。

「だったら間違いなく爺さんならわかるし、手に入ると思いますよ。ただ、どの薬草だかは知りませんが、失礼ながらガリードさんたちでも採りに行くには難しいかと……」

それほどの効能があるのは、恐らく『死の森』の深部《しんぶ》に生えている薬草だろう。

「そうなんだよなー。はあー。何度も断ったんだ。特級パーティといっても俺たちはもう歳だし、引退だってしている。そんな俺たちを呼び出すんじゃなく、若いヤツを当たれ、ってな」

「討伐ギルドを通した依頼も断ったし、直接持ち込まれた依頼も断ったんだ。でも、我々の昔馴染みの方の、さらに上の方がその依頼をうちに持ってきてね……」

ノウロさんは重くため息をつく。

「おおう。そ、それは断るのは無理、ですね」

「でしょう？　私がちょうど王都の屋敷にいたものだから、毎日押しかけられたのよ。それでも断っていたんだけど、さすがに断り切れなくなってしまったの」

「でも、私たちだけで『死の森』に入ってその薬草を探すのは絶対無理なのよ。皆にだって家族や大切な人がいるし。だから今回だけはアリト君を頼ろう、ってことになったの」

リナさんに続き、ミアさんが申し訳なさそうにそう言った。

「まあ、『もう依頼は一切受けない！』と宣言したからな。きっちりと俺たちも今回で完全に引退、国からの依頼だってこれ以降は受けないと言って、承諾《しょうだく》も得た。だから、すまん。オースティント様を俺たち『深緑の剣』に紹介して欲しい」

ガリードさんがそう言って皆が頭を下げたので、俺は慌てて顔を上げて欲しいと頼む。

「もちろんですよ！　爺さんに紹介しますから、一緒に家へ行きましょう！」

それから畑で軽く昼食を食べた後、アディーに土下座して全員を乗せて飛んでもらった。

ガリードさんたちはそこまでしなくても案内してくれたら歩いていく、と言っていたけど、爺さんが家で待っているし、こういうことはさっさと解決の見通しを立てた方がいいからな。

アディーに乗った皆はかなり興奮していたが、すぐに家の前の広場へと到着する。

「おお、ここがアリトの住んでいる家か。ありがとうな、アディー」

「夢のような時間でした。ありがとうございます、アディーさん」

ガリードさんとノウロさんがさっさと飛び降り、その後にミアさん、リナさん、そしてティンファが続く。俺が飛び降りた瞬間に、アディーは小さくなって俺の頭に乗った。

「おおー、スゲーな！　こんだけ一度に上級の魔獣を見られるなんて、思ってもみなかったぜ！」

物珍しそうに広場に集まってきた従魔の皆に興奮するガリードさんの隣で、ノウロさんの耳と尻尾は不安げに揺れていた。そしてミアさんとリナさんは、きゃっきゃと楽しそうに皆を撫で回している。

「ほっほっほ。これは面白い客人じゃな。アリトや、紹介してくれないか？」

ある意味混沌《こんとん》としている広場を見て唖然としていると、後ろからオースト爺さんの声が掛かった。その声で、『深緑の剣』の皆が一瞬のうちに俺の後ろへ並ぶ。

「爺さん、ただいま！　俺がお世話になった『深緑の剣』の人たちだよ。こちらがパーティリーダーのガリードさん」

「このたびは突然家まで押しかけてしまい、申し訳ありませんでした。紹介にあずかりました、ガリードと申します。高名なオースティント様にお会いできて光栄です」

俺が紹介すると、ガリードさんはそっと前に出て跪《ひざまず》き、片膝を立てた騎士のような姿勢で畏《かしこ》まって挨拶をした。

そのことに驚いている間に、ノウロさん、ミアさん、リナさんも爺さんの前に跪く。

「ふむ。堅苦《かたくる》しい挨拶などいらんよ。儂はアリトの保護者として、お世話になったお礼に招いたのじゃからな」

　ガリードさんたちの雰囲気に俺が呑まれていると、爺さんがいつものように語り掛けた。ただその瞳は、全てを見透《みす》かすかのような眼差しで皆を見回している。

「……すみません。今回はこちらの事情にアリト君を巻き込んでしまいましたので、お望みでないのを承知で跪かせていただきました。では、失礼していつものようにさせていただきます」

「ああ、それでいい。ほれ、アリト。他の人の紹介をせんか」

　その言葉に、ガリードさんたちが立ち上がり、俺の後ろに並んだ。

「え、ええと。じゃあこちらがノウロさん。偵察を担当しているんだ」

　何がどうなったんだかわからないまま、他の三人の紹介を続ける。

　それが終わると、エリルとラルフを紹介してから家へと入った。

　いつもスノーの小さい姿を見ているからか、その両親の大きさを見て皆はかなり驚いていた。ノウロさんの耳が倒れていて、なんだかとても可愛いらしかったな。

「ふむ。その薬草なら、この森に生えているがの。その子の症状は他に聞いていないか？」

　爺さんの家に入り、ハーブティーをティンファに出してもらって一息つくと、ガリードさんたちが『死の森』へ来た経緯《けいい》を爺さんに説明した。

改めて聞いてみても、そのやんごとなき方の子供の病気が、どんなものだか想像がつかない。

「それは私も聞いてみたのですが、頑なにただ難しい病気だ、とだけ。申し訳ありません。だから薬草を持って帰っても、完治《かんち》するかどうかまではわからないのです」

成長するのに支障が出る病気、か。どう支障が出るのかすら情報がないならば、薬草の何が効くのか、さすがの爺さんにもわからないよな。

「あの薬草は、確かに病気に効果はあるが、ちと薬効が強い。薬にするにも、独自の処理をせねばならんのじゃ。それにはその子の症状に合わせる必要があるし、飲ませる時にも注意がいる」

この『死の森』の奥地でしか生えていない薬草となれば、それが当然なのかもしれないな。

「……そうなると、薬草だけ持って帰るか、薬を持って帰っていいか迷いますね」

「そうじゃな。まあ、とりあえず明日は儂がロクスに乗せて生えている場所まで連れていってやるから、お前たちも一緒に採取じゃ。襲ってきた魔物への対処が無理そうなら、儂が手を貸すからの」

「「「ありがとうございます」」」

なんだかんだと色々話をして、それなりに皆は打ち解けたみたいだ。リナさんはちょっとまだ硬くて、キラキラした眼差しで爺さんを見ているけどな。薬の話になったら、そわそわしているし。

見ていると面白いが、俺は夕食の準備だ。あと今晩は泊まりだろうから、俺たちの家の方の準備もしないとな。

「ティンファ、俺は夕食の支度をするから、家の方の準備をお願いしていいかな？　ベッドは足りないけど、予備の布団と毛皮を出しておいてくれないか」

「はい。昨日、ベッドを移動しておいて良かったですね」

昨日の時点ではどうなるかわからなかったけど、爺さんの家にあった俺が前に使っていたベッドを空《あ》き部屋に移動しておいた。あとは予備のベッドもあるので、二人はベッドに寝られる。

「本当にな。こんな場所まで本当にお客さんが来るのかと思っていたけど、ドルムダさんとかが来た時のために客室を作っておいて良かったよ」

俺が来る前は、ドルムダさんやキーリエフさんといった爺さんの知り合いが時たま訪ねてきていたようなので、新しい家の部屋割りをした時、一階の小部屋を客室に割り当てていた。

「では、お風呂用にタオルとかも出して、準備をしておきます」

「うん、お願いな」

まだ話している皆をよそに、俺たちは受け入れ準備をするために動き出した。

今晩は何を作ろうかな。せっかくだしラースラを炊いて、肉じゃがと生姜焼きにでもしようか。

そしてラースラが炊き上がり、あとは生姜焼きを焼くだけになった頃には、いつの間にか後ろの会話はやみ、皆の視線が俺に突き刺さっていた。

「ええと、あともう少しかかるんですけど、先に風呂に入りますか？」

「「「風呂？　って何」」」

あー、そうか。キーリエフさんの屋敷に風呂を作った頃には、もうリナさん、いなかったもんな。

「湯に全身を浸けるんじゃゃ。家にはそのための風呂を作ってある。アリトの世界では体をキレイにするためのものらしいが、お湯に入ると気持ちよくて疲れもとれるぞ」

「お湯の中に入るんですか？　でも、それで疲れがとれるのなら、気になりますね」

ノウロさんがそう言うと、ミアさんも続く。

「そうね。汚れは浄化で落ちるけれど、他にも効果があるなんて。……でも、お湯に入るだけじゃ、全部の汚れは落ちないわよね？　ねえ、アリト君。お風呂ってお湯に入るだけだったの？」

爺さんが説明してくれるなら、と思って黙っていたら、さすがミアさんだ！　鋭いな！

「え、えーと。専用の洗剤で、髪と体を洗ってからお湯に入りますね。まあ、こちらでは浄化で汚れは落ちるから必要ありませんが」

「ふーん？　ねえ、汚れを落とすだけ？　確かに洗うと汚れは落ちるだろうけれど、他にも目的があるような気がするのよね？」

す、鋭いっ！　本当になんなんだ、このミアさんの鋭さはっ⁉

ミアさんの推測通り、洗う以外にも美容目的で石鹸《せっけん》やシャンプーを使ったりするよな。実は、以前作った石鹸もどきの他に、最近シャンプーとリンスも作ってみた。材料はオリーブに似た果実から搾った油と、ウモーの搾り汁、それに石鹸もどきと蜂蜜《はちみつ》にハーブの精油《せいゆ》だ。

ハーブの精油についてティンファに話したら、一時期張り切って作っていた。それを使った美容用のクリームなども思いついたけど、蜜蠟《みつろう》が手に入らないのでまだ作ってはいない。

「ハーブで香りをつけた、髪を洗う『シャンプー』というものがありますよ。あと髪がつやつやになる『リンス』も。夕食後に使い方を教えますので、一緒にお風呂に入りませんか？」

ナイスだティンファ！　ミアさんの視線で火傷しそうだったんだ！

「ふうん。これは、もっと詳しく聞く必要がありそうだけど。とりあえずそのシャンプーとリンスというものを使ってからの方がいいわね」

「そうね。実はアリト君とティンファちゃんの髪が、とてもキレイで気になっていたのよね」

お、おおう。そこからだったのか……。リナさんも気づいてたんだな。

浄化で汚れだけ落としていた時と、シャンプーやリンスを使った時とでは髪の手触《てざわ》りが違うと、ティンファも爺さんも言っていた。

とりあえず今は、ご飯で気を逸らそう！　よし、焼き上がったな！

「ま、まあお風呂はあとでティンファと一緒に入ってください。夕食、できましたよ！　今からよそいますので、運んでくださいね」

ちょうど生姜焼きができたので、それを大皿に盛って視線をそちらに釘付《くぎづ》けにした。

「「おおー！　やった！」」

それまで存在感を消して、女性二人からの視線を避けていたガリードさんとノウロさんが、すぐさま椅子から立ち上がって運んでくれた。この二人は、本当にミアさんに弱いな！

「今日のご飯はラースラね。私もわざわざエリンフォードの国から取り寄せたのよ。ただ、アリト君がやっていた精米と炊き方がいまいちわからなくて。あとで教えてちょうだいね」

「いいですよ、リナさん。では、とりあえず食べましょうか。家の畑で採れた野菜も使っているんですよ」

「うむ。ではいただこう」

爺さんの一言で夕食が始まり、皆でわいわいとドンドン食べ進め、気づけば爺さんがお酒を出して宴会へ突入していた。途中でティンファとミアさん、リナさんがお風呂へ出ていった時には、俺は酒のつまみ作りに追われていた。

結局宴会は遅くまで続き、ガリードさんとノウロさんはお風呂へ入らずに寝てしまった。


次の日の朝、目覚めたガリードさんとノウロさんは二日酔《よ》いにはなっておらず、勧めた朝風呂に入ってから朝食をしっかりと食べると、オースト爺さんとロクスに乗って薬草の採取に行った。もちろん、ミアさんとリナさんも一緒だ。

「行っちゃいましたね」

ロクスの姿が見えなくなると、ぽつりとティンファが言った。

「そうだね。まあ、爺さんもいるし、ガリードさんたちなら心配ないよ」

「はい。それじゃあ、畑をやりますか」

「朝の仕事ができなかったからね。今日はこっちの畑だけ手入れしようか」

早朝からずっと皆の分の朝食と昼食用のお弁当を作っていて、他のことは何もできなかった。

一緒に行けるとは最初から思っていないし、深部まで行きたいとも考えていないのに、皆を見送る時はなぜか寂しさを覚えた。

わがままだな。戦闘能力は、最低限、自分とティンファを守れるくらいあればいいと言いながら、爺さんについていけるガリードさんたちをうらやましいと感じるなんて。

「……やっぱり、アリトさんも行きたかったですか？」

「……うーん。別に奥へ行きたいわけじゃないんだけどな。なんだろうな、この気持ちは」

「ふふふ。わかりますよ。私も、少しだけ寂しさを感じていますから。なんだか、母が私を置いて山の調査へ行っていた頃の気持ちを、少し思い出しました」

ティンファもか。同じ気持ちを共有したようで、少しうれしくなった。

「アリト、わたしもお母さんからリアーナに預けられた時、寂しくてたまらなかったけど。リアーナとの暮らしも楽しかったし、待っていたらアリトたちが来てくれたよ？　だから待っていても、楽しいこともあるよ！」

そのレラルの言葉に、ティンファと顔を見合わせて笑ってしまった。

そうだよな。爺さんたちは夕方には戻るだろうし。お弁当を山ほど持たせたけど、どうせ腹ぺこで帰ってくるに違いない。

「そうね、レラルちゃん。お野菜を収穫して、たくさんご飯を作って待っていましょうか」

「うん！」

うふふ、とティンファがレラルを抱き上げて頬《ほお》ずりすると、そのまま畑へ歩いていった。

その後、畑で芋や野草、キャベツのような野菜やこの森で自生していた豆を移植して増やしたものなどを収穫し、午後はスノーとエリルとラルフと一緒に、少しだけ南へ行って狩りをした。

獲物が大きくて大型のマジックバッグにも入らなかったので、その場で解体していたら、さらに別の魔物に襲われた。なんとか怪我を負うことなく戻ってくることができてよかったよ。

『奥へ行けば行くほど、強力な相手が出てくるからな。そんな敵は、気配や魔力を隠蔽《いんぺい》するのがうまい。感覚を研ぎ澄ませて、風の流れの違和感《いわかん》を探るのだ』

魔物の気配は魔素の揺れで感知しているが、それさえも隠蔽できるような相手は風の流れで判断するのか。でもそれはかなり難しそうだ。

こうしてまたアディーに課題を積み上げられつつ家へ戻ると、まだガリードさんたちは戻っていなかった。

夕食の支度に取り掛かり、次々とおかずを量産していると、ロクスが広場へ戻ってきた気配がした。

「お、帰ってきたか。薬草は採れたかな？」

手に浄化を掛けて広場に出ると、ぐったりとしたガリードさんたちと、元気な爺さんの姿があった。

「皆おかえり。全員無事で良かったよ。爺さん、薬草は採れたのか？」

「ああ、ばっちりじゃ。人手があったおかげで今回はたくさん採れたぞ。明日は薬を作るのでな、アリトも一緒にやるといい。珍しい薬じゃから、いい経験になるじゃろう」

「えっ、いいのか？　でも、貴重な薬草なのに、俺では無駄にしてしまうんじゃないか？」

少しずつ爺さんに教わって調合作業をする時間は増えてきたが、まだまだ作れるのは中級の薬くらいだ。今回作るのは上級の薬だから、失敗する未来しか見えない。

「いいんじゃよ。確かに貴重な薬草じゃが、失敗も勉強になる。明日はリナもやるからの、教えるのは一人も二人も一緒じゃ」

お、爺さんが呼び捨てにしたぞ！　今日で随分打ち解けたみたいだな。

「じゃあ明日は勉強させてもらうことにするかな。夕食の支度にもう少しかかるから、先にお風呂に入ったら？」

「そうじゃの。儂は皆のご飯の用意があるから、先にリナとミアが入ってきたらどうじゃ」

爺さんが広場にいるからか、従魔の皆が狩ってきた獲物を咥《くわ》えてそわそわしているもんな。

「爺さん、ガリードさんとノウロさんに解体を手伝ってもらったら？　俺は手が離せないし」

「では、そうするかの。若いもんは、働かんとな」

え？　という顔をしている二人に、従魔の皆の食事用に獲物の解体を頼み、俺は台所へと戻った。風呂と聞いて、リナさんとミアさんはいそいそと入りに行ったぞ。

結局ガリードさんとノウロさんが風呂に入る前に食事になり、また飲み会となった。やれやれだ。

「ガリードさんたちは、奥の魔物と戦ってどうでした？」

「いや、なんとかしのぐことはできたが、倒すには力が足りていなかったよ。オースト様が助けてくれなければ、今こうしていられなかっただろうね」

まあ、爺さんは大抵の魔物が相手なら、魔法一発で倒せるからな。おかしいよな、本当に。

「本当に凄かったわ。あの威力《いりょく》は、私にも無理ね」

「それはオースト様ですからね！　今日も一緒に薬草を採りに行けて、明日は薬の作り方を教えてもらえることになって。本当に夢のようだわ！」

「いや、エリンフォードでどのように言われているかは知らんが、あまりその伝聞《でんぶん》は当てにせん方がいい。儂はこうして好きに研究をしているだけじゃよ。まあ、長生きな分、若い人よりは多くのことを知っているがの」

　結局ガリードさんたちは爺さんと話し合った結果、今日採った薬草と、あとはまたやんごとなき方から話が来た時のために薬も用意することにしたそうだ。

　とりあえず最初は報告と薬草を渡し、引退を改めて宣言する。でも、恐らく薬は作れないだろうから、また薬草を採ってこいとしつこく言われるだろう。

　そこで爺さんに教わってリナさんが作った薬と、投与《とうよ》の仕方を書いたものを、爺さんの名前を出して渡す。そういう流れになったみたいだ。

　爺さんが自分の名前を出していいと言うなんて、驚いたけど少しうれしかった。

　ただ、最初から爺さんの名前を出すと、別の方向で面倒になる可能性が高いから、どうしようもない時の最終手段だそうだ。

　どうにもならなかったら家族を連れてオウル村へ引っ越してこようか、なんてガリードさんが言っていた。さすがにそれは冗談だと思いたいが、やんごとなき方の対応次第では現実になるかもしれないな。


　次の日は予定通り、リナさんと一緒に薬の作り方を教わることになった。

「よし、では薬草の下準備から始めるかの。失敗してもまだたくさんあるから、あまり緊張せずにな」

「「はい！」」

畑仕事を午前中に終わらせ、昼食を食べた後すぐに開始だ。

ガリードさんたちは畑仕事を少し手伝うと、リナさん以外の皆は森へお土産用の肉を狩りに行った。

家の周辺に出る魔物ならガリードさんたちが後《おく》れを取ることはないだろうが、爺さんの従魔の皆と一緒に森へ行ったので安心だ。

リナさんは朝から緊張して挙動不審《きょどうふしん》だったが、始まると落ち着いて、しっかりと爺さんの手元を見ている。一言たりとも聞き逃さない、という気迫《きはく》が漲《みなぎ》っていた。

生き生きと教えを吸収しているリナさんは、とても楽しそうだ。俺は当然、ついていくだけで精一杯だが。というか、下処理さえ満足にできていないけど。

その日は、俺は薬を作れなかった。無駄にしてしまった薬草を見て、思わずため息をつく。

リナさんは薬を作ることに成功したが、まだ成分的には完璧ではないらしく、明日も作ると張り切っていた。

夕方、ティンファと二人でポトフ用の野菜をどんどん切って鍋にたっぷりと放り込んでいると、ガリードさんたちが帰ってきた。

「おかえりなさい。どうでしたか？」

「おう！　不意打ちには神経を使ったが、どんどん襲撃されたおかげで獲物を探さなくて楽だったな！」

「そうだね。偵察に行く必要もなかったよ」

おお、ガリードさんはとても楽しそうだな！　ノウロさんは少し疲れているかな？

この様子なら、オウル村からこの家まで歩いて泊まりながらでも来られるかもしれない。

やっぱり凄いんだな、特級パーティってのは。

「昨日、オースト様の魔法を見ていたから、私も全力で一点に収束させて魔法を使ってみたの。獲物が向こうから来てくれるから、実験相手には困らなかったわね」

……ミアさん、実験相手って言っちゃってるよ。爺さんには、レールガンの原理とか、一点集中させて威力を上げるとか、質問に答えるかたちでさんざん説明させられたからな。

「なんだか皆さん、生き生きしていますね」

ティンファの言葉に、俺も頷く。

「本当にな。これで引退って言っていたのに、現役時代に身体が戻っているんじゃないですか？」

とても村に引っ込んで、のんびりしているようには思えないよな。

「ハハハハハ！　確かになっ！　ここに来て、最高だと思っていた時よりも、動きにキレがあると自分でも思っているぞ！」

「そうだね。感知の精度《せいど》も上がったよ。それに今日従魔の皆さんと一緒にいて、気配を殺す勉強もさせてもらった」

ガリードさんもノウロさんも笑いながらそんなことを言う。

「ふふふふ。そうね、私もまだまだ若いもの。メリルを鍛《きた》え上げるだけでなく、一緒についていこうかしら」

う、うわ！　メリルちゃん、大丈夫かな？　まあ、ミアさんの娘なら、大丈夫なんだろうな……。

思わず、一見すると儚《はかな》げな少女のメリルちゃんが、ミアさんと同じ笑みを浮かべている姿を想像してしまった。それと同時に、背筋《せすじ》が凍《こお》る。

「ねえ、アリト君。今、何か余計なことを考えなかった？」

「いえ、な、何も考えていないですよっ！　あ！　夕食の支度が、まだ終わってないんだった。もう少し待っててくださいね！」

顔を引きつらせつつもなんとか笑みを浮かべ、ミアさんに背を向けて台所へ駆け込んだ。

大量のポトフを器によそったところで、皆を呼んで夕食だ。

リナさんが一応は薬を作れたことを伝えると話し合いが始まり、すぐに王都へ戻るのも不審がられるだろうし、あと四日はここに泊まり、その後は徒歩で戻ると決めたようだ。

「それじゃあ、ガリードさんたちは明日も森へ行くんですか？」

「そうだなー。土産用の魔物は今日で充分獲れたから、どこか近くでもっと変わった魔物が出る場所はないか？」

別の魔物か。でも、森だしな？　ああ、でもあそこなら。

「では湿地帯へ行きますか？　湖もありますし、釣りもできますよ。魚も干せば日持ちしますから、お土産にもなるでしょう。ガリードさんとノウロさんがスノーと一緒に走れるなら、そこまで移動に時間はかかりません。どれくらいの間、走り続けられますか？」

「んー、身体強化するからある程度までは平気だぞ。だが、半日はちょっと無理だな」

「そうだね。全力では厳しいけど、半日かからない程度なら大丈夫かな」

王都までの旅の間に、悲鳴が上がった場所まで、山を全力で走って皆で駆けつけたことがあった。あの時の動きを思い出せば、ガリードさんとノウロさんはスノーがゆっくり走れば充分ついてこられるはずだ。ミアさんは……。

「あら、私もスノーちゃんに乗せてくれるのね？　うれしいわ」

うん、だよな‼

『スノー、明日、俺とティンファともう一人、ミアさんを乗せてもらってもいいか？　水田と湖に行きたいんだけど』

『うん、いいよ！　明日は大きくなって走るの！』

「スノーがいいと言っていますので、どうぞ。それでは明日は湿地帯の方へ一緒に行きましょう」

リナさんは明日もまた爺さんと調合だろうけど、俺には二日連続であの作業をするのはキツイ。

「明日は湖ですか。楽しみですね！」

「お魚！　お魚、釣るんだよね！　楽しみだよ‼　たくさん獲ってね！」

ティンファもレラルも楽しみみたいだし。明日は釣るぞっ‼

翌日は予定通り、ガリードさんたちを連れて湿地帯へとやって来た。

爺さんに今日は調合はやらないと告げても、ただ笑うだけだった。あのレベルの薬草を扱うには全ての技量が不足していると、昨日思い知ったからな。案外、それを気づかせるのが目的だったのかもしれない。

普段はここまでスノーに乗って約三十分だが、今日はガリードさんとノウロさんがスノーの隣を走り、途中で魔物を撃退したのもあって一時間くらいで湿地帯に着いた。

走る二人の姿を見ているアディーの視線がヤバかった……。次は俺も走れ、って言われるな。

「おお、スゲー！　『死の森』の中に、こんな場所があったんだなっ‼」

「本当ね。火竜のいる火山以外は、全て森なのだと思っていたわ」

その後は水田の見回りをしてから湖へ行き、全員で釣りをした。ガリードさんたちは俺と前に釣りをしたきりやっていなかったそうで張り切っていて、大量の魚を釣ることができた。

「ねえ、アリト君。魚を使った料理って、たくさんあるのよね？　いろんな料理を食べてみたいわ」

そんなミアさんのご要望を受けて、昼から魚尽くしの料理を作ることに。

「わあ！　魚料理を作るんですか？　リナさんとおじいさんがいないのが残念ですね」

お、そうか。ティンファの言う通り、爺さんたちを呼ばないとまずいな。

「じゃあ、アディーに呼んできてもらうよ」

どんどん料理を仕上げていった頃には、リナさんと爺さんがロクスに乗って駆けつけ、敷物を敷いてすっかり宴会の準備が整っていた。そのまま宴会に突入したのは言うまでもない。

魚釣りは、昼食の宴会が一区切りついて、オースト爺さんとリナさんが戻ったあとも続いた。

小物ばかりでは物足りないと、ガリードさんとノウロさんが途中で太い木の枝で長い釣り竿を作り、かなり遠くまで投げ入れていた。それにウナギのように長く、だがかなり大きくて太い魔物が食いついたりもした。ウナギっぽい魔物はガリードさんが見事に釣り上げたが、にゅるっとした感触で誰も掴めずに困ってしまった。

その後もちょいちょい魔物がかかったが、ガリードさんとノウロさんが流れ作業のように鮮《あざ》やかに仕留めていく。

そのお蔭で大量の魚が手に入り、俺は釣りをせずにその処理に追われた。夜にまた宴会をしても、さすがに今日一日では食べ切れないからな！

レラルがとてもうれしそうにダンスをずっと踊っていたのが、とっても可愛らしかったぞ！

夜も魚の竜田揚《たつたあ》げや、干した小魚で出汁《だし》をとったうどん、ブイヤベースとパエリアもどきなどを作ってみた。

皆は驚きながらも、どれもこれも美味しいと舌鼓《したつづみ》を打っていたぞ。そして、当然のごとく酒を持ち出して大宴会になった。昼も夜も宴会だなんて、体力あるよな……。

俺はさすがに二日連続では付き合えないので、つまみを出したら引き上げた。

翌朝はガリードさんとノウロさんが二日酔いで倒れているのを横目に、俺とティンファはささっとオウル村の方の畑に行って収穫と手入れをした。

リナさんはなんとか爺さんに合格をもらえる薬を作れるようになり、とても喜んでいた。

まあ、爺さんの手紙の他に、念のため爺さんが作った薬も渡されていたようだが。

そうして楽しく過ごしている間に、とうとうガリードさんたちが帰る日がやって来た。

「オースト様、大変お世話になりました。とても助かりました。次はお礼を持ってきます」

ガリードさんの畏まった言葉に、並んだノウロさんたちも一斉に頭を下げた。

「よいよい。手土産ならまた酒でも持って遊びに来なさい。お前さんたちならこの家までは来れるじゃろうて。国があまりにも面倒なことを言ってきたら、迷わず渡した手紙を使うんじゃぞ？」

「「「「ありがとうございます！」」」」

なんだかんだ爺さんもガリードさんやノウロさんと酒を飲んで、かなり話が弾んでいたみたいだしな。それに、手土産に持ってきていた酒も気に入ったようだった。

何を持っていけばいいかわからなかったから、とりあえず酒にした！　……らしい。初日に酒を飲みだした時に、爺さんに渡していたそうだ。

「アリトもありがとうな。すっかり世話になったのに、またマジックバッグを貰っちまってよ」

「いいえ、キーリエフさんも、知り合いになら渡してもいい、と言っていましたし。何か言われたら、キーリエフさんの名前を出していいそうですよ」

ガリードさんたちには、森で狩った魔物や釣った魚を持って帰れるように、一番大きなサイズのマジックバッグを人数分渡した。そこには、魔物の肉や素材、釣った魚で作った干物や畑から収穫した野菜、そして今朝頑張って作ったお弁当やパンもどきなどがたくさん入っている。

アディーの予想だと、ガリードさんたちなら不意打ちを受けない限り、近辺の魔物に負けることはないそうで、全員で森を走れば二日で抜けられるということだった。マジックバッグの食糧があれば、その間の食事には困らないだろう。

「アリト君、本当に色々ありがとう。森を出るまで美味しいご飯を食べられるよ」

ノウロさんのしみじみとした言葉に笑ってしまう。相変わらず料理はダメみたいだな。

「オウル村へはガリードさんたちのことを伝えておきますから、帰りに時間があれば寄ってみてくださいね」

今日はガリードさんたちを見送った後、追い越すようにスノーに乗ってオウル村近くの畑へ行き、帰りに村へ寄って伝える予定だ。

「これ、リナさんとミアさんが美味しいと言ってくれたハーブティーです。どうぞ」

「まあ、ありがとう、ティンファちゃん。私もたまに作っているのだけど、ティンファちゃんが作ったお茶の方が美味しいのよ」

リナさんがそう言うと、ティンファは本当にうれしそうな顔をした。

「ティンファちゃん、ありがとう。今度、量産できたらお店で出させてもらいたいわ。あ、あとアリト君？」

見たくないけど、見ないといけない。こわごわとミアさんの顔を見ると、ニッコリと笑って。

「美容関係の、待っているわね？」

え、笑顔……だよな？　うっ。女の人の美容にかける執念《しゅうねん》を、忘れていた俺がバカだった。

ミアさんは、俺が作ったシャンプーとリンスをいたく気に入って、他にも何か作ったら送って欲しいと言っていた。

日本では祖母が自分で化粧水などを作っていたから、作り方は大体わかるのだが、手を出してしまったら深みにはまる気がして、躊躇していた。なのに、つい、自分の欲求に負けてシャンプーとリンスを作ってしまったがために、このざまだ。

「……ざ、材料が手に入ったら、作ってみますが。で、でも、肌に合う、合わないがあるのですぐに、というわけには……」

「そうなの。じゃあ、肌に合うか合わないかの試験は私も手伝うから、材料が揃ったら連絡してちょうだいね？」

リナさんもか……。これはもう、逃げ道は塞《ふさ》がれたな。

「は、はい。わかりました。その時は連絡します」

「そう、すぐに、よ？　お願いね？」

ミアさんに笑顔で念押しされ、俺は頷くしかなかった。

ガリードさんたちは爺さんに挨拶すると、森の中へと去っていった。

アディーにも見守りをお願いしたが、道案内役はモランだ。モランもこの家に来てから、アディーと睨み合いながらも、一緒に森を飛び回って地理や空からの襲撃のかわし方を覚えていた。

去り際に、さりげなくガリードさんとノウロさんに「ごめん」と謝られた。女性の尻に敷かれている方が平和が保たれると聞いたことがあるし、まあ、これでいいのだろう。

「行っちゃいましたね」

「そうだね。別れはあっさりしたものだよな」

ガリードさんたちとは、いつ会っても「じゃあ、またな！」と手を振って別れる。でも、その方がまた会えると思えて気が楽なのは確かだ。

「はい。また、遊びに行きましょうね。ハーブティーと精油も持っていくと約束しましたし」

「精油は、もっと作るのが楽になれば売りに出せるだろうけどな」

ティンファが使っているのは、俺がうろ覚えで書いた設計図から、ドルムダさんが作ってくれた蒸留器《じょうりゅうき》だ。ただでさえ精油は生成するのに手間がかかるから、量を作るのは大変だよな。

「どれが一番香りがいいか、ゆっくり研究してみます。アリトさんも、使う時は言ってくださいね」

「結局断れなかったし、そのうち美容関係の品を作るよ。その時に精油を分けてもらうと思う」

「はい！　じゃあ、私たちも畑に行きますか？」

「ああ、この間は時間がなかったから、今日は草むしりしないとな」

「頑張ります！」

支度するために家の中へ入りながら、ここ数日の楽しかった日々を思い返す。

そして、こんな辺鄙な場所まで訪れてくれる人がいることを、とてもうれしく感じていた。

ガリードさんたちが帰ってからしばらく経ち、イーリンの街へ買い出しに行くと手紙が届いていた。

その前に無事に『死の森』を出て王都へ戻ったとの連絡は、すでにモランから受け取っていたので、手紙は今回の厄介な依頼についての報告だろう。

読んでみると結局ガリードさんたちは、また圧力を受けてやむなく爺さんからの手紙と薬を渡したそうだ。でも、その後のことは書いていなかった。渡してすぐにこの手紙を出したのだろう。

ガリードさんたちに直接依頼をしに来た人は爺さんの名前を知らないかもしれないが、やんごとなき方なら知っているはずだ。最悪の事態にはなっていないと信じたいが……。

「爺さん、いるかー？」

急いで家へ戻ると、そのまま爺さんの研究室の方へ走っていき声を掛ける。

「お？　アリトか。早かったの。おかえり」

「ああ、ただいま、爺さん。ガリードさんたちから手紙が来ていたんだ。これ」

爺さんに渡すとその場で手紙を読んで、しばらく考えた後、すぐさま動き出した。

「彼らはなかなか見どころのある者たちじゃったからの。どれ、釘を刺しに行ってこよう」

「えっ！　じ、爺さん、ナブリア国へ向かうのか？　街にすら近づかないのに？」

「フン。面倒事は嫌いなんじゃ。だから厄介なことが起こる前に、知らしめてくるわ」

え、それってナブリア国の王、終わりなんじゃ……？　国はさすがに潰さないだろうけど、王位を誰かに譲ることになるかもしれない。

「なんじゃその顔は。儂は別に喧嘩を売りに行くわけじゃないぞ。じゃあ、アリト。夕食には戻ってくるからの」

そう言うと、まるで散歩に行くような気軽さでさっさと出ていってしまった。

不安になりながらも、最近作ることに成功した豆腐を使って豆腐料理を作りながら待っていると、夕方に爺さんが戻ってきた。ドキドキしながら聞いてみると。

「いくら子供のことでも、無理強《むりじ》いはイカンからの。キッチリと言い聞かせてやったぞ。ついでに診察して、薬も今回だけは特別に出してやったから、もう無茶な依頼はされんじゃろう。また言ったら、今度は城がどうなっても知らんぞ、と脅しておいたからの」

ああ、思ったよりもかなり平和的な解決でほっとしたよ。真面目《まじめ》に王都崩壊《ほうかい》まで心配したからな！

「ありがとうな、爺さん。今回は本当に助かったよ。表舞台に立たせてしまってごめんな」

「なぁに、かまわんよ。アリトに身分証明書を渡した時から、一度は儂のことを思い出させてやらないといかんと思っていたからの。たまたまそれが今回だっただけじゃ」

「うん。本当にありがとう」

俺はこの森に落ちてきて、本当に運が良かったな。いい出会いができて、心からよかったと思う。

爺さんには感謝してもしきれない。いつか、恩を返せる時が来たらいいな。

「よかったですね、アリトさん」

「うん。明日、ガリードさんたちに手紙を出しに行こうか」

「はい！」

こうしてスローライフな日々は、これからも爺さんやティンファ、それにスノーたち皆と一緒に、平穏に――たまに事件はあるけど――過ぎていくのだろう。

そして、これからも様々な一期一会があるに違いない。

そう思うと、自然に微笑んでいた。


実はこの日がナブリア国の王や王都に住む人たちにとって忘れられない日となったことを俺が知ったのは、かなり後のことだった。

国民はその話を口にすることすらタブーとされ、一方で、代々の王にはしっかりと語り継がれることとなったという。

あとがき

こんにちは。作者のカナデです。この度は文庫版『もふもふと異世界でスローライフを目指します！5』をお手に取っていただき、ありがとうございます。こうして皆様に最終巻でまたご挨拶できて、とても嬉しく思います。

この第五巻は、アリトたちによる旅の物語の終わりであり、スローライフな生活の始まりでもあります。

ところで、タイトルに入っている「スローライフ」ですが、この言葉は厳密《げんみつ》に定義された言葉ではないため、解釈《かいしゃく》の仕方によっては様々な意味を含みます。

普通に考えると、田舎で自給自足な生活をする、という英語の直訳的な意味をイメージするでしょう。しかし、実際の田舎での暮らしは、のんびりしていては成り立ちません。

自分が食べる分は農地で野菜を作るか、山で調達する必要があります。つまり、その労力を思えば、決して「自然の中におけるのんびりとした生活」＝《イコール》「スローライフ」とはならないことに気づきますよね。

異世界を巡る旅が終わり、これからアリトのスローライフが始まる、となった時、改めて「スローライフ」について考えました。その結果、私の中で出た結論は「自分が思うままに好きなように、自由に生活すること」でした。この「自由に」の意味は、国家や民族に縛られることなく生きる自由であり、当然ながら自分勝手に生きることではありません。

要するに「自分の生き方を、自分で選択する自由」です。

そのため、アリトは今後も好きな時に旅に出たり、時には薬師として街で仕事をしたりする機会もあるでしょう。もちろん、辺境でのスローライフなわけですから、毎日農作業や狩りをしたり、薬草を採取したりといった必要も出てくるはずです。オースト爺さんや旅で知り合った人たちと関わり合いながら――。

アリトの旅の物語が終わった後も、彼らが日々暮らして行くそんな生活の姿を、読者の皆様に思い描いていただけたら、これ以上の喜びはありません。

最後になりますが、この本の出版にあたりご協力くださった方々と素敵なイラストを描いていただいたYahaKo先生に改めて感謝いたします。

そして、読者の皆様へ最大限の謝《しゃ》意《い》を捧《ささ》げます。

それでは、また別の作品でも皆様にお会いできることを祈っています。

二〇二一年七月　カナデ

大好評発売中!
累計600万部突破!
(電子含む)
ゲート SEASON1
大好評発売中!
コミックス
最新19巻
大好評発売中!
単行本
●本編1〜5/外伝1〜4/外伝+
●各定価:1870円(10%税込)
文庫
●本編1〜5〈各上・下〉/
外伝1〜4〈各上・下〉/外伝+〈上・下〉
●各定価:660円(10%税込)
漫画
漫画:竿尾悟
●1〜19(以下、続刊)
●各定価:770円(10%税込)
スピンオフコミックスもチェック!!
ゲート featuring The Starry Heavens
原作:柳内たくみ
漫画:阿倍野ちゃこ
1〜2
ゲート 帝国の薔薇騎士団 ピニャ・コ・ラーダ14歳
原作:柳内たくみ
漫画:志連ユキ枝
1〜2
めい☆コン
原案:柳内たくみ
漫画:智
●各定価:748円(10%税込)

大ヒット
異世界×自衛隊ファンタジー
ゲート
自衛隊
彼の海にて、
斯く戦えり
GATE SEASON 2
1〜5
柳内たくみ著
Yanai Takumi
1〜5巻
好評発売中！
文庫1〜2巻
（各上・下）
大好評発売中！
ゲート SEASON 2
1.抜錨編
GATE
自衛隊 彼の海にて、斯く戦えり
柳内たくみ著
舞台は異世界の海！ゲート海自編、ついに開幕！
海上自衛隊VS
異世界海賊＆海軍！
累計420万部！超スケールの自衛隊×異世界ファンタジー！
GATE
ゲート
SEASON 2
自衛隊
彼の海にて、
斯く戦えり
1
抜錨編
柳内たくみ
上
『ゲート』シリーズ累計
ついに
500万部
突破！
電子含め累計570万部
豪華賞品が当たる
記念キャンペーン開催！
海自編、待望の文庫化！
GATE
ゲート
SEASON 2
自衛隊
彼の海にて、
斯く戦えり
1
抜錨編
柳内たくみ
下
『ゲート』シリーズ累計
ついに
500万部
突破！
電子含め累計570万部
豪華賞品が当たる
記念キャンペーン開催！
海自編、待望の文庫化！
●各定価：660円（10％税込）●Illustration：黒獅子
●各定価：1870円（10％税込）
●Illustration：Daisuke Izuka

アルファライト文庫

この作品に対する皆様のご意見・ご感想をお待ちしております。

おハガキ・お手紙は以下の宛先にお送りください。

【宛先】

〒150-6008 東京都渋谷区恵比寿4-20-3 恵比寿ガーデンプレイスタワー 8F
(株) アルファポリス　書籍感想係

メールフォームでのご意見・ご感想は右のＱＲコードから、
あるいは以下のワードで検索をかけてください。

アルファポリス　書籍の感想　検索

ご感想はこちらから

本書は、2020年9月当社より単行本として
刊行されたものを文庫化したものです。

もふもふと異世界《いせかい》でスローライフを目指《めざ》します！ 5

カナデ

2021年 7月 31日初版発行

文庫編集－中野大樹／宮田可南子
編集長－太田鉄平
発行者－梶本雄介
発行所－株式会社アルファポリス
〒150-6008東京都渋谷区恵比寿4-20-3恵比寿ガーデンプレイスタワー8F
TEL 03-6277-1601（営業） 03-6277-1602（編集）
URL https://www.alphapolis.co.jp/
発売元－株式会社星雲社（共同出版社・流通責任出版社）
〒112-0005東京都文京区水道1-3-30
TEL 03-3868-3275
装丁・本文イラスト－YahaKo
文庫デザイン—AFTERGLOW
（レーベルフォーマットデザイン－ansyyqdesign）
印刷－株式会社暁印刷

価格はカバーに表示されてあります。

落丁乱丁の場合はアルファポリスまでご連絡ください。

送料は小社負担でお取り替えします。


ISBN978-4-434-29102-9 C0193